GRENO 10 20

Carl-Jacob Danziger KEIN TALENT FÜR ISRAEL

ZU DIESEM BUCH Ein junger Berliner Jude wandert im Jahre 1934 nach Palästina aus, wird Kibbutzarbeiter, Fischzüchter, Hilfspolizist und Schriftsteller. Er möchte sich integrieren, teilnehmen am Aufbau des jungen Landes, dem »Staat unterwegs« nützlich sein. Aber er kann seinen kritischen Blick nicht ablegen, seine europäische Herkunft nicht verleugnen: Er eckt an, fällt aus dem Rahmen. Das zionistische Aufbauwerk verlangt ein Maß an Disziplin und Entsagung, das er aufzubringen nicht imstande ist. Der Widerspruch zwischen Anspruch und Wirklichkeit der Pioniergesellschaft läßt ihn resignieren. Zwei Jahre nach der Gründung Israels, 1950, verläßt er das Land und geht zurück nach Deutschland, in die DDR – neuen Hoffnungen und Enttäuschungen entgegen.

Carl-Jacob Danziger, Jahrgang 1909, lebt heute zurückgezogen in der Nähe von Ost-Berlin. Er hat als Journalist und Schriftsteller gearbeitet; das bekannteste seiner Bücher, »Die Partei hat immer recht«, ist eine kritische Auseinandersetzung mit dem Sozialismus in der DDR.

Kleine Jüdische Bibliothek
Herausgegeben von Henryk M. Broder
und Hilde Recher

Carl-Jacob Danziger

KEIN TALENT FÜR ISRAEL

Autobiographischer Roman

GRENO 10 20

Verlegt bei Franz Greno

Nördlingen

Erste Auflage, Januar 1988.

Gesamtherstellung Ebner Ulm.
Printed in Germany.
ISBN 3-89190-869-5.

Ich widme dieses Buch dem Andenken meiner Schwester, der bedeutenden israelischen Malerin Sala Russota, die am zweiundzwanzigsten Oktober 1978 in ihrem Haus in der Künstlerkolonie in Safed in der Traumlandschaft der galiläischen Berge vierundsiebzigjährig an einem Herzversagen verstarb. Wenn es wahr ist, daß die Toten in irgendeiner Form weiterleben, so bitte ich sie, diesen Bericht zur Kenntnis zu nehmen und mir in irgendeiner Form ihre Meinung darüber zukommen zu lassen. Wie klug muß die Tote sein, da die Lebende schon so klug war!

Berlin, den 5.2.1979

1

»Entartung«, sagte er. Er wiederholte mehrmals das Wort. Es bestünde für mich die Gefahr der Entartung.

Er war klein, hatte dunkle, traurig blickende Augen, kornblumenblau hing sein Russenkittel über der Hose. Es war der Redakteur der Kibbuzzeitschrift, die in Tel Hamon herausgegeben wurde. Vor einem halben Jahr hatte er einen Artikel bei mir bestellt, ihn ins Hebräische übersetzt und gedruckt. Es hieß in diesem Artikel, daß wir deutschen Einwanderer nicht in dieses Land gekommen seien, um eine jüdische Kultur aufzubauen, sondern um unser Leben zu retten. Ich wollte jetzt den Kibbuz verlassen, deshalb machte er sich Sorgen um mich. Aber ich verließ damit nicht meine Art, sondern seine, die ich vorübergehend, zwischen Oktober 1934 und Oktober 1935, anzunehmen versucht hatte. Ich selbst hatte keine Art.

Freilich, ich hatte mir Mühe gegeben. Ich hatte ein kibbuzischer Held sein wollen wie andere, die ich bewunderte. Ich hatte mich zur schwersten Arbeit gedrängt und meinen Körper tagtäglich zerbrochen, um ein Mensch mit einer Art zu werden. Ich hatte mich vollgesogen mit den klösterlichen Ideen des Kibbuz: Armut, Gleichheit, Sozialismus, nationaler Aufbau des jüdischen Volkes, das vor allen Dingen eine jüdische Arbeiterklasse auf jüdischem Boden brauche, wic es hieß. Dabei wollte ich mit meinem eigenen Körper helfen und ihn gleichzeitig abhärten, ich wollte Bauer werden. Aber Schmerzen des Körpers und Schmerzen des Geistes waren stärker als mein guter Wille. Ich konnte nicht Bauer werden, und ich merkte nach einem Jahr auch, daß ich es nicht mehr wollte.

Lisa war doch mitgegangen. Seit sieben Jahren, seit ihrem

und meinem siebzehnten Lebensjahr, waren wir befreundet miteinander. Es war wohl das, was man Jugendliebe nennt. Sie war keine Jüdin. Ich hatte zuletzt geglaubt, sie würde sich von mir loslösen und mich allein hinausfahren lassen ins jüdische Schicksal. Aber merkwürdig, sie fuhr mit. Und sie tat sogar, als sei das selbstverständlich für sie.

Um ihr dafür zu danken, dazu war ich viel zu jung. Ich gewöhnte mich rasch an den Gedanken, ich hätte ihre Treue verdient.

Sie entstammte einer Berliner Arbeiterfamilie. Ursprünglich war sie Lehrling im Konfektionsgeschäft meiner Mutter gewesen. Da hatte ich auch das junge, blonde Mädchen das erstemal tänzeln, schweben, lachen sehen und war fassungslos gewesen über diese Entdeckung.

Einmal saßen wir in einem fremden Zimmer. Ich entdeckte entsetzt ihre Schenkel. Ich hatte nie daran gedacht, daß Frauen auch Schenkel haben. Eine Weile saßen wir nebeneinander, höchst verlegen. Sie küßte mich dann und sagte, so sei ich ihr viel lieber, so unschuldig und knabenhaft. Aber ich hörte aus ihrer Versicherung irgend etwas heraus, es gab da einen Nebenton: Ein siebzehnjähriger junger Mann ist für eine siebzehnjährige Frau zu jung. Obwohl sich dann unsere Beziehung normalisierte, verlor ich nie die Erinnerung an diese Demonstration des Altersunterschiedes bei gleichem Alter. Und ich dachte im Jahr 1934, sieben Jahre später, jetzt wird sie mich doch allein hinausfahren lassen in die Welt. Aber sie fuhr mit. Unter dem Bild Hitlers hatte das Standesamt in Berlin unsere Mischehe besiegelt, unter dem Bild Hitlers hatten wir auf dem Berliner Polizeirevier unsere Reisepässe bekommen. »Und vergessen Sie nicht Ihr deutsches Vaterland, wenn Sie mal in Not sind«, hatte der Wachtmeister freundlich gesagt. 1934 wußten die meisten Deutschen noch nicht, was im Gange war, welche neue Art ihnen der große Artmacher zugedacht hatte.

Diese Vaterländer! Sie boten sich mir marktschreierisch an. Aber ich hatte kein Gesicht. Ich probierte nur aus, wo ich am besten Held sein konnte.

Dabei waren meine Eltern keine weichlichen Typen, ich hatte es nicht von ihnen. Sie waren stabile Leute. Sie wußten Antwort auf alle Fragen. Sie waren ehrbar und ordentlich und wußten, wo sie hingehörten. Mein Vater war in Hruszow geboren, meine gute Mutter in Przemysl, Schwester Frimsche in Zakopane zu Füßen der Hohen Tatra, wohin meine Mutter gereist war, um zu entbinden. Diese Menschen betrachteten sich als Polen, bis zu ihrem Eintreffen in Palästina Anfang der dreißiger Jahre.

Drei Jahre nach der Geburt Frimsches, 1908, waren sie westwärts gepilgert ins gelobte Deutschland und hatten in Berlin ein Konfektionsgeschäft eröffnet, wozu sie von dem Meisterbrief der Wiener Schneiderinnung, den meine Mutter besaß, und exakten Kenntnissen der deutschen Buchführung, die mein Vater mitbrachte, ermuntert worden waren. Was mich betraf: Zwei Jahre nach Eröffnung des Konfektionsgeschäftes kam ich in Berlin zur Welt.

Und schon muß ich gestehen, daß ich nichts über meine Eltern weiß, anscheinend habe ich sie schon lange vor ihrem physischen Dahinscheiden verloren, sie leben in meinem Gedächtnis nur als Gefühl großer Trauer fort.

Wahrscheinlich hatte der Direktor des Realgymnasiums recht, der mich in der Zeit des Abiturs, 1929, als Wirrkopf und Anarchisten bezeichnete. Ich experimentierte mit Ansichten anderer, die ich zu meinen machte, erlas mir Gedanken, die ich mystisch mixte, und braute mir Positionen zusammen, um so auszusehen, als ob ich eine feste Meinung hätte. Aber ich hatte keine. Ich hatte den Ersten Weltkrieg, die Revolution, die zwanziger Jahre wie einen Rausch auf mich wirken lassen, der mich mit verworrenen Träumen von Weltverbesserung erfüllte.

Mein Vater hatte etwas genauere Vorstellungen von dem, was für ihn gut war. Er war Zionist, was ich nicht verstand, ich hatte ja mein Vaterland. Er träumte von eigenen Hühnern und eigenem Gemüsegärtchen in Palästina, spendete regelmäßig Geld für die Fonds der zionistischen Weltbewegung und lernte fleißig Hebräisch. Meine Mutter und Frimsche nahmen aus dem Jüdischen das, was ihnen am meisten zusagte: meine Mutter das orthodox-religiöse Element, Frimsche eine verweltlichte und etwas modernere Abwandlung, mehr Religiosität als Religion, und nationale Stimmungen vom Vater dazu.

Nur ich war abtrünnig. Ich hielt mich aus alldem heraus. Als ich zwanzig Jahre alt war, erwarb ich die deutsche Staatsangehörigkeit. Ich glaubte, es ginge ewig so weiter, mit Ossietzky und dem Ewigen Frieden Kants, bis Hitler kam und mir sagte, daß ich verschwinden müsse, wenn mir mein Leben lieb sei.

Und mein Leben war mir lieb, das einzig Stabile, über das ich aussagen kann. Ich folgte meinen Eltern und Frimsche nach Palästina, in Begleitung der zur jüdischen Religion übergetretenen Lisa, die unter dem Bild Hitlers meine Frau geworden war.

In Tel Hamon bekam sie die erste und letzte Ohrfeige von mir, die einen blauen Fleck unter ihrem Auge aufblühen ließ. Sie hatte hartnäckig verlangt, abends zu den Zusammenkünften der jungen Einwanderer gehen zu dürfen, die ihr genau wie die Alten nachstellten und meiner Meinung nach vorhatten, sie mir abspenstig zu machen. Sie war sehr hübsch, ihre

Blondheit fuhr wie ein Blitz in die Gemüter der Männer. Nie wieder schlug ich sie. Aber sie liebte mich seitdem nicht mehr, und soweit sie das Joch trug, tat sie es zähneknirschend.

Sie ging gehorsam mit, als ich den Kibbuz verließ. Sie war gebürtige Berlinerin und freute sich auf die Stadt Tel Aviv. Ein ganzes Jahr lang hatte sie in der Riesenküche Tel Hamons gearbeitet, Tellerwäscherin und Zwiebelschneiderin, sie hatte genug von Zank und Intrigen der Küchenweiber. Ihr Abgang war für die Männer des Kibbuz schmerzlicher als meiner; sie hatten gehofft, ich würde Lisa dalassen, denn da wir nur standesamtlich getraut waren, waren wir für altjüdische Vorstellungen überhaupt nicht getraut.

Wie waren wir vor einem Jahr eingewandert! Arm, aber voller Hoffnung, die hebräischen Lieder singend, die uns die Abgesandten der Kibbuzbewegung in Deutschland zu singen gelehrt hatten. Unsere Reise wurde von denselben Fonds finanziert, für die mein Vater und andere jüdische Väter jahrelang gespendet hatten. Wir waren so arm wie die Jugoslawen, durch deren Land wir fuhren, arm wie der Pferdedroschkenbesitzer in Triest, der uns spät in der Nacht in unser Hotelzimmer brachte, arm wie die Araber in Jaffa, die uns haßerfüllt nachsahen, weil sie dachten, wir seien reich. Wir sangen gläubig, es waren schöne und bewegende Lieder, sie verklärten den Singenden und machten ihn den Idealen hörig, die von den Liedern verkündet wurden: »Kommt, Ihr Brüder, werdet nicht müde, unserm Volk die Heimat zu bauen.«

Wir sangen diese Lieder, bis wir den Atem verloren, und dazu gehörte nicht viel, denn die Backofenglut des Orients, in die uns Hitler geworfen hatte, erschwerte ohnehin das Atmen. Und jetzt verließen wir den Kibbuz, die geregelte Welt der Armut, der schönen Ideale und schönen Gesänge, wir entarteten mit schlechtem Gewissen. Jahrzehntelang merkte ich das, wenn ich nachts aus Träumen erwachte, in denen ich in einer tropischen Landschaft meinen alten Kibbuz suchte. Man sündigt nicht ungestraft gegen sein besseres Ich, die Träume bestraften mich.

Aber die Landschaft Tel Hamons war nicht tropisch. Es war eine mit Hilfe von künstlichem Regen fleckenweis fruchtbar gemachte Wüstenlandschaft. Wir kamen aus einer Wüste und tranken wie Verdürstende in der schönen Stadt Tel Aviv alles, was trinkbar war. Wir tranken die Begrüßungstränen der Familie, die Lisa als Kind aufnahm, wir tranken eisgekühltes Sodawasser und Apfelsinensaft, wir tranken die Mittelmeerwellen, die etwas kühler waren als die auf ihnen lastende Luft, und vor allen Dingen tranken wir den ersten Regen, der im November niederging und zischend von den heißen Steinen des Pflasters und der Häuserwände aufgenommen wurde, bis die dunklen Tropfstellen blieben und sich verbreiterten und die ganze Stadt nach Regen und Erquikkung zu duften begann. Die Leute liefen aus den Häusern und machten vor Vergnügen Gymnastikübungen auf der Straße, mit ausgestreckten Armen nach der Feuchtigkeit greifend. Aber nach einer Stunde war alles wieder getrocknet, von der Feuerzunge der Hitze aufgeleckt.

Meine Eltern waren ein Jahr vor uns nach Palästina gekommen. Sie hatten in der Allenbystraße mit Hilfe der Kredite, die ihnen ihr Schwiegersohn Josef Lazarowitsch besorgte, eine verkleinerte Kopie ihres Berliner Konfektionsgeschäfts aufgebaut. Bisher hatte es zum Erwerb einer Wohnung nicht ausgereicht. Sie wohnten in der Arbeitsstube ihres Geschäftes, räumten abends Nähmaschinen und Arbeitstische beiseite und betteten sich auf billigen Bettgestellen, die am Tag verhüllt und aufgerichtet an der Wand standen. Was für gute Eltern hatte ich! Sie wußten, daß wir kamen, und es war für sie selbstverständlich, daß sie jetzt, nach zwei Jahren Existenzkampf, eine Wohnung erwerben mußten, damit wir mit ihnen zusammen wohnen konnten. Beziehungen zu einem Hausbesitzer und Wechsel auf ein Jahr Miete im voraus ließen das Wunder Wirklichkeit werden: eine kleine moderne Neubauwohnung in der Nähe des Geschäftes. Wir konnten einziehen. Einige Möbel wurden von Frimsche gespendet, die jetzt Frau Lazarowitsch hieß und mit Josef in einer hübschen luftigen Wohnung am Meer ihre Zeit verbrachte.

Josef, Sohn reicher russischer Juden, die in Tel Aviv ein eigenes Villenhaus bewohnten, hatte die Statur eines Bären und das Gesicht eines Filmstars. Seine großen fraulichen Augen, die edel gebogene Nase, das Bärtchen über der Lippe, die weichen Gesichtszüge und der Doktortitel, den er in Würzburg erworben hatte, käuflich, wie Eingeweihte flüsterten, wurden durch die Fähigkeit charmanten Schwatzens und fürstlicher Großzügigkeit glänzend ergänzt. Er paßte in die Reihe der erstaunlichen Männer, mit denen sich Frimsche immer zu umgeben verstanden hatte. Er legte seinen linken Arm um mich, den rechten um Lisa und gestand uns seine grenzenlose Zuneigung. Einige Jahre später war es mir unmöglich, einem so liebenswürdigen Menschen übelzunehmen, daß sich seine Zuneigung deutlich nach Lisas Seite hin verlagerte.

Lange, bevor das geschah, gleich im ersten Monat unserer Rückkehr aus Tel Hamon, erreichten mich schreckliche Neuigkeiten: Frimsche trennte sich von Josef, sie ließen sich scheiden. Ihre Ehe hatte wenig länger als zwei Jahre gedauert. Frimsche muß eine glänzende, schöne und geistig überragende Frau gewesen sein, man kann so etwas als Bruder nicht beurteilen. Sie war beliebt und paßte in die Welt, im Gegensatz zu mir. Ich wußte im Grunde wenig über sie, so wenig wie über meine Eltern. Nach ihrer Scheidung von Josef entfernte sie sich noch weiter von mir. Ich wußte jahrelang nicht mehr, wie sie lebte und was sie tat. Ich wußte nur: Ich hatte eine Schwester, die sich in den höchsten Kreisen der Gesellschaft bewegte.

Für mich persönlich empfand ich ihre Trennung von Josef als Verarmung, ich war gern bei den beiden zu Besuch gewesen, obwohl Josef mich nicht ernst nahm und ich ihn nicht. Ich war für ihn ein verdrehter Idealist, ein Linker, der es womöglich noch richtig fand, daß die Oktoberrevolution stattgefunden und seine Familie in Bedrängnis gebracht hatte, während ich in ihm einen Faulpelz sah, einen Nichtstuer, der von der Rente lebte, die ihm sein Vater ausgesetzt hatte. Jetzt blieb die Rente aus, weil die Familie Lazarowitsch bankrott war, und mit dem Ende des Glanzes, der ihn umgab, endete auch seine Ehe mit Frimsche. Josefs Vater hatte sein vor der Revolution ins Ausland transferiertes Vermögen in eine große Orangenfarm bei Rechowoth hineingesteckt, die ein Betrüger verwaltete und zugrunde richtete, während die beiden erwachsenen Söhne des greisen Lazarowitsch in Tel Aviv ihr frohes und faules Leben führten, anstatt in Rechowoth für den eigenen Besitz zu arbeiten. Immer lag Josef im Badeanzug auf der Couch und spielte mit seiner Katze, wenn ich ihn besuchte. Jetzt verlangte er von Frimsche, arbeiten zu gehen und ihn zu ernähren.

Für mich waren im Grunde zwei Themen in dem einen versteckt: Einmal der Verlust meiner Beziehung zur Familie Lazarowitsch. Da ich keine Ahnung hatte, wie ich mein Leben aufbauen sollte, hatte ich wohl unbewußt auf Förderung von dieser Seite her gehofft. Zum anderen regte sich meine heimliche Liebe zu Frimsche und die Überzeugung, daß an ihre Existenz andere Maßstäbe angelegt werden müßten als an Lisas und meine. Das war nun völlig im Gegensatz zu den objektiven Gesetzen der Gesellschaft. Heute, fünfzig Jahre später, scheint mir, daß diese Gesetze und Liebe Todfeinde sind. Nein, Frimsche brauchte nicht zu arbeiten, ihre Leistung bestand darin, daß sie lebte, hübsch, klug und charmant war und jeder Mann sich schämen mußte, der es wagte, sie mit anderen Frauen gleichzusetzen. Wahrscheinlich war es diese Bewunderung, die verhinderte, daß ich Genaueres von ihr wußte.

Aber eins wußte ich von ihr: Im Gegensatz zu Josef nahm sie mich ernst. Jahrelang, noch als reifer Mann, hatte ich den Wunsch, wenn ich mit meinen Problemen nicht fertig wurde, Frimsche alles zu erzählen und mich mit ihr zu beraten, weil sie das tat, was ich mir immer so dringend wünschte, daß es jemand tun möchte: mich ernst nehmen. Mutter und Schwester, beide Frauen waren meine Zuflucht, zumindest in meiner Vorstellung. Wahrscheinlich hatte das Grundgefühl der Geborgenheit bei diesen beiden Frauen damit zu tun, wenn ich begonnene Beziehungen zu anderen Frauen wieder abbrach: sie waren weder Mutter noch Schwester, sie versagten als Zufluchtspersonen.

Übrigens lebte ich in einer Kapsel, die nach außen hermetisch abgeriegelt war. Ich wußte wenig von der mich umgebenden Welt, Gerüchte waren meine Informanten. Ich hatte andere Dinge zu tun, als meine Umwelt zu suchen, ich suchte mich selbst. Ich wollte herausfinden, wo ich hingehörte, ich suchte mein Gesicht. Eigentlich gab es nur diese beiden feststehenden Dinge für mich: daß ich mein Leben liebte und es nicht zu gefährden bereit war, weil ich es für die zweite Sache erhalten mußte, nämlich für den Wunsch, Schriftsteller zu sein. Damit folgte ich einem Kindheitstraum, der fast schon ein Trauma war. Frimsche verstand das. Ich hatte die Umwelt zu spiegeln, ich war als Chronist geboren. Vielleicht war es dieses hektische Bemühen um Spiegelung, die mich dem äußeren Bild der Dinge verpflichtete und mein eigenes Gesicht nicht entstehen ließ, denn ein Spiegel hat kein Gesicht, er hat nur die Gesichter der Leute, die hineinblicken. Ich wollte einen Roman über den Kibbuz schreiben, ich glaubte, in einem Jahr genug erlebt zu haben, um ihn schreiben zu können.

Übrigens dauerte es vierzehn Tage, bis die neue Wohnung bezugsfertig und mit Frimsches Möbeln eingerichtet war. Für diese Zeit mietete uns mein Vater im Norden der Stadt ein Zimmer, in dem ich nun saß und schrieb, während Lisa morgens ins Geschäft der Eltern ging und dort arbeitete und von mir abends nach Ladenschluß abgeholt wurde. Unsere Beköstigung und sonstige Unkosten, die wir verursachten, wurden von Lisas Arbeitslohn abgezogen, und es war dieses Beispiel einer sich für den Mann opfernden Frau, das Josef in die Debatte warf, wenn er von Frimsche verlangte, für ihn arbeiten zu gehen. Meine Eltern versuchten dieses Argument zu widerlegen: »Aber Carl-Jacob arbeitet ja, er schreibt ein Buch, um sich eine Existenz aufzubauen.« Den klugen Josef überzeugte das nicht, er glaubte nicht an mein Buch. Wie recht er hatte, wußte er selbst nicht: Das Buch entstand zwar und erschien später, aber eine Existenz war damit nicht aufgebaut.

Ich saß in dem Zimmer und schrieb. Ich schrieb schnell und viel, ich hatte es eilig. Hatte ich mein Tagespensum beendet, am Nachmittag, so nutzte ich die Zeit bis zum Ladenschluß, um die Stadt zu durchwandern und mit ihr Bekanntschaft zu machen. Da das Zimmer im Norden lag und der Laden meiner Eltern im Süden, spazierte ich in dieser Richtung, durchwanderte dabei die Geschichte der Stadt; freilich war es eine Rückwärtswanderung, ich begann in der Gegenwart und lief zurück in die Vergangenheit.

Es war heiß, die Stadt lag wie unter einer gläsernen, sonnengeheizten Backhaube. Nur wenige Schritte hinter meinem Zimmer begann die neue moderne Hauptstraße, deren Häuser, wenn man nach Norden blickte, immer höher wurden, bis man in einiger Entfernung die ersten Hochhäuser aufsteigen sah. Hier war alles nüchtern und hygienisch, der neuen These entsprechend, daß die Juden herkamen, um eine Variante Europas aufzubauen. Man konnte glauben, in einer heißen europäischen Stadt zu sein, in Italien oder Südspanien. Die Bevölkerung war jung, wie es sich für ein Einwanderungsland gehört, die Menschen auf den Straßen waren leicht und europäisch gekleidet, und obwohl die meisten von ihnen Schweiß im Gesicht hatten, liefen sie mit großer Eile wie Ameisen, die Lasten schleppen. Mit reichem buntem Angebot prahlten Schaufenster moderner Geschäfte, und auf dem Asphalt fuhren Autos und Omnibusse mit hebräischen Aufschriften. Palmen mit gefiederten Kronen hoben sich als städtische Straßenbäume von den Häuserwänden ab.

Hinter einem großen belebten Platz, der nach allen Richtungen ebenso belebte Straßen ausstrahlte, begann in der Allenbystraße die Vergangenheit aufzuerstehen, in niedriger werdenden Häusern, die zunehmend unechte maurische Bögen und Zacken und blauen Anstrich zeigten. Immer mehr näherte man sich dem Süden Jaffas, jener Zone, in der vor Jahrzehnten die ersten jüdischen Siedler ihre Häuschen errichtet hatten. Damals waren die Juden hergekommen, um in diesem Land, das ihnen heilig war, zu beten und zu sterben. Gegenüber der großen, im maurischen Stil gebauten Synagoge lag das Geschäft meiner Eltern.

Ich fand bald heraus, was das Leben in dieser Stadt erträglich machte: die zum Meer hinuntereilenden Querstraßen, aus denen von einer bestimmten Vormittagsstunde an leichter kühlender Wind heranwehte und sich in den großen Straßen verteilte. Oft ging ich diese Querstraßen hinunter zum Meer und sah, wie die Stadt in immer ärmer werdende Hütten zerfiel, in denen orientalische Juden wohnten und deren letzte dem Felsgeröll ähnelten, das sich zwischen Dünen und Ufersand hinzog: natürliche Wind- und Wellenbrecher für die Sturmzeiten des sanften Mittelmeeres.

Es war sanft, das schöne Mittelmeer. Den langen Sommer hindurch bis zum Beginn des kurzen Winters hielt sich die Sanftheit, dann begann es im Kampf gegen den Winter zu kochen und zu toben und schäumend gegen das Felsgeröll am Ufer zu schlagen. Manchmal saß ich stundenlang am Meer, auf einem der großen Steine, und starrte hinaus. Das Meer atmete gleichmäßig in den Wellen, die das Ufer erreichten und wieder zurückfielen. Ich war jung, so jung wie der Durchschnitt der Stadtbevölkerung, insofern gehörte diese Welt mir. Aber noch war alles fremd für mich, und ich machte mir Sorgen, ob es mir jemals gelingen würde, mich anzupassen und seßhaft zu werden.

Als der erste Entwurf des Buches fertig war, vermittelte mir Frimsche die Bekanntschaft eines Tel Aviver Verlegers, der hebräische Literatur herausbrachte und mein Buch prüfte. Merkwürdigerweise gefiel es ihm, er sagte, er wolle es seinen Redakteuren übergeben und übersetzen lassen. Es war ein älterer Mensch mit einem vergeistigten Goethekopf, weiß werdenden Locken und schönen großen Augen, die sich tief in meine bohrten, als er in Gegenwart Frimsches zu mir sagte: »Du wirst deinen Weg als Schriftsteller machen, davon bin ich überzeugt.« Was überzeugte ihn so? Später verstand ich es: Die Schwester überzeugte ihn, die schöne und geistvolle Frau.

Auf Lisa, die auch dabei war, warf er einen kurzen Blick. Ich kenne das, diese kurzen Blicke der Männer: Der blonde Blitz war in ihn gefahren. Zwei schöne junge Frauen rahmten den Schriftsteller: Er mußte begabt sein.

Natürlich wurde ich im Kreis der Familie bewundert, offenbar hatte ich als Schriftsteller eine Zukunft, Horrowitz hatte es ja gesagt. Es war eine die ganze Familie angehende Frage, ob es richtig gewesen war, daß Lisa und ich nach einem Jahr den Kibbuz verlassen hatten. Wir hätten in Tel Hamon achtzig Jahre alt werden und Kinder, Kindeskinder haben können, ohne uns jemals Sorgen um unsere materielle Existenz machen zu müssen. Diese Möglichkeit, unser Leben zu sichern, hatten wir verspielt, und mein Milchgesicht sah nicht so aus, als ob ich für den harten Existenzkampf in Palästina der geeignete Mann war. Aber siehe da, der junge Mann entpuppte sich als Schriftsteller, und es liefen Gerüchte, daß sich manche Schriftsteller goldene Nasen verdient hatten. Die Familie meinte, was meinem Gesicht fehle, sei just die goldene Nase, und ich würde sie natürlich bekommen, weil das ein beruhigendes Gefühl für eine Familie ist, sich so etwas vorzustellen.

Ich nahm den Vorschußlorbeer mit Würde und Gelassenheit hin, so wie ich mir vorstellte, daß ein Erfolgsmensch reagieren müsse. Ich hatte es verdient, ich hatte nichts anderes erwartet. Ich war also ›im Kommen‹! Horrowitz bestellte mich in seinen Verlag und gab mir zwei Empfehlungsbriefe: einen an Katznelson und einen an Käthe Tal. Er wollte seinen Verlagsautor gesellschaftlich ankurbeln, dachte ich. Mit dem ersten Entwurf des Buches in der Tasche begab ich mich auf den Weg zu diesen zwei Personen. Es war ein schöner Augenblick, mein Optimismus strahlte wie die Sonne über Tel Aviv. Ich glaubte, hinter das Geheimnis des Erfolges gekommen zu sein, hatte keine Ahnung von den tausend Unwägbarkeiten des Berufes, dem ich mich schreibend verschrieben hatte.

Ich fand Katznelson, den berühmten zionistischen Politiker und Vorsitzenden der Arbeiterpartei, in einer jener billigen und dünnwandigen Stadtwohnungen, wie sie in den zwanziger Jahren überall für die armen Leute gebaut worden waren. Die Türen der Wohnungen waren offen, hatten nach außen zu betätigende Türgriffe, so daß das Haus als Büro für die Führungstätigkeit der Parteispitze dienen konnte, deren Mitglieder ohne anzuklopfen von einer Wohnung in die andere gingen, alle in kornblumenblauer Kleidung und meistens Akten in der Hand. In diesem Land herrschten zu jener Zeit noch patriarchalische Verhältnisse, jeder kannte jeden und jeder Arbeiter jeden Unternehmer. Die Herrschenden waren Katznelson dankbar dafür, daß er die Beherrschten in einer besonders sanften Arbeiterpartei zusammenfaßte, in der es hieß: »Wir sind ja alle Juden, und wenn Meusche Arbeitgeber ist und Jizchak Arbeitnehmer, deshalb sind sie doch Juden und haben dieselben Interessen, besonders angesichts der Tatsache, daß sie überall in der antisemitischen Welt verfolgt werden.« Ein Brief des Villenbesitzers, Verlagsherrn und Geschäftemachers Horrowitz an den sozialdemokratischen Politiker Katznelson? Man kannte und ehrte sich gegenseitig und hatte viele gemeinsame Berührungspunkte, auch wenn Katznelson keine Villa besaß und keinen Luxus anstrebte.

Ein Dunst der Versöhnung lag über der Stadt, er mischte sich am Schabbat mit den Gerüchen der Bratensauce und den Sprüchen der Väter, die aus allen Fenstern dudelten und vom englisch verwalteten Rundfunksender Jerusalem ausgestrahlt wurden. Es paßte gut zu dem patriarchalischen Stil, daß Katznelson wie der leibhaftige Weihnachtsmann aussah und Ähnlichkeit mit dem weißlockigen Horrowitz hatte. Sie waren beide Idealisten, der eine für die Arbeiter, der andere für die Nichtarbeiter, nur waren sie verschieden gekleidet, Katznelson kornblumenblau, während Horrowitz immer ein frischgewaschenes weißes Hemd mit offenem Sportkragen trug; er brauchte ja nicht Arbeiterbewegung zu demonstrieren, er demonstrierte Herrenbewegung. Knoten, Schleifen, Fliegen, die den Hals umspannten, gab es wegen der Hitze nicht, auch das war etwas Gemeinsames, sie waren nicht nur alle Juden, sie waren auch alle Juden im Fegefeuer und schwitzten und schmorten im palästinensischen Klima.

Katznelson hatte ein gutes Gedächtnis. Er hatte damals in der Kibbuzzeitschrift meinen Aufsatz über die deutschen Einwanderer gelesen und erinnerte sich jetzt an meinen Namen. Ich hatte Vorwürfe erwartet, weil ich den Kibbuz verlassen hatte, aber das interessierte ihn nicht. Auch mein Buch interessierte ihn nicht. Ich merkte, daß er meine Zuständigkeit für das Kibbuzthema bezweifelte, wahrscheinlich mit Recht. Katznelsons Maßnahmen, wie es sich für einen solchen Mann gehört, zielten ins Grundsätzliche: Er bezahlte aus einem Fond zur Förderung junger Einwanderer den hebräischen Unterricht, den mir der junge Dichter Abramowitsch geben sollte. Ich hatte mich natürlich zum hebräischen Schriftsteller zu entwickeln. Katznelson schickte mich außerdem zu Zuf, dem Spötter, der die Literaturseite des ›Dawar‹, der großen Arbeiterzeitung, leitete. Zuf bekam den Auftrag, meine Erzählungen, wenn sie geeignet waren, ins Hebräische zu übersetzen und auf der Literaturseite zu veröffentlichen.

Aber bevor ich zu Zuf und Abramowitsch ging, besuchte ich Käthe Tal, für die ich ebenfalls einen Brief von Horrowitz hatte. Sie las mein Buch schnell, in acht Tagen. Sie meinte, daß es in Fortsetzungen in der ›Jüdischen Rundschau‹ erscheinen könnte, deren Korrespondentin sie war und die mit

Erlaubnis der Nazis von der zionistischen Organisation in Berlin herausgegeben wurde. Bis 1939 war diese Zeitung noch zugelassen, was der ersten Etappe in der Behandlung der Judenfrage durch die Nazis entsprach. Die Juden sollten zur Auswanderung ermuntert werden. Käthe Tal schickte das Buch nach Berlin, und ich war jetzt fast schon sicher, meinen Weg zu machen.

Käthe Tal wohnte oben im Norden der Stadt, nicht weit vom Jarkon entfernt, in einer Villa auf den Dünen, so daß sie das Meeresufer erreichen konnte, ohne eine Straße überqueren zu müssen. Ihr Mann war Gewerkschaftsfunktionär, sie selbst schrieb aufsehenerregende Artikel über die Wirklichkeit des Gelobten Landes, die in Berlin gedruckt und von den Juden überall in der Welt gelesen wurden. Sie war eine junge Frau, strohblond und mit einem energischen männlichen Gesicht, gehörte zur äußersten Linken der Arbeiterpartei, zu einer Gruppe, die sich später als selbständige Partei absplitterte und Katznelsons Weihnachtsmannpolitik heftig kritisierte.

Sie war etwa zehn Jahre älter als ich, zwanzig Jahre reifer und lange vor mir nach Palästina gekommen, in einer Zeit, als der Antisemitismus in Deutschland noch nicht Staatsdoktrin geworden war. Obwohl sie in Deutschland geboren und aufgewachsen war, sprachen ihre Kinder, die auf den Dünen spielten, reinstes Hebräisch. Daß Horrowitz mich zu ihr geschickt hatte, hing mit Sonja zusammen, seiner Lebensgefährtin, die ich erst später kennenlernte und die großen Einfluß auf Horrowitz hatte. Sonja, Frau Dr. Sonja Löwy, stand politisch weit links, und es war ihrem blendenden Geist zu verdanken, daß Horrowitz nicht völlig im Sumpf des bürgerlichen jüdischen Milieus ertrank. Natürlich verstand ich das alles erst viel später, als ich Horrowitz und seine privaten Dinge etwas genauer kennenlernte. Sonja und Käthe Tal waren miteinander befreundet.

Übrigens hatte die verhältnismäßig hohe Intelligenz der jüdischen Bevölkerung, die sich aus der sozialen Struktur der Einwanderer erklärte, unter anderem auch zur Folge, daß ein Grundübel der Intelligenz, die eitle Abgrenzung der Persönlichkeiten gegeneinander, besonders stark auftrat und zu einer Art Nationalcharakter wurde. Es grenzte sich jeder gegen jeden ab. Man distanzierte sich voneinander und sagte: »In dem und dem Punkt bin ich anderer Meinung.« Nur in der Grundfrage stimmte man überein, daß nur eine völkerrechtlich anerkannte jüdische Nation die überall in der Welt verstreuten Juden schützen könne. In allen anderen Fragen, zum Beispiel der weltpolitischen Bündnisse oder des Verhaltens den Arabern gegenüber, herrschten Verhältnisse eines tollhäuslerischen Individualismus. Da es unendlich viele Kombinationsmöglichkeiten für die verschiedenen Argumente gab, bildeten sich auch unendlich viele Gruppen, und jede von ihnen wies voll eitler Genugtuung nach, daß sie sich von anderen Gruppen gründlich unterscheide. So sagte Käthe Tal, als die Sprache auf Zuf kam: »Im wesentlichen denke ich wie er, aber wir unterscheiden uns doch in einigen wichtigen Punkten.« Auch Zuf sagte zu mir, in einigen wichtigen Punkten unterscheide er sich von Katznelson, aber auch von Käthe Tal. Mein erster Eindruck war: Was für ein herrliches Schauspiel der Differenzierung. Und da wird in der Welt behauptet, die Juden hielten zusammen.

Zuf stammte aus Wien. Er hatte schon als Junge Hebräisch gelernt und schrieb das komplizierteste Literaturhebräisch, das es in Palästina gab. Horrowitz machte verächtlich »Pah!«, als ich im Gespräch mit ihm Zuf erwähnte. Obwohl Horrowitz die Klassiker der neueren hebräischen Literatur herausbrachte, war ihm Zuf zu klassisch, zu hoch und geschraubt, wobei er freilich zugab, daß Zuf Hebräisch konnte, und das war immerhin das erstaunlichste Zugeständnis, das ein Hebräer dem andern machen konnte.

Auch zu Zuf kam ich mit einem Brief in der Hand, diesmal stammte der Brief von Katznelson. »Ich muß natürlich Katznelson gehorchen«, sagte das Männchen, nachdem es den Brief gelesen hatte, »denn Katznelson ist ein großer Mann, mindestens zwanzig Stockwerke hoch, während ich im Keller wohne. Aber sage mir eins: Bist du ein Anhänger Katznelsons?«

Ich war sehr erstaunt. Ich war nicht einmal Mitglied der Mapai. Ich sagte, ich sei überhaupt keines Menschen Anhänger, ich hinge mir selbst an, und von Katznelson wüßte ich nur, daß er sehr nett zu mir sei.

Er lachte unbändig. Er freute sich, daß ich nur mein eigener Anhänger sein wollte und die Leute danach beurteilte, ob sie nett zu mir waren oder nicht. »Das ist gut«, sagte er, »das verspricht, daß wir Freunde werden. Du mußt nämlich wissen, daß ich Katznelson in vielen Punkten ablehne.«

Ich habe aber nie erfahren, welche Punkte das waren. Auch von Käthe Tal distanzierte er sich, ohne mir genau zu sagen, weshalb. Er war noch kleiner als Horrowitz und Katznelson, kleiner als ich. Er sah mich heiter durch seine Brille hindurch an, und ich staunte, wie einfach dieser Mann zu seinem Gesicht gekommen war: indem er nämlich die Mehrzahl der Menschen für dumm hielt. Man konnte sich von ihm distanzieren, man konnte Punkte feststellen, in denen man anders dachte, aber dieses eine zumindest war unbestreitbar: Er hatte ein Gesicht.

An den Wänden seines Zimmers liefen die Buchreihen bis zur Decke, wahrscheinlich war er sehr gelehrt. Es sei ihm eine

Dozentenstelle für Hebräische Literatur an der Universität Jerusalem angeboten worden, bemerkte er nebenbei. Bevor aber nicht der und jener, von denen er sich in gewissen Punkten distanziere, aus der Universität Jerusalem verschwänden, sehe er keine Möglichkeit, das Angebot anzunehmen.

Ich glaube, es war meine Ungeformtheit und Naivität, mein Mangel an Gesicht, was uns zu Freunden machte. Hätte ich irgendeinen Standpunkt vertreten, so hätte sich Zuf sicher mit Wonne von mir distanziert. Der einzige, von dem er mit Hochachtung sprach, war Abramowitsch.

Ich ging dann zu Abramowitsch und bekam bei ihm meine erste Lektion. Er war ein hagerer, schwarzhaariger junger Mann mit einem feinen und interessanten Gesicht, der große Schwierigkeiten hatte, sich mir verständlich zu machen, obwohl er aus einem polnisch-russischen Grenzstädtchen der früheren Habsburger Monarchie stammte, wo die Juden Deutsch konnten und die Gebildeten unter ihnen, so Abramowitsch, der Goethe-Gedichte ins Hebräische übersetzt hatte, sogar Hochdeutsch. Aber er glaubte wohl, es Katznelson schuldig zu sein, daß er mit mir möglichst kein Wort Deutsch sprach und komplizierte hebräische Wendungen lediglich mit einfachen zu erklären versuchte.

Wir kamen nicht recht vorwärts, mir waren alle diese Nuancen, für die er in mir ein Gefühl wecken wollte, zu abwegig, und es behagte mir auch nicht die feierliche, übersteigerte Art, die er hatte und die vielleicht höchste Vergeistigung anzeigte, mir aber Atembeschwerden verursachte. Ich sah ein, daß ich ihm nie gleichen und nie ein hebräischer Schriftsteller sein würde, und ging am Ende nur noch zu ihm hin, damit Katznelson nicht sagen konnte, ich hätte mich nicht um die hebräische Sprache bemüht.

Den letzten Empfehlungsbrief im Zusammenhang mit meinem Buch schrieb Käthe Tal, er war an einen gewissen Herrn Zacharias gerichtet, einen deutschen Einwanderer, der im Begriffe stand, in Tel Aviv einen Buchverlag für Bücher in deutscher Sprache zu eröffnen. Offenbar hatte sich sein Vorhaben noch nicht herumgesprochen, denn die Fensterscheiben seines Büros in der Allenbystraße waren noch nicht zertrümmert.

Der Deutschenhaß und der Haß auf alles, was an Deutschland erinnerte, waren ungeheuer, das hatte auch Arnold Zweig zu spüren bekommen, der nach Palästina emigriert war und in Tel Aviv einen öffentlichen Vortrag in deutscher Sprache hielt: Er wurde ausgepfiffen und von seinen Glaubensgenossen mit weichen Tomaten und faulen Eiern so lange bombardiert, bis er verzweifelt beide Arme hob und das Rednerpult verließ.

Es galt als gefährlich, in Tel Aviv auf der Straße ein deutsches Wort zu sprechen. Jiddisch war erlaubt. Und dieser Zacharias wollte in Tel Aviv einen Verlag für Bücher in deutscher Sprache gründen! Er war ein Großhändler in Literatur, er bezog aus der ganzen Welt Neuerscheinungen in verschiedenen Sprachen und verkaufte sie an die Buchhandlungen. Anscheinend hatte ihm das Mut gemacht, im eigenen Verlag Bücher erscheinen zu lassen. In Berlin war er in der Wirtschaftsabteilung derselben Tageszeitung Redakteur gewesen, die meine ersten Kurzgeschichten gedruckt hatte. Wir hatten also gemeinsame Erinnerungen und damit erste Anknüpfungspunkte für unser Gespräch. Er las noch schneller als Käthe Tal, in zwei Tagen, und erklärte mir am dritten, das sei das Buch, das er für den Start seiner verlegerischen Tätigkeit gesucht habe. Aber so, wie das Buch sei, ginge es nicht, es müsse gründlich überarbeitet werden, gewisse Elemente müßten weiter ausgebaut, andere abgebaut werden. Wenn ich zu dieser Arbeit bereit sei, könne man damit rechnen, daß das Buch ein Erfolg sein und viele Übersetzungen in andere Sprachen erleben werde. Denn Palästina sei im Weltmaßstab aktuell, und das Interessanteste an der jüdischen Siedlung sei der Kibbuz.

Zacharias war ein großer, stattlicher, sportlich aussehender Mann. Sein an den Schläfen grau werdendes Blondhaar, die blauen Augen und ein gewisses Knarren der sich nur an das Notwendigste verschwendenden Stimme hätten besser zu einem Deutschen gepaßt als zu einem Juden. Er sprach zur Sache. Feierlichkeit und Fanatismus des Hebräers gingen ihm ab, sein Mund war klein und ein wenig verkniffen. Als trainierter Redakteur einer großen Berliner Tageszeitung kannte er keine Fisimatenten, und da ich mich zur Umarbeitung bereit erklärt hatte, begann er sofort, das Buch sachlich präzis zu zerrupfen, ihm die Federn auszureißen und es schonungslos in seine Bestandteile zu zerlegen, und ich sah ein, daß es wirklich ein komisches Buch war.

Und zwar war es deshalb komisch, weil es die Vorzüge der Gesundheit durch Ausmalung einer abstoßenden Krankheit, die Richtigkeit einer aufs Praktische gerichteten Mentalität durch Schilderung einer Neurose beweisen wollte. Die palästinensische Kommune, der Kibbuz, erschien als Psychiater, der irgendeinen verdrehten Kerl gesund machte. Man konnte die Absicht merken und verstimmt sein.

Von der Gesinnung des Autors her betrachtet war das Buch aber noch schlimmer als komisch, nämlich gesinnungslos. Es mußte schmeichelhaft sein für die Zionisten, zu erfahren, daß ihr Kibbuz von neurotischen Störungen befreie. Ich hatte in den letzten Jahren viel von und über Freud gelesen und wollte mit meinem ersten Buch eine Lanze für die Psychoanalyse brechen. Das Buch zerfiel in zwei Teile: in die Schilderung einer Krankheit und in die Schilderung einer Gesundheit. Dabei zeigte es sich, daß ich Krankheit nicht zu schildern imstande war. Ich war selbst zu wenig krank, um das zu können, ich war gesund und liebte Gesundheit, und meine Schilderung dieser erfreulicheren Seite des Lebens, in reportageartigen Abschnitten über Arbeit und Landschaft Tel Hamons, war sprachlich und gedanklich dem Palaver über die Neurose weit überlegen. Schon damals merkte ich, daß ich nur über das Gesehene und Erlebte, nicht über Erfundenes schreiben konnte.

Zacharias, mit dem sicheren Instinkt des Zeitungsmannes, griff sofort nach dem reportageartigen Teil des Buches, erklärte ihn zu dem entscheidenden und allein wichtigen und verlangte von mir, die Neurose hinauszuwerfen und die Reportage so auszubauen, daß sie das ganze Buch besetzte. Immerhin, Neurose oder Reportage, es war ein Erfolg, es schien eine ernst zu nehmende Sache zu werden. In diesem Anfangsstadium gehörten zu meinen Bewunderern Tante und Onkel Krähenstein, die im Frühjahr 1935 von Berlin nach Tel Aviv gekommen waren.

Onkel Krähenstein war einer jener deutschen Juden, die sich im Ersten Weltkrieg für Deutschland geschlagen hatten und das Eiserne Kreuz erster und zweiter Klasse besaßen. Ich war zwölf Jahre alt, als er in unserer Familie auftauchte und die Schwester meines Vaters heiratete, die ein Heiratsinserat aufgegeben hatte und wie meine Mutter Schneiderin war. Übrigens waren die meisten ostjüdischen Frauen der Generation meiner Eltern Schneiderinnen, was sich in Tel Aviv so auswirkte, daß in jedem Haus mindestens zwei Schneiderinnen wohnten.

Meine Tante muß als junge Frau nicht übel ausgesehen haben, als sie Krähenstein heiratete, der in jeder Hinsicht das Gegenteil von ihr war: ein steifer, pedantischer Turner und Corpsstudent, einer jener Westjuden, deren geschichtlichen Ursprung man damit erklärte, daß sie als Flüchtlinge der spanischen Inquisition aus dem Westen nach Mitteleuropa gekommen waren. Diese spanischen Juden hatten es vermieden, weiter östlich als bis ins Rheingebiet zu wandern. Sie waren fast alle Rheinländer.

Krähenstein stammte aus Elberfeld. Er hatte blanke Pausbacken und darüber als Baldachin eine stets blank rasierte Schädelplatte. In der Mitte zwischen diesen drei Zelluloidblasen saß eine blanke, dicklinsige, runde Brille. Seine Stimme war sonor und tief, seine Haltung kerzengerade. Er war ganz mit preußischen Idealen durchtränkt und glaubte in unserer verwilderten ostjüdischen Familie eine Kulturmission zu erfüllen, was sich darin verriet, daß er ewig über Anstand, Gesittung und ritterliches Benehmen sprach, übrigens immer wieder mit denselben langweiligen Formulierungen, so daß bei uns schon niemand mehr hinhörte, wenn er dozierte. Hebräische Zeremonien, wie am Freitagabend oder in der Pessachwoche, lösten bei ihm Lachkrämpfe aus, die er trotz Anstand und Gesittung nicht unterdrücken konnte und die zum Anlaß wurden, daß mein Vater ihn haßte und niemals einlud, wenn jüdische Feiertage waren.

Merkwürdig war sein Beruf. Er war Kunstmaler und entwarf Plakate und farbige Postkarten, auf denen jedes Haar der gratulierenden Kinder, jeder Knopf am Anzug des Osterhasen präzise ausgeführt waren. Meine Gunst als Junge erwarb er sich dadurch, daß er ein Blatt Papier nahm und mich fragte, was ich gezeichnet haben wollte. Mit wenigen Strichen und größter Genauigkeit zauberte er auf das Papier Gegenstände, menschliche und tierische Gestalten. Ungünstig verlief die

Sache, wenn er frei gestaltete. Dann knieten Herren in unnachahmlicher hölzerner Steifheit vor ebenso hölzern-steifen Kokotten und halfen ihnen, die Stiefeletten auszuziehen, oder ein hölzernes Prachtweib mit Gewitterbusen saß im Unterrock vor dem Spiegel und kämmte sich. Das ging an sogenannte galante Zeitschriften, aber ich erinnere mich nicht, jemals einen seiner Ausflüge in die freie Kunst gedruckt gesehen zu haben. Der Anfang des Jahrhunderts, Jugendstil und Kunstempfinden des Untertans hatten seinen Geschmack geformt; daß das Jahrhundert inzwischen weitergegangen war, verstand er nicht, er war stehengeblieben.

Unsere Familie liebte ihn um so weniger, als er anfing, sich über die in unseren Kreisen fehlende Fidelitas zu beklagen, so nannte er es. Er war urdeutsch, so wie meine Eltern urjüdisch, und wir stellten Betrachtungen darüber an, aus welchem Grunde die Tante ihn geheiratet hatte. Eine Zeitlang zog sie sich ihm zuliebe von uns zurück, obwohl sie nur wenige Häuser von uns entfernt in der Kaiser-Friedrich-Straße wohnte und dort ihre Schneiderstube hatte.

Beide standen ahnungslos wie die Kinder vor dem Spuk der dreißiger Jahre. Der Onkel hielt sich bis zuletzt für einen deutschen Patrioten und trug sein Bändchen im Knopfloch als Hinweis auf seine Eisernen Kreuze, und die temperamentvolle Tante brachte es fertig, 1933 beim Boykott jüdischer Geschäfte einem Wache stehenden SA-Mann ins Gesicht zu spucken, ohne daß ihr etwas geschah. Beide wurden vor den Gaskammern durch Frimsche gerettet, die ihnen Einladungen aus Tel Aviv schickte und Josef Lazarowitsch dazu brachte, dreihundert Pfund auf den Namen Krähenstein bei einer Bank in Tel Aviv zu deponieren, damit Krähensteins als Handwerker einwandern konnten. Übrigens hatte das gleiche Manöver meinen Eltern die Einreise ermöglicht. Gleich nach der Ankunft wurde das Geld abgehoben und Josef zurückgegeben. So war es in einer notariellen Abmachung festgelegt, die der englische Konsul in Berlin natürlich nicht kannte. Für ihn hatten meine Eltern und Krähensteins Geld in Tel Aviv und durften daher einwandern, auf Grund der englischen Einwanderungsbestimmungen für Handwerker.

Josef half Krähensteins weiter, als sie ins Land kamen. Übrigens hatte er auch meinen Eltern weitergeholfen, noch gehörte er ja zu einer angesehenen und als kapitalkräftig geltenden Familie, und die Unterschrift Lazarowitsch's bedeutete etwas. Mit Recht beklagte er sich später, in den Tagen der Scheidung, über Undankbarkeit. Krähensteins saßen sehr bald in einer Altbauwohnung in der Achad-Haam-Straße. Die Tante hatte wie meine Mutter ihre Nähmaschinen mitgebracht und begann sogleich zu nähen, zuerst für das Geschäft meiner Eltern, dann für andere Firmen. Frimsche brachte ihr Privatkunden, und da die Tante selbst zuschnitt und nach Angaben jedes beliebige Kleid herstellen konnte, beschäftigte sie bald Mitarbeiterinnen und Lehrlinge.

Inzwischen ging der Onkel auf die Suche nach Arbeit. Was ihn aus Elberfeld hinaus ostwärts bis nach Palästina getrieben atte, das hat dieser Jecke, wie man in Palästina typisch deutsche Juden nannte, niemals begriffen. Steif, mit blank polierten Pausbacken, einen sonneabwehrenden Strohhut auf der Glatze und durch die dicken Linsen fassungslos auf das Treiben der bunten Umwelt starrend, stolpterte er durch die Straßen und registrierte es verzweifelt als Verstoß gegen Ritterlichkeit und Anstand, wenn er im Straßenverkehr angerempelt wurde. Und er wurde andauernd angerempelt und konnte nicht wie in den Zeiten der Burschenherrlichkeit Ehrenduelle auslösen, die Juden hätten ihn ausgelacht. Sie lachten ihn auch so aus, indem sie ihm lächerliche und unehrliche

Arbeitsangebote machten. Meistens sollte er hundert Pfund einzahlen, damals eine beträchtliche Summe, um auf eigenes Risiko als Provisionsreisender den Vertrieb unreeller Artikel übernehmen zu dürfen.

Jahrelang stolperte er über die glühenden Straßen Tel Avivs bis hinunter an die Grenze Jaffas, sein Gang wurde immer seltsamer, manchmal fanden sich Mitleidige, die ihn Türschilder malen oder Gerümpelplätze aufräumen ließen. Er muß Qualen gelitten haben, jahrelang, er wurde mehr und mehr zum Laufburschen und Hausgehilfen seiner Frau, deren Heftigkeit und Nervosität er mit Engelsgeduld ertrug. Sooft es möglich war, besuchte ich ihn, was ihn freute. In mir hatte er wieder ein Publikum für seine Vorträge über Ritterlichkeit und deutschen Edelsinn, die ich schon in Berlin gehört hatte und nun mit zusammengebissenen Zähnen und aufmerksamem Gesichtsausdruck erneut über mich niedergehen ließ, um ihm die Illusion zu verschaffen, daß es eine ihn verstehende Seele gebe.

Diese beiden, Onkel und Tante Krähenstein, hörten sich im Familienkreis den Bericht über meine drei Verlage an, und sie fanden es verständlich und entschuldbar, daß ich den Kibbuz verlassen hatte, da ja offensichtlich die Literatur so nach mir schrie. Der Onkel allerdings gab zu verstehen, daß er seine Bedenken habe, da er die Unsicherheit künstlerischer Berufe aus eigener Erfahrung kenne. Dabei war nicht nur in seinem Gesicht ein schmerzlicher Zug, sondern auch in meinem, denn ich wollte natürlich meine Kunst mit seiner nicht verglichen haben.

Als aber nach einem Dreivierteljahr, im Sommer 1936, kaum noch daran gezweifelt werden konnte, daß ich mich geirrt hatte, daß das Buch in Palästina trotz fleißiger Bearbeitungen nicht herauskommen würde, waren Krähensteins die ersten, die laut zu zetern begannen. Sie hätten es gleich gesagt, die sichere Existenz im Kibbuz aufzugeben für eine Phantasterei! Im Geschimpf der lebhaften Tante war deutlich zu erkennen, daß sie meiner Mutter sagen wollte: ›Du hast wohl geglaubt, daß deine Kinder mit ihrer Kunst mehr Glück haben werden als mein armer Mann mit seiner?‹ Denn auch Frimsche, die Schauspielerin, die in Berlin in verschiedenen Studios und Theatergruppen gearbeitet hatte, war Krähensteins Mahnungen zum Trotz bei ihren beruflichen Idealen geblieben, und die Familie fand, daß die erwarteten glanzvollen Resultate ausgeblieben waren.

2

Im Sommer 1936 sah ich ein, daß ich gescheitert war. Horrowitz konnte sich an nichts mehr erinnern, als ich ihn im Verlag besuchte und schüchtern fragte, was denn aus der hebräischen Ausgabe meines Buches geworden sei. Er protestierte heftig gegen die Unterstellung, jemals etwas in dieser Richtung angedeutet zu haben, und ich mußte alles aufbieten, um ihn zu beruhigen. Mir wurde klar, daß er die Komik meines Buches rechtzeitig erkannt und nur dem verderblichen Wunsch nachgegeben hatte, jungen Leuten auf Kosten der Wahrheit Mut zu machen.

Käthe Tal dagegen hielt weiter zu mir. Sie sandte jede neue Bearbeitung des Buches nach Berlin und berichtete mir eines Tages, man habe beschlossen, den Roman in Fortsetzungen herauszubringen, allerdings wisse man noch nicht, wann. Um diese Zeit war bereits die Neurose aus dem Buch hinausgeflogen, dafür hatte die Beschreibung der Arbeit und der Landschaft beträchtlich an Umfang zugenommen, und es hatte sich eine kleine Liebesgeschichte eingestellt, die das Ganze zusammenhielt. So war ein lesbares harmloses Buch entstanden, das die Erlebnisse eines jungen Einwanderers aus Deutschland im Kibbuz wiedergab.

Natürlich endete das Buch anders als die Wirklichkeit. Der Einwanderer blieb, er verließ nicht den Kibbuz nach einem Jahr. Macht nichts, dachte ich, die Wahrheit schreibe ich später, wenn ich unabhängig bin. Ich schreibe dann darüber, wie schwer es ist, für die Legende vom Boden der Väter den Rükken hinzuhalten.

Käthe Tal, als sie die sechste Bearbeitung des Buches durchgesehen hatte, wurde sehr zuversichtlich. »Endlich ein realistisches Buch über den Kibbuz, wir brauchen so etwas«, sagte sie. Aber davon hatte ich nichts. Die Redaktion in Berlin hielt es nicht für nötig, mir einen Bescheid zu senden, so daß der Verdacht nahelag, Käthe Tal wollte mich nur ermutigen, wie es Horrowitz getan hatte.

Die Hoffnung auf Zacharias hielt sich am längsten, bis zum Sommer 1936. Er war es, der mich drängte, das Buch sechsmal umzuschreiben. Am Ende des Sommers erklärte er mir, daß von der Herausgabe des Buches keine Rede mehr sein könne. Die wirtschaftlichen Verhältnisse hätten sich so verschlechtert, daß er froh sein müsse, wenn es ihm gelänge, seine Existenz als Großhändler weiter zu behaupten. Er habe selbstverständlich nichts dagegen, wenn ich versuchte, das Buch, das er immer noch für aktuell halte, anderweitig unterzubringen.

Jetzt kam der Augenblick, daß Krähensteins sagten, sie hätten es gleich gesagt. Sie waren ohne Kinder, und wie alle Leute, die keine Kinder haben, verstanden sie ungewöhnlich viel von Erziehung und machten meinen Eltern den Vorwurf, mich und natürlich auch Frimsche falsch erzogen zu haben. Praktische Berufe hätten wir erlernen sollen, ein Handwerk, aber wir seien ja nicht dazu angehalten worden, weil unsere Mutter geglaubt habe, ihre Kinder seien Genies.

Damals lief ich wochenlang verzweifelt durch die heiße Stadt, ich stolperte und ließ mich anrempeln wie Krähenstein. Es war alles aus, und zurück nach Tel Hamon konnte ich nicht mehr, das erlaubte mein Stolz nicht. Leute lachen über die Geschichte von Münchhausen, der sich am eigenen Schopf aus dem Sumpf zog. Es ist aber eine wahre Geschichte, sie handelt von der Einsamkeit des Menschen. Aus dem Sumpf der Selbstaufgabe zog mich niemand, wenn ich es nicht selbst tat.

Ich ging in dieser Zeit einmal durch die Achad-Haam-Straße, die parallel zur Allenby nach dem Norden verläuft, als mein Blick auf einen kleinen, anscheinend neueröffneten Laden fiel. Es war eine Leihbibliothek. Ich fand das Unternehmen neuartig und erstaunlich für diese rasch emporstrebende Stadt, in der die Leute so vom Existenzkampf in Anspruch genommen waren, daß man annehmen sollte, sie hätten wenig Zeit zum Lesen. Deshalb blieb ich stehen und sah hinein. Der Mann im Innern des völlig leeren Ladens, offenbar der Inhaber, erhob sich und winkte, und ich erkannte meinen alten Freund Egon aus Berlin.

Wir begrüßten uns erfreut. Wir hatten in Berlin dieselben Vorlesungen besucht und über dieselben Bemerkungen verstaubter Professoren gelacht, wir verstanden uns gut. Besonders an einen solchen Heiterkeitsanlaß während einer Vorlesung erinnerten wir uns jetzt. »Gesellschaftsschichten, die auf Kosten anderer Gesellschaftsschichten leben, nennt man parasitär«, hatte der weißhaarige Herr vom Katheder herab verkündet. Wir hatten beide über die staubige Umständlichkeit dieser Formulierung und die Feierlichkeit, in der sie vorgebracht wurde, lachen müssen. Heute lachten wir wieder darüber. Egon war Gasthörer gewesen, er wollte Buchhändler werden und brauchte ein paar Vorlesungen über Literatur und Ökonomie, während ich mit dem Gedanken gespielt hatte, zu promovieren. Er war der einzige Jude meiner Generation in Berlin, mit dem ich befreundet war. Sein Vater hatte eine Ledergroßhandlung am Hermannplatz in Neukölln, nicht weit vom Geschäft meiner Eltern entfernt. Er galt als reich und wohlhabend, an den hohen Feiertagen saßen die beiden Väter nebeneinander in der Synagoge und führten Gespräche über ihre mißratenen Söhne. Ich war mit Lisa abtrünnig, und Egon hatte Beziehungen zu einer Neuköllner Zelle der KPD. Beide zeigten wir wenig Sinn für die hohen Feiertage, allerdings waren die äußeren Motive unserer Opposition unterschiedlich. Erst auf der Universität lernten wir uns genauer kennen. Es war ihm geglückt, bei dem Verleger Rowohlt als Volontär unterzukommen, denn der Vater hatte von ihm verlangt, sich einen Beruf zu suchen. Wie eng Egons Beziehungen zur KPD waren, habe ich niemals ergründen können, weil ich niemals danach fragte. Er fragte ja auch nicht nach meinen persönlichen Angelegenheiten. Er war nicht größer als ich, aber zierlicher, schmaler. Sein Gesicht war im Gegensatz zu meinem geformt, es war etwas ironisch, etwas mephistophelisch, schwarze Haare und dunkle Augen sorgten für Teufelskappe und funkelnden Blick. Er sah gut aus und war auch gut angezogen, eben wie ein junger Mann, der aus beruflichen Gründen auf sein Äußeres achten muß.

Nach dem gemeinsamen Universitätsbesuch hatten wir uns jahrelang nicht mehr gesehen. Ich hatte in den großen Tageszeitungen der demokratischen Mitte meine kleinen Erzählungen zu veröffentlichen begonnen, was ihm nicht entgangen war. »Man muß natürlich existieren«, sagte er heute. »Mir geht es ja nicht anders. Man kann nicht ewig vom Vater abhängen.« »Und dieses Geschäft?« fragte ich. Er gestand verlegen, daß er das Geld dazu von seinem Vater geliehen habe, der als echter Konteninhaber herübergekommen war und in Tel Aviv wieder sein gutgehendes Ledergeschäft hatte. »Natürlich werde ich das Geld meinem Vater wieder zurückzahlen«, sagte Egon. Ich fragte ihn, woher er die Bücher habe. Er hatte sie zum größten Teil bei Zacharias gekauft. So kamen wir auf Zacharias zu sprechen. Egon kannte ihn gut, er hatte bei ihm zwei Jahre lang als Angestellter gearbeitet. Es gebe keinen größeren Ausbeuter als Zacharias, der Leute entlasse, wenn sie krank würden , und schlechte Gehälter zahle. Gesellschaftsschichten, die auf Kosten anderer Gesellschaftsschichten leben . . . Ich mußte lachen, sah den sparsamen Mund vor mir, hörte seine präzisen Formulierungen. Spreche man mit Zacharias über Gehaltsfragen, erzählte Egon, so sei die Antwort immer dieselbe: Er sei kein Wohltätigkeitsinstitut und müsse selbst hart arbeiten, um seine Existenz zu erhalten. Goldene Unternehmersätze. »So sind sie alle«, sagte Egon. »Oder glaubst du vielleicht an das Märchen vom jüdischen Herzen?« Dann sagte er: »Sprich doch mal mit Arbeitern. Du kannst doch schreiben. Schreib doch mal über das Leben der Arbeiter hier in Tel Aviv. Sie werden ausgebeutet. Das gute jüdische Herz haben die Unternehmer nur für sich selbst.«

Es war eine Anregung, die in meinem Kopf hängenblieb. Ich kam nicht mehr davon los. Sie wurde zur Aufgabe, zum neuen Thema.

Merkwürdig war, daß er auf seinen Vater nichts kommen ließ. Sein Vater war doch auch ein Unternehmer, und er hatte mit dem Lederhandel ein Vermögen gemacht. War der Vater ein Ausbeuter?

»Mein Vater, das ist ein anderes Kapitel«, sagte Egon abwehrend und hob eine Hand, als ob er dieser Wendung des Gesprächs Halt gebieten wollte. »Mein Vater ist ein anständiger Kerl. Zumindest versucht er, es zu sein. Das ist schon viel wert.«

Während der langen Unterhaltung kam nicht ein Kunde in den Laden. Ich frage ihn, ob denn das Geschäft gehe, ob er Kunden habe. Er hatte wenig Kunden, aber er hoffte, daß sich die Sache einführen werde. Man dürfe den Mut nicht sinken lassen. Also war sein Mut schon gesunken. Ich sah ihn nachdenklich an. Dem Schüler Rowohlts ging es nicht gut. Man konnte Vorstellungen von Berlin nicht einfach nach Tel Aviv verpflanzen, hier brauchte man keine Leihbibliotheken, und man brauchte auch keine neuen Schriftsteller, da man für die alten kaum Verwendung hatte. Man brauchte kräftige Männer, die Mauersteine schleppen und mit der schweren Hacke den Lehmboden aufreißen konnten, und das mußten sie nicht nur zehn Minuten lang können, sondern jahrelang.

Ich setzte meinen Weg fort, in Gedanken versunken.

Wenige Tage später stellte mich Zacharias als Verkäufer des Messekataloges an, dessen Vertrieb er übernommen hatte. Er wollte mich für den Ausfall der Buchherausgabe entschädigen. Ich hatte um eine Kiste einen Gurt genagelt und hängte ihn um meinen Bauch. In der Kiste lagen die Kataloge, die ich in vier Sprachen laut anpries, während meine Füße mich über die gepflasterten Wege der Levantemesse trugen: »Kauft den Katalog der Levantemesse!« Die Bezahlung war höchst großzügig, ich bekam fünf Piaster für jedes verkaufte Exemplar, das waren fünfzig Prozent des Preises. Ich durfte mir nach jedem Verkauf die fünf Piaster gleich in die Tasche stecken.

Aber das Geschäft war jämmerlich, ich verkaufte in acht Tagen nicht einmal zwanzig Kataloge. Die ganze Zeit tobten Himmel und Meer, ich stand oft am Drahtgitter, das das Gelände der Messe absperrte und zum Benutzen des Haupttores zwang, und blickte hinaus. Die Küste beschreibt dort einen sanften Bogen, der nach Süden hinunterschwingt und in der Ferne mit dem Leuchtturm auf dem vorgeschobenen Arm der Bucht von Jaffa abschließt. Man erkannte deutlich den Übergang von den europäischen Häusern Tel Avivs zu den arabischen Jaffas, beide Städte drängten an das Ufer heran. An der Grenze wurden seit einiger Zeit blutige Mordtaten verübt. Unruhen nannte man das hierzulande. Die einfachen Menschen wußten nicht, warum und weshalb, sie wollten leben und ihre Familien ernähren, weiter nichts.

Damals im Herbst 1936, in den Tagen der letzten Levantemesse Tel Avivs, die bisher alle vier Jahre stattgefunden hatte und der keine weitere folgte, denn vier Jahre später war Krieg in der Welt, war ich fünfundzwanzig Jahre alt. Ich stand am Drahtzaun und lauschte den Schüssen, die von der Jaffagrenze herüberklangen.

Ich hatte eine junge Frau, Familie, Eltern. Irgend jemandem gefiel es nicht, daß wir hier waren, die Schüsse galten auch mir. Es war kalt. Ich fror. Der Sturm trieb Muscheln, Fische, Quallen ans Ufer, wo sie liegenblieben, starben und den Strand mit ihren salzig riechenden Leichen bedeckten. Auch mich hatte der Sturm hergeworfen. Aber ich wollte leben, das war der Unterschied. Ganz leise setzte sich in mein Herz der Bazillus eines neuen Heldenbildes: ein Mann mit einer Waffe zu sein, der das Leben der angegriffenen Juden verteidigte. Ob ich dafür geeignet war? Ob mich meine Suche nach einem Gesicht eines Tages zu dieser Station führen würde?

Ich fror. Wind, Wellen, ferne Schüsse peitschten. Ich nahm

mein Gesicht von dem Maschendraht fort, setzte meine Füße in Bewegung und schrie aus Leibeskräften: »Kauft den Katalog der Levantemesse! Kauft, kauft, liebe Leute, kauft!« Aber sie kauften nicht. Sie hatten andere Sorgen. Meine Einnahmen waren jämmerlich, Zacharias hatte das vorausgesehen, daß sie jämmerlich sein würden. Die Messe war schlecht besucht, die Unruhen verdarben den Menschen die Lust, nach Tel Aviv zu kommen, denn es war lebensgefährlich, durch das Land zu reisen, wenn man nicht zufällig in einem Panzerauto saß. Dabei war die Messe gut vorbereitet. Sie sollte von der Seite des Handels her zwischen Ost und West vermitteln, aber es hatte den Anschein, als ob nichts vermittelt werden konnte. Der einzige moslemische Staat, der ausgestellt hatte, war die Türkei. Aber auch die Vertreter des türkischen Handels saßen wie alle andern mit traurigen Gesichtern in ihren Pavillons und warteten vergeblich auf Kunden.

So lief ich, der Katalogverkäufer ohne Kunden, an den Ständen der Messeaussteller ohne Kunden vorbei und empfahl den großartig ausgestatteten Katalog ins Leere. Die Messe selbst war so großartig wie mein Katalog. Vor den aus Beton und Glas errichteten Hallen knatterten die Fahnen der ausstellenden Länder im Wind. Lautsprecher dudelten dazu den ganzen Tag Schallplattenmusik, falls sich nicht gerade im Amphitheater die Kapelle der Freiwilligen Feuerwehr von Tel Aviv produzierte, und vor dem Café Raphael rauschte eine viele Meter hohe Fontäne, neben der man an herausgestellten Tischchen, wenn die Sonne schien, guten Bohnenkaffee und Wiener Torte verzehren konnte.

Ich beschloß nach acht Tagen, diese lächerliche Tätigkeit aufzugeben. Zacharias hatte bereits einen neuen ahnungslosen jungen Mann aufgegabelt, mit dem er Stimmübungen veranstaltete, denn das einzige, was ich erreicht hatte, war der vorbildlich monotone Singsang meiner Ausrufe. Er konnte mich meinem Nachfolger als Vorbild hinstellen. Kauft den sinnlosen Katalog, liebe Leute! Für nur zehn Piaster erhaltet Ihr fast geschenkt Bankinserate und Ein- und Ausfuhrziffern der ausstellenden Länder! Meine Kunden reagierten großartig, sie blieben stehen, sprachen mich leutselig an, erkundigten sich nach meinem Verdienst, wollten wissen, ob ich fest angestellt sei oder auf Provisionsbasis arbeitete. Sie ließen sich den Katalog zeigen, blätterten darin, leckten an Daumen und Zeigefinger, um bequemer blättern zu können, und legten ihn dann mit freundlichem Gesicht in meine Kiste zurück. »Schalom uwrachah«, sagten sie, Friede sei mit dir, und sie gingen weiter und freuten sich, in diesem wunderbaren Land zu leben, in dem die Juden einen eigenen Messekatalog in hebräischer Sprache herausgaben. Einer hatte mich angeschrien: »Was? Zehn Piaster? Kacken wir denn Geld?«

Einmal hatte mich Lisa hier draußen besucht, auf dem Gelände zwischen Jarkonmündung und Meer, hier war die nördliche Endstation einer Omnibuslinie. Sie hatte extra einen Tag frei bekommen von meiner Mutter. Sie fand es gut, daß ich körperlich arbeitete, von meiner geistigen Arbeit hielt sie nicht viel. Sie konnte dann ihren Eltern nach Berlin schreiben: Carl-Jacob schreckt vor keiner Arbeit zurück. Jetzt war ich also Katalogverkäufer. Ich stellte ihr zu Ehren die Kiste mit den Katalogen im Ausstellungskiosk des Buchhändlers Zacharias ab, der noch vor einem Jahr geglaubt hatte, hier mein Kibbuzbuch der Öffentlichkeit vorzuführen, und spazierte mit ihr über die Straßen und durch die Hallen. Dabei war ihr Blick im französischen Pavillon auf einen kußfesten Lippenstift original Paris gefallen, und sie hatte, als sie erfuhr, daß er neun Piaster kostete, traurig verzichtet.

Ihr trauriges Verzichten aber hatte mich zutiefst getroffen, denn es gab Luxus in Tel Aviv und glänzend versorgte Damen, die sich herausfordernd kleideten und aufführten. Deshalb beschloß ich, als der letzte Tag meiner Tätigkeit auf dem Messegelände gekommen war, aus meinen Einnahmen für Lisa den Lippenstift zu kaufen.

Aber es war Abend geworden, und ich hatte erst einen Katalog verkauft, also fünf Piaster eingenommen. Ich mußte noch einen Katalog verkaufen, um in den Besitz des Lippenstiftes gelangen zu können, und die Sache eilte insofern, als die Aussteller langsam ihre Sachen zu packen und nach Hause zu gehen begannen, denn bis spät in die Nacht hinein die Stände offenzuhalten lohnte nicht.

Ich stolperte verzweifelt über die Straßen, durch die Hallen, die Kiste hatte ich nach hinten auf den Rücken geschoben, um besser vorwärts zu kommen, und pries monoton und laut meine Ware an. Es bestand wenig Hoffnung für Lisas Lippenstift.

Plötzlich stand ein Arbeiter vor mir. Er war klein von Gestalt, hatte eine Schirmmütze über dem von anstrengender Arbeit ausgemergelten, von der Sonne dunkelbraun gebrannten Gesicht. Er wollte wissen, was der Katalog koste.

»Laß mich zufrieden«, brach es aus mir heraus. Ich war so müde, daß ich die Beherrschung verlor. »Wozu die Gespräche. Alle reden nur, alle stellen nur Fragen. Kaufen willst du ja auch nicht. Also wozu die Gespräche.«

Er wurde verlegen. Er kratzte sich hinter dem Ohr, schob die Mütze zurück. »Ich verstehe«, brummelte er, »du lebst davon. Das Leben ist nicht leicht für uns.« Er sagte: Für uns. Er langte in die Tasche und holte umständlich zehn Piaster hervor, zuletzt kleines Geld, einzelne Millim. »Hier«, sagte er, »nimm. Gib mir so einen Katalog. Zur Erinnerung an die Messe. Schalom uwrachah.«

Ich starrte ihm fassungslos nach. Das waren genau die zehn Piaster, die ich brauchte. Aber ich bekam plötzlich ein schlechtes Gewissen. Ich hatte ihm das Geld aus der Tasche gelotst mit der Szene, die ich ihm gemacht hatte, und alles für einen Lippenstift. Reue packte mich. Das war kein Katalog für Arbeiter, es war ein Katalog für Geschäftsleute, nicht für Menschen, die mit ihrer Arbeitskraft hausieren gingen und jeden Pfennig in der Hand umdrehten, bevor sie ihn ausgaben. Was sollte er mit den Bankinseraten und den Aus- und Einfuhrzahlen? Seine Kinder würden die Seiten bemalen und herausreißen. Er hatte mir zehn Piaster geschenkt, die er selbst bitter nötig brauchte. Anstatt zu dem französischen Pavillon zu gehen und Lisas Lippenstift zu kaufen, begann ich, den letzten Kunden auf dem ganzen Messegelände zu suchen, ich wollte ihm das Geld zurückgeben und den Katalog wieder abnehmen, aber ich fand ihn nicht, er war verschwunden, wie vom Erdboden verschluckt.

Spät abends, den Lippenstift in der Tasche, mit schlechtem Gewissen und nicht sehr glücklichen Gedanken, verlasse ich die kalte, windige, fremde Messe, zu der ich nie wieder zurückkehren werde.

Den Arbeiter habe ich dann auf andere Weise zu suchen begonnen. »Schreib über das Leben der Tel Aviver Arbeiter«, hatte Egon gesagt. Ich begann munter, dachte mir ein gewisses System aus. Da ich nicht viel wußte, führte ich etwa vierzig Gespräche, mit Leuten, die mehr wußten, zum größten Teil mit Arbeitern aus Tel Aviv. Ich führte diese Gespräche nicht im Vorbeigehen, sondern bereitete sie vor, indem ich mit den Gesprächspartnern Treffpunkt und Zeit vereinbarte und ihnen gleich sagte: »Mach dich gefaßt auf ein Frage- und Antwortspiel von anderthalb bis zwei Stunden Dauer, billiger kommst du nicht davon.« Sie waren einverstanden, und ich merkte, daß sie reden wollten. Trafen wir uns dann in ihrer oder meiner Wohnung, so ermunterte ich ihre Redelust, indem ich keine Antwort durchließ, die mir unverständlich war. Die meisten Gesprächspartner, wenn meine Hartnäckigkeit sie darüber belehrte, daß ich die Wahrheit suchte, ließen sich zur Ehrlichkeit verleiten und respektierten mein Interesse, was dem Klima dieser Unterhaltungen zugute kam. Ich schrieb mit, fixierte die Unterhaltungen. Sie packten aus, manche freilich mit vorgehaltener Hand, »im Vertrauen« und »unter uns gesagt«. Ich nahm, was ich bekam. Übrigens war es immer dasselbe, was mir die Arbeiter hinter vorgehaltener Hand »im Vertrauen« sagten: Es stimme etwas nicht mit dem Klassenfrieden im Land der Väter. Und sie sagten alle, Führer der Arbeiterorganisation, der dem Arbeitenden mit nationalen Phrasen in die Arme falle, wenn er es wage, sich seiner Haut zu wehren, sei Katznelson. Mein lieber Weihnachtsmann im kornblumenblauen Kittel.

Ich schrieb ein hübsches Buch, verhältnismäßig schnell. Ich war in Aufruhr wie der Himmel über der letzten Levantemesse. Ich hatte etwas mitzuteilen, das ich selbst bisher nicht gewußt hatte. Ich nahm die verschiedenen Geschichten, die mir die Arbeiter erzählt hatten, und flocht sie ineinander, ohne die Hand vor den Mund zu legen. Ich beschrieb das fürchterliche und erniedrigende Leben der Lohnarbeiter, das unterirdische Wettergrollen, die Wolken, die sich zusammenzogen. Ich beschrieb Unternehmerwillkür und Ästhetizismus und feine Kultur der besitzenden Klasse, ihre geistvollen Gespräche, ihre Teegesellschaften mit großzügigen Damen. Wenn die Herren der Teegesellschaft der großzügigen Dame zutranken und ihr ein langes Leben wünschten, zog der arbeitslose Untermieter im Hintergrund der Wohnung die Klospülung. Es waren zweierlei Arten von Prost.

Mein Geschmack sei nicht fein und ästhetisch genug, sagte mir später Abramowitsch, der das Manuskript gelesen hatte. Freilich stellte er auch fest, daß so etwas hier noch nicht geschrieben worden sei und nur wenigen diese Tatsachen bekannt seien. Man müsse sich aber fragen, ob die Verbreitung solcher negativen Dinge Nutzen bringe.

Ich weiß nicht. Ich war noch sehr jung, jünger als andere in meinem Alter. Ich hatte dieses Buch mehr mit dem Herzen geschrieben als mit dem Verstand. Sicher war es so wenig ein Meisterwerk wie der Kibbuzroman. Es hätte mich aber über eines belehren können. Wie kurz der Schritt von der Demokratie zur Diktatur ist: so kurz wie der Schritt vom Erhabenen zum Lächerlichen. Die Frage nach dem politischen Nutzen einer Äußerung, die Frage nach dem nützlichen politischen Verhalten, das ist das Ende der Demokratie, und insofern, als diese Frage sehr gängig war, steckte in jeder Demokratie eine Diktatur.

Ein aussichtsloses Buch, ein Experiment. Käthe Tal las sehr schnell. Ihr Mann, der Gewerkschaftsfunktionär, las mit. Beide gaben mir recht. Beide sagten: Ein erstaunliches Buch, das erste seiner Art im idealistischen Sumpf der hebräischen Gegenwartsliteratur. Aber es gibt keine Macht, die sich hinter diese Anklage stellen würde. Sie schickte mich mit meinem Manuskript zu einem Mann, den man in Arbeiterkreisen abgekürzt ›Dasch‹ nannte und der das Buch mit großem Enthusiasmus aufnahm.

Dasch, Leiter der ökonomischen Abteilung der Jewish

Agency, zugleich Berater bei den verschiedenen Finanz- und Wirtschaftsgebilden der Gewerkschaft, war ein hagerer, langgliedriger, gespenstischer Mann mit scharfblickenden Raubvogelaugen, die an der Nasenwurzel eng zusammensaßen. Er hatte eine nervöse Art von Arbeitsenergie, selbst beim Sitzen war er unterwegs mit der Unruhe seiner flatternden Handbewegungen. Daß er mir sofort den Kampf um des Kampfes willen predigte und aus seiner eigenen Lebensgeschichte Beispiele gab für die von ihm selbst praktizierte Haltung mutiger Opposition, half mir wenig, zeigte aber, daß es ein amtlich zugelassenes Revoltieren gab, das ungefährlich war und Schauzwecken diente.

Obwohl sich unter den Augen Katznelsons in den von ihm gegründeten Organisationen die linke Abweichung entwikkelte, die nach einigen Jahren zur Gründung einer neuen Partei führte, blieb die Hauptmacht, die Majorität der öffentlichen Meinung, immer rund um Katznelson. Darüber belehrten mich die nächsten vierzehn Jahre meines Lebens. Die große Koalition zwischen Horrowitz und Katznelson, zwischen liberaler Mitte und nationaler Sozialdemokratie, die später jahrzehntelang den Israel-Staat führte, bestand inoffiziell, dem Zustand der Geister nach, schon 1936. Die Wand dieses *juste milieu,* die die Leute zwang, hinter vorgehaltener Hand zu sprechen, verhinderte, daß ich in Palästina Schriftsteller wurde. Man kann nicht Bücher schreiben hinter vorgehaltener Hand, ich zumindest konnte es nicht, da immer wieder dieses störende Herz mit im Spiel war.

Ich hatte also wieder umsonst gearbeitet. Mit der Zeit gewöhnte ich mich daran, umsonst zu arbeiten. Vielleicht ist das auch eine Definition des Clowns.

Von der Levantemesse hatte ich noch etwas anderes mitgebracht, nicht nur die Suche nach dem Arbeiter. Am Drahtmaschenzaun der Messe, nach der Seeseite hin, hatte ich hinausgeblickt in die ferne Bucht, an der Jaffa lag, und über die Schüsse nachgedacht, die von der Jaffagrenze gedämpft herüberklangen. Ich suchte mein Gesicht, vielleicht würde ich es immer suchen. Mir war die Idee gekommen, daß ich probieren sollte, ein bewaffneter Mann zu werden, Soldat oder Polizist. Vielleicht konnte von dieser Seite her in mein Milchgesicht der strenge Zug kommen, der die Gesichter der Helden auszeichnet.

Nun gab es in diesem Land ein allgemeines Flüstern über eine verbotene militärische Organisation der Juden, die sogenannte ›Hagannah‹, die sich ohne Erlaubnis der englischen Mandatsverwaltung an der Ordnungshüterei beteiligte und die jüdischen Städte und Dörfer beschützte, jedenfalls wurde das so dargestellt. Zweifellos war sie an der Schießerei drüben in Jaffa beteiligt. Abwehrend, versteht sich. Alle Waffen der Welt sind zur Verteidigung bestimmt. Nur aus Versehen greifen sie manchmal an. Diese kleinen Entgleisungen muß man aber ihrer Liebenswürdigkeit zugute halten, denken verzeihend die Liebhaber der Waffe. Es hieß von der Hagannah, man könne nur mit besten Beziehungen ihr Mitglied werden, und in diesem Fall sei die Verschwiegenheit mindestens so wichtig wie die militärische Ausbildung. Beziehungen? Ich hatte die besten, die es geben konnte: Katznelson. Er wußte ja nicht, was ich dachte und schrieb. Da bis in den Sommer 1937 hinein an den Grenzen der Städte und Dörfer geschossen wurde, ging ich zu Katznelson und lenkte erfolgreich das freundliche Weihnachtsmannstrahlen seiner Augen auf meine unbescholtene und vielversprechende Jugend. Es war ganz klar: Ich war ein junger Jude nach seinem Geschmack, begabt und bereit, die Heimat zu verteidigen. Er entließ mich wohlwollend und gerührt mit einem Empfehlungsschreiben, das an den Leiter einer gerade in diesen Tagen gegründeten militärischen Formation gerichtet war.

War es die Hagannah? War es etwas anderes?

Ein junger Mann in der Brennerstraße, im Haus der Gewerkschaft, nahm meinen Brief, las ihn, sah mich nachdenklich an und fragte, ob ich Mitglied der Mapai sei, der großen Arbeiterpartei, deren Vorsitzender und Gründer Katznelson war. Als ich verneinte, schüttelte er verwundert den Kopf und sagte leise zu einem hinter ihm stehenden jungen Mann: »Echt Katznelson, einen Schriftsteller schickt er uns, noch dazu einen aus Jeckeland.« Das war die übliche Bezeichnung für Deutschland. Er bestellte mich für einen der nächsten Abende in die Turnhalle einer Schule, mit genauer Angabe der Uhrzeit.

Meine militärische Laufbahn begann. Ich dachte zuerst, man würde mir in der Schule einen Trommelrevolver geben, wie man es in Tel Hamon gemacht hatte, als ich vierzehn Nächte zur Wache in den Weinbergen eingesetzt worden war, und mich an die Grenze nach Jaffa schicken. Diese ersten vierzehn Wachtnächte in Tel Hamon waren übrigens grauenvoll für mich gewesen, trotz der Nähe eines alten erfahrenen Hagannah-Mannes, der ein Jagdgewehr über der Schulter hatte und die Patrouille leitete. Das Fauchen einer aufgescheuchten Hyäne, die aus der arabischen Wüste im Osten herübergekommen war, ohne ein Visum zu benötigen, hatte mich an den Rand eines Herzanfalles gebracht.

Ich glaubte, diesmal schon etwas gefaßter zu sein, und schlenderte mit zehn Minuten Verspätung in den Hof der mir beschriebenen Schule. Ich erschrak, als ich die Eingangstür zu der erleuchteten Turnhalle öffnete: Etwa vierzig junge Zivilisten standen in einer Reihe und riefen gerade mit einer kurzen Kopfdrehung jeder dem Nebenmann fortlaufende Zahlen zu. Sie schienen das in zehn Minuten gelernt zu haben, und vor ihnen standen die beiden jungen Männer aus der Brennerstraße, die Katznelsons Brief in Empfang genommen hatten. Sie sahen mich mit einem Ausdruck unverkennbarer Verachtung an und ließen mich, ohne meinen Gruß zu erwidern, stumm an sich herankommen. Eine Pause trat ein. Auch die jungen Zivilisten sahen mich an, ein peinlicher Augenblick.

Ich sei bestellt, sagte ich. »Wann bist du bestellt?« fragten sie böse. »Um acht Uhr«, so ich. »Jetzt ist es aber«, elegante Handbewegung mit der Armbanduhr zu den Augen, »Viertel neun. Bist du um acht bestellt oder um Viertel neun?« »Um acht«, gestand ich. »Und warum kommst du nicht um acht?«

Was sollte ich darauf antworten! Ich sagte kleinlaut, vor den vierzig Zivilisten und ihrem Kommandeur stehend, ich hätte falsche Vorstellungen über den Charakter der Arbeit gehabt, die mich hier erwarte.

Weil es die Wahrheit war, grinsten sie. »Wir geben dir den Rat, in Zukunft pünktlich zu sein«, sagte der junge Mann hohnvoll und fügte hinzu: »In deinem eigenen Interesse.« Eine Drohung? Ich erschrak zum zweitenmal. Ich mußte mich dann an das Ende der Reihe stellen, es wurde noch einmal mit dem Zählen begonnen. Ich meldete als letzter meine Zahl, nicht sehr laut. Sie verlangten, daß ich sie lauter wiederhole.

Ich bin dann in der folgenden Zeit in jeder Woche zweimal eine halbe Stunde früher von zu Hause fortgegangen, um pünktlich sein zu können. Von Trommelrevolvern konnte keine Rede sein. Wir hätten äußerst wichtige Aufgaben, beteuerte mehrmals der Kommandeur, aber zuerst müßten wir laufen lernen. Ich begegnete hier zum erstenmal der Auffassung, daß Zivilisten nicht laufen können. Später stieß ich immer wieder auf diese Behauptung, und ich nehme an, daß es sich um Vorstellungen handelte, die aus dem Preußenland stammen und etwas mit Hammelbeinen zu tun haben. Wir hatten Hammelbeine. Zwei Monate lang jede Woche zweimal wurden uns abends auf dem Schulhof die Hammelbeine strammgezogen. Trotz preußischer Grundgesinnung ging es nach englischem Ritus. Wir lernten englisch laufen und, was noch schwieriger war, englisch wenden und kehrtmachen, auch im Stehen, denn natürlich konnten wir auch nicht stehen, eine Merkwürdigkeit der Hammelbeine. Man machte uns also zu Menschen. Kompliziert wurde die Sache dadurch, daß wir ständig zählen und höllisch aufpassen mußten, denn bestimmte Befehle bezogen sich auf bestimmte Beine, und man konnte durch lautloses Zählen ermitteln, welches Bein demnächst an der Reihe war. Keiner der beiden Kommandeure aus dem Brennerhaus nahm an, daß ich, der Ausländer, der aus dem Jeckeland kam, irgend etwas kapiert hatte.

Sie kannten aber nicht die Verbissenheit, mit der ich meinem Ziel zustrebte, auf irgendeinem Gebiet meine Eignung nachzuweisen. So konnte es geschehen, daß ich die nach zwei Monaten auf dem Schulhof stattfindende Prüfung, in der jeder einmal die andern kommandieren mußte, ohne Fehler bestand. Meine Kommandos kamen richtig, im richtigen Rhythmus und auf dem richtigen Bein. Die beiden Kommandeure, die nicht ahnten, wie ich zu Hause den ganzen Unsinn geübt hatte, sahen mich plötzlich anders an. Offenbar war ich kein Hammel mehr, ich war ein Mensch geworden, und sie lobten mich. Nur etwas sei an meinem Debüt als Kommandeur nicht gut gewesen: die Stimme. Zu leise. Ob ich meine Kommandos nicht lauter bringen könne. In meinem eigenen

Interesse. Ein Kommandeur müsse eine starke Stimme haben. Ich solle es doch noch einmal versuchen.

Ich versuchte also zu brüllen, aber da ich weder brüllen konnte noch wollte, überschlug sich meine Stimme, und mit dieser unmöglichen Stimme gab ich absichtlich falsche Kommandos, ließ dann die entsetzte Gruppe halten und wartete, was weiter geschehen würde.

»Schon gut«, sagte einer der beiden jungen Leute aus der Brennerstraße. »Wir sehen jetzt klar. Du wirst immer nur mittelmäßig bleiben. Aber du bist guten Willens. Eine gute Mittelmäßigkeit ist auch etwas wert.«

So endete die erste Etappe meiner militärischen Laufbahn. Es war wie mit meiner literarischen Laufbahn. Ein Gefühl der Beschämung machte sich in meinem Innern breit. Ich war nach Tel Aviv gekommen, um meine Mittelmäßigkeit zu beweisen. Ich wollte wieder fort, ich bekam Sehnsucht nach der schweren Arbeit, die in Tel Hamon meinem Rücken so zugesetzt hatte.

3

Zacharias hatte mich als Zeitungsjunge angestellt, um mich für den Ausfall der Buchveröffentlichung zu entschädigen. Horrowitz stellte mich aus demselben Grunde als Farmarbeiter an. Reizende Gesten von zwei Verlegern. Sie hatten wohl aus dem Kibbuzroman den Schluß gezogen, ich sei ein guter Arbeiter, ohne zu bemerken, daß ich es nur sein wollte.

Ich wollte Arbeiter sein, Schriftsteller, Soldat und versagte in allen drei Kategorien, zumindest nach dem augenblicklichen Stand der Dinge. Was herauskam, war gute Mittelmäßigkeit, der junge Mann aus der Brennerstraße hatte das Schicksalswort gesprochen.

Frimsche hatte mich gerade in dem Augenblick darüber unterrichtet, daß Horrowitz für seine Orangenfarm draußen in Ramat Gan, im Norden Tel Avivs, einen festangestellten, in der Farm wohnenden Arbeiter suchte, als ich Tel Aviv verlassen und zu meinen Zitrusbäumen zurückkehren wollte, über deren Bearbeitung ich einiges im Kibbuz gelernt hatte. Horrowitz war entzückt, als ich ihm in seinem Büro meinen Vorschlag unterbreitete. Bei ihm spielte, anders als bei Zacharias, ein ganzes Bündel von Gründen hinein, um sich durch Arbeitsbeschaffung als Mäzen zu betätigen. Mit zwei reizenden jungen Frauen würde er durch meine Umsiedlung engere Verbindungen knüpfen. Katznelson würde es sicher begrüßen, daß er den jungen Schriftsteller unter seine Fittiche nahm. Auch die in den drei Häuschen seiner Farm wohnenden Mieter würden zufrieden sein, daß nun ein junger wehrfähiger Mann in der Farm Einzug hielt. Die Farm lag exponiert am Rand der Siedlung, die Zeiten waren unruhig, und die Männer, die morgens in die Stadt zur Arbeit fuhren, ließen ihre Frauen in der ungeschützten Farm zurück und wußten nie, ob sie sie noch lebend antrafen, wenn sie abends zurückkehrten. Einer von ihnen hatte schon mit Kündigung gedroht für den Fall, daß es Horrowitz nicht gelänge, männlichen Schutz in der Farm zu haben. Daß ich auf diesem Gebiet nicht mehr gelernt hatte, als in Ohnmacht zu fallen, wenn mich nachts eine Hyäne anfauchte, und die Hammelbeine nach englischem Ritus zu bewegen, möglichst rückwärts, das wußte niemand.

Die Farm selbst war vernachlässigt, jedes Jahr bei der Ernte gaben die Bäume ein ständig kleiner werdendes Quantum ihrer herrlichen Früchte für den Export her. An und für sich entsprach das dem Gesetz der Zitrusfarmen rund um Tel Aviv, deren Aussterben begann, weil die Farmbesitzer auf die Ausdehnung der Stadt hofften und den Boden nur noch für Spekulationszwecke hielten.

Horrowitz hatte sowieso keine Zeit, sich um die Bäume zu kümmern, er hatte in der Stadt seinen Verlag zu leiten, bestellte von Zeit zu Zeit für die notwendigsten Arbeiten einen Nachbarn oder bat das Ramat Ganer Arbeitsamt, ihm einen Farmarbeiter für kurzfristige Arbeitsaufträge zu schicken. Jetzt hoffte er, daß meine ständige Anwesenheit günstig auf die zukünftigen Ernten wirken würde. Bis zum Verkauf des Bodens an städtische Finanzgruppen hatte es noch einige Jahrzehnte Zeit, bis dahin sollte die Zitrusernte noch etwas Gewinn abwerfen. Und es gab eine leerstehende Wohnung in der Farm, für deren Vermietung größere Aussichten bestanden, wenn ein festangestellter Farmarbeiter kam. Außerdem hatte Horrowitz, selbst russischen Ursprungs, eine Schwäche für die intelligenten deutschen Einwanderer, die ihm halfen, innerhalb der Farm ein gewisses niveauvolles gesellschaftliches Leben zu entwickeln. Allen Gegebenheiten nach war ich für ihn ein interessanter Mann, nicht als Schriftsteller, wohl aber als Arbeiter und Mitbewohner der Farm. Auch Sonja, die von Käthe Tal erfahren hatte, wie es um mich stand, würde zufrieden sein mit dieser Neuerwerbung.

So zog ich um nach Ramat Gan. Ich verabschiedete mich vom Abramowitsch, von Käthe Tal, von Zuf. Als ich mich von Egon verabschieden wollte, stellte ich fest, daß der Laden leer war. Man könne ihn mieten, verkündete ein Schild. Damit war der Kontakt mit Egon, den ich etwas vernachlässigt hatte, vorläufig unterbrochen. Denn zu seinem Vater zu gehen und ihn zu fragen ›Wo steckt dein Sohn, was hast du mit ihm gemacht, als er seine Schulden nicht bezahlen konnte?‹, dazu war mir der Vater zu fremd. Mit dem Leichtsinn der Jugend dachte ich: Irgendwann werde ich Egon wiedersehen, kein Grund zur Trauer, das Leben ist groß.

Oh, es war so klein, klein wie eine Bratpfanne und ein Wasserkessel, die Hochzeitsgeschenke, die wir von meinen Eltern bekommen hatten. Wir zogen hinaus in die große Prüfung. Erst jetzt würden wir erfahren, ob wir zusammenpaßten, ob wir hatten heiraten dürfen. Neben uns auf dem zweirädrigen Karren, der von einem Eselchen gezogen werden sollte, nordwärts über die große Landstraße, standen eine Kiste und ein Koffer mit Textilien aus Berlin. Denn Lisas Eltern, obwohl nur Berliner Arbeiter, hatten ungleich großzügigere Vorstellungen von Hochzeitsgeschenken. Wir schaukelten auf einem blauen Asphaltfluß, Autos kamen uns entgegen und überholten uns, ich atmete auf, je weiter wir nach Norden kamen und die Natur sich ringsherum entfaltete.

Es war nicht sehr mühevoll, das zerbrochene Eisentor der Farm so weit zu öffnen, daß unser Wägelchen hineinfahren konnte. Wir schaukelten einen von Zypressen gesäumten Fahrweg hinauf, der vor den Eingangstüren zu drei kleinen Häusern endete, ließen abladen, bezahlten den Kutscher und sahen uns um.

Es war so ruhig wie es unruhig war draußen im Land und an den Grenzen der Städte. Drei junge Frauen in Badeanzügen traten aus den verschiedenen Häusern heraus, sie trugen Badeanzüge wegen der Hitze. Ich fand nur, soweit ich das beurteilen konnte, ihre Kleidung etwas unvorsichtig, wenn es stimmte, daß die Farm gefährdet war. Auch zwei kleine Kinder sahen uns neugierig an, mußten allerdings erst von ihrer Mutter dazu aufgefordert werden, uns zu begrüßen, was die

Frauen ausgiebigst taten. Sie hatten uns erwartet. Die aus dem Steinhaus heraustretende Frau war Else, ich kannte ihren Namen, noch bevor sie sich vorstellte. Frimsche hatte mir von ihr erzählt. Es war in der Mitte der fünf Wochentage, in denen sie hier residierte und Horrowitz die Frau ersetzte. Eine Studienkollegin Sonjas aus Wien, von Sonja mehrmals hinausgeworfen und von Horrowitz immer wieder zurückgeholt. Zwei Tage später packte sie ihr Köfferchen und fuhr nach Tel Aviv, um Sonja Platz zu machen, die mit ihrem Köfferchen aus Rechowoth kam, wo sie arbeitete und zum Wochenende wieder die Zügel an sich riß. Eine verdammte klatschumwobene Geschichte, die mich nichts anging und von der ich auch nichts wissen wollte.

Später, als sich Else von ihrem Kleinod emanzipierte und in Tel Aviv heiratete, besorgte sich Horrowitz für die kritischen fünf Tage der Woche einen anderen Ersatz. Er hatte großen Erfolg bei Frauen und charmierte sie dutzendweis. Frimsche kannte alle Phasen dieser Affären, es war wohl ein beliebter Gesprächsstoff in Tel Aviv. Was mich hier abstieß, war nicht die Sache selbst, sondern die eitle Offenheit, mit der Horrowitz sie betrieb und die wohl herausfordern und ihn mit einem ganz bestimmten Gerüchtedunst umgeben sollte. Ich hatte schon jetzt ein unangenehmes Gefühl, als ich diese Else im Badeanzug sah. Im Grunde war es eine sympathische junge Frau, und ich war nicht als Richter über die Moral der Menschen bestellt.

Wenig sympathisch waren Zimmer und angebaute Küche im Holzhaus, die sie uns im Auftrag des abwesenden Farmherren als die uns zugedachte Wohnung vorführte. Es war ein Holzkasten, den man auf Sand gestellt und nach der Bodenseite hin mit Steinfliesen abgedeckt hatte. Nach einigen Jahren geraten diese Gebilde ins Rutschen, und zwischen den

Fliesen kommen Ameisen und kräftigere Tierchen hervor, sogar solche, die die Fliesen hochheben und neugierig ins Zimmer schauen, Maulwürfe und kleine Schlangen. Um dem Rutschen entgegenzuwirken, pflanzt man draußen Bäume an, die das Haus umklammern und festhalten. Eine blau blühende Bugrovilla lag auf dem Dach der Hütte und bewahrte es davor, vom Wind fortgetragen zu werden, und Kletterpetunien und Passionsblumen hatten an senkrechten Wänden und Fenstern einen dichten Pelz gebildet, so daß die Hütte vollkommen in Grün und Blumen versank. Das war gewiß schön, was auch Mäuse und Ratten fanden, die auf dem Dach ungeachtet unseres Eintretens weiterlärmten, Kegel schoben und quiekten.

Wir waren jung und nicht verwöhnt, wir machten uns an die Arbeit. Mittags um ein Uhr waren wir eingezogen. Bis Horrowitz vier Stunden später aus Tel Aviv heimkehrte, hatte die Gartenschere, die uns Else gab, Licht in das Dickicht am Fenster geschnitten, und das in diesem Land billige Petroleum, von Lisa ausgegossen, hatte die Fliesen des Fußbodens mit einem wirkungsvollen Antibiotikum überzogen, was nicht verhinderte, daß mich nachts Mäuse in den Finger bissen, denn wir schliefen auf dem Fußboden, auf Strohmatten, und die Mäuse hatten wohl nicht geahnt, daß der Finger, in den sie bissen, noch lebte.

Übrigens spazierte in dem Zypressenweg an jenem Tag unseres Einzuges in die Farm neben Horrowitz ein dürres, zappeliges Männlein. Sie hatten sich unterwegs getroffen, beim Einsteigen in den Bus, und kehrten nun zusammen heim. Es war der Ingenieur Dr. Bleibtreu, ein musikfreudiger Herr, der seine Gattin auf dem Bechsteinflügel begleitete, wie ich bald feststellte, denn man hörte natürlich diese Darbietungen in der ganzen Farm. Er hatte einen Kneifer vor den lustigen Augen, der wackelte und blitzte. Wenn Dr. Bleibtreu einen neuen Gedanken oder Einfall hatte, dann führte er nämlich kleine Luftsprünge aus, was die Brille zum Blitzen brachte, also ein sehr bewegter Herr. Ich mochte ihn, er war fast so naiv wie ich.

Damals, als ich ihn zum erstenmal mit Horrowitz heimkehren sah, diskutierten die beiden gerade über die englische Nahost-Politik, Horrowitz ruhig lächelnd und überlegen, Bleibtreu spintisierend und Luftsprünge ausführend, ganz in Bewegung. Ich konnte ihr Gesprächsthema deshalb so deutlich feststellen, weil der Weg an dem Fenster unseres Zimmers vorbeiführte und die beiden öfter stehenblieben, um zu gestikulieren und sich gegenseitig ihre Argumente zuzuwerfen.

Diese Gespräche, immer auf dem Weg vor unserem Fenster, wiederholten sich in der nächsten Zeit, und ich merkte, daß es ein einziges großes Gespräch war, das die beiden Männer mit Leidenschaft führten. Nach den Fetzen zu urteilen, die ich auffing, waren beide durchdrungen von dem genialen Charakter der englischen Orient-Politik, und sie versuchten, einer den andern an phantastischen Deutungen zu überbieten. Ich glaube mich zu entsinnen, daß sie von einem jüdischen Palästina als Mitglied des britischen Commonwealth träumten und ihre Sicherheit in der englischen Verwaltung sahen, in der Zugehörigkeit zum britischen Imperium.

Horrowitz hatte bereits einen Plan im Schubfach, was die Juden der englischen Krone bieten sollten, um in ihren weltweiten Verband aufgenommen zu werden. Wie Stammtischpolitiker machten sie mit verschüttetem Bier auf dem Tisch große Striche und entschieden mit dem malenden Zeigefinger über die Geschicke der Welt.

Sonja lernte ich erst am Freitag nachmittag kennen, als sie aus Rechowoth kam und Else ablöste, die es vermied, ihr zu begegnen. Horrowitz ging ihr entgegen mit dem Ruf »Sonjinka, Sonjinka« und führte sie zärtlich ins Haus, ihr den Koffer abnehmend. Sie war kaum ein paar Minuten im Haus und hatte sich erfrischt, da kam sie schon zu uns in die Holzhütte und begrüßte Lisa und mich. Sie war ein paar Jahre älter als Else, ihr Gesicht war schön und gleichmäßig, aber etwas wehleidig im Ausdruck.

Sie schien zu leiden, irgend etwas bedrückte sie. Es war etwas in ihrem Wesen vorgezeichnet, das später zum Ausbruch kam. Sie schien immer jemanden anzuklagen, ohne daß sie sagte, wen.

Sie entschuldigte sich, daß die Verhältnisse es nicht erlaubten, uns alles zu geben, was wir brauchten, schaffte aber sofort einen Tisch, zwei Stühle und ein Bett heran, so daß wenigstens Lisa nicht mehr auf der Erde zu schlafen brauchte. Sie tat aber noch mehr für uns. Offenbar waren wir ein sozialer Fall. Sie redete mit den Nachbarn, und nach vierzehn Tagen bekamen wir ein zweites eisernes Bettgestell von der merkwürdigen Frau Schnabel, die im hinteren Teil unserer Holzhütte wohnte und uns in den ersten Nächten dadurch erschreckt hatte, daß sie entweder Schränke in ihrem Zimmer hin und her rückte oder spät auf dem Weg vor unserem Fenster herumspazierte, wahrscheinlich überdachte sie die Ereignisse des Tages.

Sie war die älteste Frau in der Farm, von der Sozialarbeit in den Elendsvierteln her hatte sie es sich angewöhnt, in jeder Frau ein unglückliches Wesen und in jedem Mann einen Unglück heraufbeschwörenden Schurken zu sehen. So wie die Ausdrucksthematik von Sonjas Gesicht das Leiden war, so war die Ausdrucksthematik in Frau Schnabels Gesicht die gerechte Empörung, eine gewisse vorwurfsvolle Aggressivität, mit der sie auf jeden Mann losging, als wolle sie ihn in Stücke reißen.

Was sie uns gab, gab sie Lisa und nicht mir, ich fühlte das deutlich. Wir bekamen von ihr und der Bleibtreu verschiedene Gegenstände, Töpfe und Teller, aber auch Schlafdecken und abgelegte Textilien, von denen wir nach einiger Zeit nicht mehr wußten, woher sie stammten. Wir hätten diese Gegenstände jedenfalls nicht kaufen können.

Wir waren ein sozialer Fall. Aber welcher Arbeiter war es nicht! Ich arbeitete eine Woche im Monat für die Miete und drei Wochen für die Hälfte der Lebensmittel, die wir brauchten. Die zweite Hälfte der Lebensmittelkosten brachte Lisa aus Tel Aviv. Sie fuhr jeden Morgen mit dem Omnibus in die Stadt zu meinen Eltern und kehrte jeden Abend mit dem Omnibus zurück. Manchmal kamen alle drei zusammen den Zypressenweg herauf, Lisa, Horrowitz und Bleibtreu.

Meine Eltern, deren Geschäft nicht mehr gut ging, da sie Konkurrenz bekommen hatten und die Tel Aviver Damen lieber das neue, elegante Geschäft betraten als das armselige meiner Eltern, brachten größte Opfer, um Lisa pünktlich zu bezahlen. Wir konnten niemals ein Kleid oder einen Anzug kaufen, von Schuhen ganz zu schweigen, waren auf die Geschenke von Freunden oder besser situierten Verwandten angewiesen.

Daß die Mehrzahl der Arbeiter so lebte wie ich, hatte ich schon in Tel Aviv erfahren. Jetzt in Ramat Gan und in den benachbarten kleinen Siedlungen sah ich Arbeiterwohnungen, die so unzulänglich ausgestattet waren wie meine und wenig mehr enthielten als das, was ein modernes westeuropäisches Gefängnis den Inhaftierten in den Zellen bietet.

Ich wohnte vier Wochen allein mit Lisa in der Holzhütte,

die Schnabel störte uns wenig, wir sahen sie kaum. Sie kam spät nach Haus und hatte ihren separaten Eingang von der Zypressenseite her, und die Innentür zwischen sich und uns hatte sie mit dem vorgeschobenen Schrank verriegelt, was zu ihrer allgemeinen Schrullenhaftigkeit paßte. Da wurde eines Abends an unsere Tür geklopft.

Draußen stand Else, sie bemühte sich gerade, eine Wachskerze anzuzünden, die sie in der Hand hielt. Neben ihr standen ein Mann und eine Frau, die Frau war schlank und hellblond und schmiegte sich an den Mann, der sie um einen Kopf überragte und dieses Überragen noch dadurch betonte, daß er ein spitzes Stepphütchen trug.

Überhaupt war er für palästinensische Verhältnisse seltsam gekleidet, er trug einen Sportanzug mit aufgesetzten Taschen und Breecheshosen, aus denen zwei dünne, zerbrechliche Beine hervorschauten, die ihrer Konstruktion nach in seltsamem Gegensatz standen zu dem mächtigen Brustkasten, dem bullenartigen Oberbau, den sie zu tragen hatten. Es war ein Athletentyp, ein Mann, der aus normalen Konfektionsanzügen herausplatzen mußte.

Die Frau war zierlich und jung, nicht häßlich. Trotz eines gewissen sportlich strengen Zuges in ihrem Gesicht sah sie weiblich bewundernd zu ihrem Bullen auf, an dessen Arm sie hing.

Sie wollten den Restteil der Hütte mieten. Die Innentür zu Frau Schnabels Räumen war plötzlich offen, und Else erklärte uns, daß Ende der Woche die Möbel der Sozialpflegerin aus Jerusalem kämen, wo sie früher gewohnt hatte, und daß sie in das dritte, mit Asbestschindeln verkleidete Haus umziehen wollte, das bisher leer stand. Auf diese Weise werde Platz frei für Löwenthals, so hießen die neuen Mieter. Es kam also Bewegung in die Farm. Horrowitz gab es nicht auf, seine Farm wieder zu bevölkern und Mieten hereinzuholen, diesen Populationsanstieg hatten Lisa und ich eröffnet. Ich ärgerte mich über Horrowitz um so mehr, als ich diesen Löwenthal abstoßend fand. Er sah mich durchbohrend an und sprach sofort, nachdem Else ihn vorgestellt hatte, in deklamatorischer Form von sich selbst.

Während wir uns bei flackernder Kerze im leeren Raum der Schnabel umsahen, denn ich wurde gebeten, an der Besichtigung teilzunehmen, beschrieb er sich als einen Architekten und Baumenschen, einen von den ganz Großen, den Schöpferischen, wie er sagte, der aus Paris komme, von den Nazis gejagt, und nun sein Können dem Bau neuer Städte widmen wolle. Es war widerlich, ihn reden zu hören. Ich merkte, daß die junge Frau ihm andauernd lächelnd ihre Ellbogen in die Rippen stieß, um ihn zur Mäßigung zu ermahnen. Aber er schien die Rippenstöße nicht zu bemerken.

Ich war verzweifelt. Ich liebte Ruhe und Idyll dieser goldenen Märchenfarm. Und plötzlich dieses Gewitter eines Renommierhelden, der sich neben mir breitzumachen gedachte. Ich hoffte nur, daß mein finsteres Schweigen während seiner Darbietungen ihn von dem Vorsatz, hier einzuziehen, abbringen würde.

Ein paar Tage später traf ich das seltsame Paar in Tel Aviv. Sie traten an mich heran, obwohl ich grußlos an ihnen vorbeigehen wollte. Löwenthal ließ wieder seine großen Töne hören. Er habe meinen Künstlertyp gern. Ich sei doch Schriftsteller, Horrowitz habe es ihm erzählt. Er würde sich freuen, mit mir zusammenzuwohnen, rechne auf gegenseitige Befruchtung in der Arbeit.

Noch am Abend desselben Tages erzählte mir Horrowitz, daß Löwenthal gemietet habe. »Er hat sich in dich verliebt«, sagte er.

Ich war todunglücklich.

Acht Tage später war die Katastrophe da: Löwenthal zog ein, mit viel Lärm und kabarettistischen Jongleurakten. Er trug mit einer Hand einen Schrank und mit der andern seine Frau und grölte dazu Berliner Gassenhauer. Es war erschrekkend, diesen lärmenden Mann zu beobachten. Meine Verstimmung währte weitere acht Tage, denn die Innentür wurde nicht mehr verschlossen, und sein Lärmen dehnte sich auf das ganze Holzhaus aus. Dann geschah etwas Merkwürdiges. Ich befreundete mich mit ihm, ich begann, ihm zu glauben. Meine Vorstellung bequemte sich dazu, anzunehmen, daß der Zufall einen Mann von erstaunlicher Vergangenheit in unsere Holzhütte gespült hatte.

Allerdings hatten mich Else und die Schnabel gewarnt. Sie hatten Erkundigungen über Löwenthal eingezogen. Sie erzählten haarsträubende Geschichten. Er wickle alle Menschen um den Finger, besonders aber die Frauen. ›Achte auf Lisa!‹ zischte es von allen Seiten. Horrowitz flocht in die mündliche Verabredung der Mietbedingungen mit Löwenthal einen besonderen Passus ein: Wenn er Lisa und mich störe und wenn von dieser Seite Klagen kämen, habe er sofort die Wohnung zu räumen. Horrowitz kam zu mir und bat mich, ihm jede Störung, die Löwenthal verursache, sofort mitzuteilen.

Es gab keine Störungen, wir befreundeten uns rasch. Wir aßen und tranken oftmals zusammen, führten Gespräche über Kunst. Theoretisch wußte ich darüber mehr, als es mir zu realisieren gelang. Unser Holzhaus hatte nach vier Wochen das Innenleben einer gemäßigten Künstlerkneipe, in der immerhin eheliche Bindungen respektiert wurden. An der Integrität seiner jungen hellblonden Frau war er nicht weniger interessiert als ich an der Lisas.

Löwenthal war Berliner Zimmermann, hatte sich zum Bauunternehmer hochgearbeitet und war zuletzt Inhaber einer in Deutschland berühmten Millionenfirma gewesen, Mitglied des Reichsverbandes der deutschen Industrie. Mit vorgehaltener Pistole hatten ihn SA-Leute zum Verzicht auf ein Vermögen von acht Millionen Mark gezwungen, ohne ihm den Fluchtweg ins Ausland zu sperren. Mit hundert Mark in der Tasche seines Sportanzuges, Stepphütchen und Breecheshosen war er nach Paris geflohen, hatte sich in Zürich mit seiner Sekretärin Claire getroffen, sie geheiratet und war mit ihr zusammen nach Palästina gekommen, vom Verband der palästinensischen Architekten eingeladen.

Ich fand ihn glaubwürdig. Vielleicht hatte er mich um den Finger gewickelt. Einmal sagte er zu mir: »Glaub mir, Carl-Jacob, ich lebe nicht für meinen persönlichen Wohlstand, diesen Hunger habe ich hinter mir gelassen, es stand mir ja alles Erreichbare zur Verfügung. Die Sättigung, die ich kennenlernte, hinterläßt einen schalen Geschmack. Was ich will und wofür ich lebe, das ist das sichtbare Werk. Die Errichtung von Städten. Ich brauche keine Millionen, ich brauche Arbeit, große, weitgespannte Arbeit.«

So umgarnte er mich, er verstand sich auf den Zaubertrick der Anpassung. Die Emigration brachte ihn mit verschiedenen Leuten zusammen, die nicht immer Millionäre waren, und er becircte sie alle ohne Ausnahme. Später in England wurde er wieder Millionär, ich verlor ihn aus den Augen. Er hatte auf dem Bausektor eine kriegswichtige Erfindung gemacht, ohne die eine zweite Front und die Landung der Aliierten in Europa unmöglich war: transportable, leicht zu montierende Rollfelder für schwere Tanks und Flugzeuge.

Seine Anpassungsfähigkeit, seine enorme Phantasie machten jede seiner Umwandlungen glaubwürdig. Hinzu kam seine athletische Kraft, die niemals Resignation aufkommen ließ. Sein Charme, sein Humor, seine unbekümmerte Frechheit versöhnten stets mit der Tatsache, daß man Opfer seiner suggestiven Kraft wurde. Ich hatte das in kleinem Maßstab in Ramat Gan erlebt, er becircte nicht nur mich und die kleinen Leute in Palästina, er becircte auch die Großen in England, ein Commonwealth-Ingenieur, der dem König seine Patente vorlegte, und ich bin nicht sicher, ob er nicht bei der Gelegenheit auch vor dem Thronsitz seine kabarettistischen Kunststücke zum besten gab, Scharlatan, Charmeur und Könner zugleich.

Gerade in einer Zeit, als ich schon anfing, mich zu schämen, wenn Löwenthal ermunternd zu mir sagte: »Du bist Schriftsteller, ich bin Architekt, also haben wir unsere Gemeinsamkeiten, du baust Literatur, und ich dichte Bauten und Städte«, denn ich glaubte schon nicht mehr daran, diese Berufsbezeichnung in Anspruch nehmen zu dürfen, ich gab mich auf und redete mir ein, mich geirrt zu haben, da geschah etwas, das mir wieder Mut machte. Ich bekam nämlich eines Tages einen Brief von dem Rektor der Universität Jerusalem, dem die Redaktion der ›Jüdischen Rundschau‹ mein Manuskript zur Begutachtung zugesandt hatte. Es wurde also an der Sache gearbeitet, was ich nicht geglaubt hatte. Und das Erstaunliche: Es schien gut zu laufen. Der Rektor war ein deutscher Jude, ein Freund des Chefredakteurs der ›Jüdischen Rundschau‹, er hatte den Vorabdruck des Buches in Fortsetzungen empfohlen, was er mir mitteilte und begründete. »Das Buch hat einen hohen dokumentarischen Wert«, schrieb er, »es zeigt Palästina, wie es der Einwanderer sieht«, die Lektüre des Buches sei ihm »eine wahre Befreiung« gewesen nach dem »üblen Gefühl«, das ihm seit Jahren die »unreale und süßliche Propagandaliteratur« verursache.

Der Brief war mit der Hand geschrieben. Ich erzählte Löwenthal von dem Vorfall. Er war begeistert. Wie es seine Art war, gebrauchte er große Worte. Für ihn stand fest, daß es sich nur um ein Meisterwerk handeln könne.

Vierzehn Tage später kam von demselben Absender ein zweiter Brief. Der zweite war mit der Maschine geschrieben und widerrief die Aussage des ersten. Er habe sich die Sache überlegt, schrieb der Rektor. Die Atmosphäre des Buches lasse Palästina in einem falschen Licht erscheinen, woran auch der versöhnende Schluß nichts zu ändern vermöge, da die Gestaltung »zu gut, zu plastisch, zu suggestiv« sei. Er habe zwar die Empfehlung an seinen Freund, den Chef der ›Jüdischen Rundschau‹, bereits abgesandt, aber beschlossen, von weiteren Empfehlungen dieses Buches Abstand zu nehmen, da er sie nicht mit seinem Gewissen vereinbaren könne.

Ich hatte demnach meine Phantasie spielen lassen und Dinge aus der Luft gegriffen, die nichts mit der Wahrheit zu tun hatten. Aber in Wirklichkeit hatte ich ja gerade die Erfindung, die lächerliche Neurose, aus dem Manuskript herausgenommen und statt dessen wahrheitsgemäße Berichte meiner Erlebnisse hineingestopft, um Zacharias zufriedenzustellen. Und jetzt hieß es plötzlich, es dominiere in dem Buch die Unwahrheit. Der Professor in Jerusalem hielt also die Wahrheit für eine gutgestaltete Lüge und wünschte sich als Wahrheit zu hören, was Lüge war. Die Ungeniertheit seines aufschlußreichen Widerrufes hätte mich befriedigen können, wenn ich klüger gewesen wäre.

Ich war damals sehr jung. Ich hatte eine Weile damit zu tun, erschüttert zu sein, fassungslos in die Luft zu starren, die Menschheit unbegreiflich und das Leben sinnlos zu finden.

Mitten in meine Verzweiflung hinein knallten die Schüsse des Kol-Nidre-Abends.

Lange bevor die Araber Angst vor den Juden bekamen, hatten die Juden Angst vor den Arabern. Wie berechtigt die ältere der beiden Ängste war, erlebte ich als junger Mann, und noch als alter Mann hatte ich Angstträume nachts, die davon handelten, daß ich durch arabisches Gebiet ging und in einen schrecklichen Tod durch Messer und Knüppelschlag, der hinter Bäumen und Weinstöcken lauerte.

Es war ungefähr sieben Uhr abends, um diese Jahreszeit bereits dunkel. Die meisten Bewohner Ramat Gans befanden sich in der Synagoge, die wohlgeschützt im Zentrum des Städtchens lag. Bleibtreus hatten sogar ihre zwei kleinen Jungen mitgenommen, um sie früh an den Gesang des berühmten Kol-Nidre-Gebets zu gewöhnen, des herrlichen Schuldgebetes, das die Riten des großen Fasttages einleitet. Wir andern in der Horrowitzschen Farm hielten nicht viel von frommen Vorschriften, und von einer besonderen Zerknirschung aus irgendeinem Schuldgefühl heraus konnte bei uns nicht die Rede sein.

Löwenthal hielt gerade im Familienkreis einen tönenden Vortrag über seine Bauprojekte, die Schnabel lief im Dunkeln auf dem Weg vor unserer Hütte auf und ab und schlug sich im Geiste mit dem sozialen Elend herum.

Sonja war zu Hause, sie lachte schallend über die Witze, die Horrowitz machte, und wir wußten, daß er Witze machen konnte. Weniger wußten wir, daß er sie absichtlich machte, um Sonja zu ermuntern.

Plötzlich knallten in der Nähe zwei scharfe Schüsse.

Ich habe später des öfteren Infanteriegewehrschüsse aus der Nähe gehört, aber niemals klangen sie wieder so laut wie bei diesem ersten Mal. Vielleicht war es meine Unerfahrenheit, vielleicht der tiefe Bodeneinschnitt des Wadi Muzrara, die schallverstärkend wirkten. Es klang in meinen Ohren wie eine Naturkatastrophe. Der Mufti hatte den Judenfachmann Eichmann nach Jerusalem eingeladen, die großen Judenaktionen der Nazis und des Muftis von Jerusalem fanden immer an den hohen Feiertagen statt.

Sofort wurden die Lichter ausgelöscht, die Männer traten im Dunkeln vor die Tür. Es waren nicht viele Männer: Horrowitz, Löwenthal und sein siebzehnjähriger Neffe aus Haifa, der gerade zu Besuch war, und ich. Die Schnabel, die vor unserm Fenster herumspaziert war, blieb furchtlos stehen. Kaum hatten wir die Nasen draußen, da kamen neue Schüsse, immer gruppenweise, fünf, sieben, zehn. Löwenthals Donnerstimme ertönte: »Rüber zu Horrowitz!«

Die Wände des Steinhauses waren vielleicht kugelfest, was man von den Wänden der Holzhütten nicht behaupten konnte. Das Beängstigende war, daß die Schüsse so nah klangen, möglicherweise waren die Angreifer schon unten am Tor der Farm.

Später erzählte mir Lisa, was sich während der Schießerei in Horrowitz' Haus abgespielt hatte. Sonja lag auf dem Boden, bei jedem Schuß aufschreiend, und in der Pause zwischen den Schüssen die Namen der verschiedenen Nachbarn aufrufend, um festzustellen, ob sie noch lebten. Daß die Schnabel, Löwenthals Neffe und ich draußen waren, steigerte ihre Erregung. Claire saß neben ihr auf einem Stuhl und versuchte, sie zu beruhigen, während Löwenthal unten an der Haustür, von innen natürlich, mit dem armen Horrowitz gymnastische Übungen veranstaltete. Er hatte im letzten Augenblick zwei dicke Bambusstöcke aus seinem Holzvorrat mitgenommen und bereitete Horrowitz seelisch und physikalisch auf das Zertrümmern von Araberköpfen vor. Eine Schußwaffe besaß niemand.

Löwenthals Neffe, die Schnabel und ich, wir krochen inzwischen, während die Schüsse knallten, auf der Zypressenallee hinunter und lagerten uns in der Nähe des brüchigen eisernen Tores. Ich stellte erstaunt fest, wie schnell es mir gelungen war, die erste Erregung abzuschütteln und nüchtern zu werden. Ich wußte genau, weshalb ich zum Tor der Farm hinunterkroch: weil ein Haus in einem Wald nachts für ein Infanteriegewehr ein leichter zu treffendes Ziel ist als ein zwischen den Bäumen herumkriechender Mann, der Information über die Art des Angriffes zu erlangen versucht. Die andern beiden, die mit mir zum Tor hinuntergekrochen waren, dachten wahrscheinlich genauso. Wir mußten herausbekommen, was eigentlich im Gange war. Und wir wichen erschrocken zurück, den Kopf instiktiv in den Boden pressend, als in allernächster Nähe ein Maschinengewehr aufdonnerte.

Es war Jom-Kippur-Zeit, der Kol-Nidre-Abend 1937. Am Jom Kippur ist es immer gut, die Juden zu überfallen, sie beten und sind beschäftigt mit ihrem Glauben, selbst die Freidenker unter ihnen werden in dieser Zeit von einer seltsamen Melancholie heimgesucht. Ich bin das nie losgeworden, mein Leben lang stieg um diese Zeit eine dunkle Angst in mir auf. Eine Woche nach dem ›Rosch-Haschanah‹, dem freudig begangenen Neujahrsfest, kam der Gerichtstag, ›Jom Kippur‹, und Furcht, Selbstvorwürfe, Zerknirschung wurden von den Juden in aller Welt betend artikuliert, weil das neue Jahr begann und sie nicht wußten, was es bringen würde.

Eingeleitet wurde der Gerichtstag am Abend in der Synagoge mit dem Vortrag des weltberühmten Kol-Nidre-Gebetes, der opernhaften Arie des Schuldbekenntnisses und der Bitte um mildes Urteil, dessen Melodie in die Weltmusik Einzug gehalten hatte mit einem Musikstück des Komponisten Max Bruch. Kol Nidre, ›alle Sünden‹: Es war die Glanzstunde der großen Kantoren, die diese erschütternde Arie mit ihrer geschulten Stimme zu einem unvergeßlichen Erlebnis machten. Ich wurde das nie los, den Gedanken an diesen Gesang und an diesen Feiertag der Rechtsprechung und des großen Abwiegens zwischen Schuld und Sühne. Wahrscheinlich hatte das alles tiefere Gründe, als ich lange Jahre hindurch ahnte, sie hingen mit der unglücklichen Geschichte dieses Volkes zusammen. Denn immer waren sie froh, wenn sie ein Jahr überlebt hatten, und fürchteten zu Beginn des neuen Jahres um ihr Leben. Sie beteten fastend in allen Synagogen der Welt vom Morgen bis zum Abend, ein umfangreiches liturgisches Pensum war zu bewältigen, und alle Angstgebete der großen Rabbiner, historisch überlieferte Spontangebete der Märtyrer, von denen eins auf der Totenbahre nach einem Pogrom gesprochen worden sein soll, wurden mehrmals wiederholt und unaufhörlich dem Gewissen eingehämmert. In der alten Synagoge zu Prag der dunkle Blutfleck an der Wand stand hinter dem großen Kol Nidre.

Wenn der Herbst kam, stieg aus meinem Innern immer diese unerklärliche Angst auf, an welchem Punkt der Erde ich mich auch befand, sie erfüllte mich mit Melancholie und dem Bedürfnis, eine Bilanz meines Lebens zu veranstalten, und immer erfuhr ich später, wenn diese niederschmetternden und geheimnisvollen Tage vorbei waren: Es war Jom Kippur gewesen, Kol-Nidre-Zeit. »Der du alle unsere Missetaten siehst und über unsere Bestrafung beschließt...«

Seit einem Jahr dauerten nun schon die Unruhen. Die ersten entfernten Gewehrschüsse hatte ich am Maschendrahtzaun der Levantemesse gehört. Täglich brachten die Zeitungen Lokalnachrichten von den Mordtaten der Araber, noch lange bevor sich der arabische Terror darauf berufen konnte, den ›israelischen Aggressor‹ bestrafen zu müssen. Wir waren keine Aggressoren, wir waren friedliche Bürger. Man konnte unsere Städte und Dörfer nur noch mit Panzerkonvois besuchen und versorgen, und da diese Unruhen alle sieben bis acht Jahre ausbrachen, 1921, 1928, 1936, festigte sich bei den Juden die Vorstellung, vor diesen Nachbarn auf der Hut sein zu müssen.

Es war also mutig von uns, daß wir den Schüssen entgegengekrochen waren und uns ein klares Bild zu machen versuchten. Randbewohner von Siedlungen wurden seit einem Jahr mit Vorliebe überfallen und umgebracht. Draußen auf dem Sandweg vor der Farm gingen im Dunkeln Männer vorbei, die Gewehre über der Schulter hatten, es waren Juden und keine Araber, einer von ihnen bemerkte uns, er blieb stehen und sagte: »Geht nach Hause, es ist nichts für euch, es hat keinen Zweck, hier herumzuliegen, oder habt ihr Waffen?« Wir hatten keine Waffen, wir flüsterten einander zu, als wir uns zurückzogen: »Hagannah!« Wir waren gerettet.

Immerhin, wir hatten für die nächsten vierzehn Tage unser Gesprächsthema. Löwenthal, der behauptete, im Ersten Weltkrieg Unteroffizier gewesen zu sein, auf deutscher Seite, führte lautstark die Debatte, er wollte unser Sicherheitsproblem mit Bambusstöcken lösen, einer Kreuzung von Judo und Bambusfechten, während Horrowitz den Mund voll nahm mit dem Plan, vier Jagdgewehre anzuschaffen. Als er den Preis für eine dieser Waffen erkundet hatte, gab er das ganze Projekt wieder auf. Löwenthals Bambusstöcke hielten sich etwas länger, da die Frauen ihn unterstützten, hingerissen von seinen gymnastischen Vorführungen und seine Donnerstimme bewundernd, die fast so laut war wie das Maschinengewehr.

Mir persönlich hatten am besten die Männer mit den Gewehren gefallen, die unten am Tor vorbeigegangen waren. Immer stärker wurde mein Wunsch, mich ihnen anzuschließen und selbst ein Mann mit einem Gewehr zu werden. Ich fand plötzlich das Gewehr in demselben Maße sinnvoll, wie ich mein ganzes bisheriges Leben sinnlos fand.

Jedenfalls kam am nächsten Morgen Sonja zu uns in die Holzhütte. Sie machte einen müden Eindruck, ihr Gang war ebenso schleppend wie ihre Stimme. Sie setzte sich auf ihren eigenen Stuhl an ihren eigenen Tisch und sagte: »Das Schlimme ist nicht, daß wir angegriffen wurden, Carl-Jacob. Das Schlimme ist, daß wir uns verteidigen müssen. Dabei ist das, was gestern hier geschah, nichts im Vergleich zu dem, was sonst überall im Land geschieht. In der vorigen Woche wurden in Rochowoth in einer abseits liegenden Hütte einer ganzen Familie, zwei Kindern, einer Mutter, einer Großmutter und einem alten Mann, die Kehlen durchgeschnitten. Ich kannte die Leute, arme, fleißige, jeminitische Juden, die Kinder besuchten meine Schule, die Frauen waren bei uns als Reinigungskräfte angestellt. Was für schreckliche Dinge bereiten sich hier vor! Wir müssen uns verteidigen, und das ist noch schlimmer als nur angegriffen werden.« Sie schloß die eingebaute Eckbank in unserm Zimmer auf, um Decken herauszunehmen. »Wir bekommen Besuch«, sagte sie.

Wer der Gast war, für den Sonja aus der Eckbank die Dekken holte und den ich schon öfter in der Farm gesehen hatte, erfuhr ich durch die Bleibtreu.

Es hatte sich eingeführt, daß die Bleibtreu mich zu sich in die Küche rief, wenn ich schweißüberströmt aus den Baumreihen der Farm heraustrat, um die in diesen Breiten übliche, etwas längere Mittagspause zu machen. Sie wartete geradezu auf mich und setzte mir kleine Mittagsmahlzeiten vor, angeblich Reste vom Vortag, die sie aus dem elektrischen Kühlschrank nahm. Es war eine große schlanke Frau mit eckigen Schultern und flacher Brust, irgend etwas an ihr gefiel mir nicht. Immer war sie im Badeanzug, aber die palästinensische

Sonne vermochte nicht ihre milchig-weiße Haut zu bräunen. Sie war schwarzhaarig, ihre Augen waren so ausdruckslos wie ihr Körper, ihr Gesicht eigentümlich flach.

Ihr Mann war nicht zu Hause, er arbeitete in der Stadt. Auch Lisa kehrte erst abends heim, und die beiden Bleibtreuschen Jungen waren in der Krippe und wurden erst nachmittags von der Kindergärtnerin in der Farm abgeliefert, so daß wir völlig allein in der Farm waren.

Sie war die Tochter eines deutschen Rabbiners, wie sie mir erzählte, in religiösen Vorstellungen aufgewachsen. Ich merkte nicht, daß sie sich an mich zu gewöhnen begann und die Mittagsgespräche mit mir liebte. Ihre Art zu sprechen war lebhaft und nicht dumm. Noch mehr als die Religion und ihre Gesangsübungen liebte sie das Klatschgespräch über ihre Nachbarn, und sehr bald erfuhr ich etwas über Sonjas Geschichte.

Else und Sonja hatten zusammen in Wien studiert. Aus Geldgründen hatte Sonja das Studium aufgeben müssen und war nach Palästina gefahren. Während der Überfahrt auf dem Schiff hatte sie einen Selbstmordversuch unternommen und sich über die Reling ins Meer stürzen wollen. Horrowitz, der von einer Europareise zurückkehrte und sich auf demselben Schiff befand, hatte das hübsche und intelligente junge Mädchen zurückgerissen und seinen ganzen männlichen Charme, den er zweifellos besaß, aufgeboten, um sie für sich zu gewinnen. Mit Geld ausgerüstet hatte er sie nach Wien zurückgeschickt und einige Jahre lang ihr Studium finanziert, bis sie promovierte und zu ihm zurückkehrte nach Ramat Gan. Zu Ehren ihrer Rückkehr hatte er das Haus gebaut. Er half ihr, eine Schule für jeminitische Kinder in Rechowoth zu gründen. Sie war eine berühmte, sozial gerichtete Pädagogin geworden.

Was nun den Mann betraf, für den Sonja aus der Eckbank die Decken geholt hatte, so wußte die Bleibtreu auch hier Bescheid. Sie schnatterte genußreich, lächelte vielsagend. Professor Laser wohnte in Rechowoth, er war Sonjas Freund und nach Meinung der Bleibtreu das Werkzeug ihrer Rache an dem treulosen Horrowitz. Diesen Mann habe seine junge Frau vor zwei Jahren verlassen, sie sei mit einem jungen Maler nach Paris gegangen und lebe dort von der Rente, die ihr der Professor Laser monatlich überweisen lasse. Er liebe immer noch seine junge Frau, die im Ruf stehe, eine Art Schönheit zu sein. Else sei extra nach Rechowoth gefahren, um herauszubekommen, daß Sonja und Professor Laser ein Verhältnis miteinander hätten.

»So leben andere Menschen«, sagte die Bleibtreu jubelnd und sah mich an, nicht sehr rabbinermäßig. »Was wissen Sie denn, Carl-Jacob, Sie sind ja noch ein Säugling. Ein lieber Säugling allerdings.« Ich machte, daß ich hinauskam. Diese Bleibtreu wurde mir immer unsympathischer.

Dann kam Laser in die Farm. Es war ein großer, stattlicher, gutaussehender Mann, der den kleinen zappeligen Horrowitz um Kopfeslänge überragte. Er hatte eine herrliche Dogge an der Leine, sie bekam ihren Platz auf einer vorgeschobenen Steinplatte unter einem Baum im Schatten des Hauses. In Zukunft erkannte ich die Anwesenheit Lasers daran, daß die Dogge auf ihrem Platz lag. Das Erstaunlichste an dem stets exakt und europäisch gekleideten Laser war jedoch, daß er der einzige Mensch zu sein schien, zu dem Horrowitz auch geistig aufsah. Es war wohltuend für mich, zwischen den Zypressen und auf dem Weg vor unserem Fenster diesen völlig veränderten Horrowitz zu beobachten, der nicht mehr witzelte, sondern ernst und aufmerksam den Darlegungen des Professors folgte, ohne selbst brillieren zu wollen. Ich verstand nie, wovon sie sprachen, hatte aber den Eindruck, daß Laser und Horrowitz um die Schule in Rechowoth besorgt waren und daß sie über die Probleme dieser Schule sprachen.

Zwei Tage nach der Schießerei war also Laser zu Besuch. Vielleicht war es einem Gespräch mit Laser, vielleicht unserm Bericht über die Gründe der nächtlichen Kriechpartie zum Farmtor zuzuschreiben, daß Horrowitz mir den Auftrag gab, neben dem Tor eine geräumige, mannstiefe Grube auszuheben, mit einem hineinführenden Gang, die Beobachtungszwecken dienen konnte. Man konnte vom Tor aus sehr gut die auf der anderen Seite der Chaussee liegenden Bäume der großen Zitrusfarm beobachten, die hinter einem kleinen Feld begann und Arabern gehörte. Von hier aus war geschossen worden. Die Grube ist später von der Hagannah übernommen und schußsicher ausgebaut worden. In den Polizeiplänen der Umgebung wurde sie als eine der Verteidigungsstellungen verzeichnet, deren Reihe schützend Ramat Gan umgibt. Allnächtlich spähten in dieser Grube einander sich ablösende jüdische Hilfspolizisten, mit englischen Infanteriegewehren ausgerüstet, in die Nacht hinaus, wie wir es damals unbewaffnet am Kol-Nidre-Abend getan hatten. Übrigens stammten die Maschinengewehrschüsse aus einem Panzerwagen der englischen Polizei, die herbeigeeilt war, um den Angriff abzuwehren. Vielleicht hatten wir diesem Maschinengewehr unser Leben zu verdanken.

4

Etwa acht Tage nach dem Kol-Nidre-Abend wanderte ein kleiner, gutangezogener, höflicher Mann von Haus zu Haus und hatte eine Liste bei sich. Es war ein Meister der neben unserer Farm liegenden Schokoladenfabrik ›Elite‹. Er arbeitete als freiwilliger unbezahlter Helfer bei der Ortsverwaltung und hatte den Auftrag, alle wehrfähigen Männer zu registrieren.

Er ging an unserm Fenster vorbei und betrat das Haus, in dem Horrowitz wohnte. Natürlich wußten wir zuerst nicht, was er wollte, es schien aber etwas ganz Schreckliches zu sein, denn nach wenigen Minuten hörten wir Horrowitz laut aufbrüllen, seine Stimme war so laut, daß wir einzelne Sätze verstanden. »Ich zahle monatlich fünfzig Pfund für die Sicherheit, was noch, was noch!« schrie er. Dann wurde es wieder still, und nach einer Weile waren er und der Schokoladenmeister in unserem Zimmer.

Ich erfuhr, daß eine Bürgerwehr aufgestellt werden sollte, wie sie seit langem schon in anderen Städtchen und Siedlungen des Landes existierte. Die Idee war, nachts neben jeden bewaffneten Mann einen unbewaffneten zu stellen, damit der bewaffnete nicht einschlief und immer einen Verbindungsmann und Helfer zur Seite hatte. Einmal im Monat sollten die Bürger, die nicht zur Hagannah gehörten, dieses Opfer für die allgemeine Sicherheit bringen und auf Wacht gehen.

Wer verhindert war, durfte sich freikaufen, der Preis entsprach dem Lohn eines Arbeitstages für einen ungelernten Arbeiter. Man konnte auch einen Vertreter schicken, der in derselben Weise zu honorieren war. Deshalb hatte Horrowitz zu schreien aufgehört: Er konnte mich als seinen Vertreter schicken, das halbe Pfund für den Arbeitstag war für ihn leichter aufzubringen als der Mut, sich einmal im Monat nachts der Gefahr auszusetzen.

Ich war einverstanden. Auch Löwenthal und Bleibtreu schickten mich als ihre Vertreter, so daß ich durch Wacht Geld verdiente. Ich ging in Zukunft in jeder Woche einmal auf Wacht. Ich hatte mich abends um neun Uhr im Sammelzentrum der Hagannah einzufinden.

Als ich zum erstenmal abends um halb neun das Haus verließ, weil mich die Erfahrung in Tel Aviv gelehrt hatte, daß man in diesen Dingen pünktlich sein muß, wußte ich nicht, daß ich das erste Glied einer langen Kette in die Hand nahm, die für mein Leben in den nächsten Jahren bestimmend sein sollte. Ich hatte mich früher danach gedrängt, diese Erfahrungen zu machen. Jetzt kamen die Erfahrungen auf mich zu und bedrängten mich, und ich war in keiner besseren Lage als der Zauberlehrling, der die beschworenen Geister nicht mehr bändigen konnte. Vielleicht hatte Sonja das gemeint, als sie sagte, die Verteidigung sei noch schlimmer als das Angegriffenwerden.

Es war ein schöner, dunkler, warmer Abend, einer jener Abende, die ich in Tel Aviv so geliebt habe, die einen umhüllen mit einem erregenden Mantel aus Erwartungen und unbändigem Freiheitsgefühl. Ich ging zur Chaussee hinunter, von Autos und dem süßen Geruch aus der Schokoladenfabrik eingeholt und überholt, und bog nach einer Weile in die Straße ein, die ins Innere des Villenviertels Tel Benjamin führt. In einer der Villen, deren Lage man mir beschrieben hatte, befand sich die Sammelzentrale der Hagannah.

Ramat Gan umschloß von der Schokoladenfabrik an beide Seiten der Chaussee, die arabischen und jüdischen Böden zogen sich weiter nach Osten zurück. Die äußersten Villen am

Ostrand von Tel Benjamin, von deren Dächern aus man das ferne Tel Aviv und den Streifen des Meeres sah, hatten einen Bananenhain vor sich, der in jüdischem Besitz war und in dem nachts der Wind die trockenen Blätter zischen und wispern ließ. Eine ganze Armee heranschleichender Kämpfer konnte hier akustisch und optisch Deckung finden.

Deshalb hatten die Bewohner in diesem sagenumwobenen Viertel der Reichen, in dessen Straßen weder Fußgänger noch Geschäfte zu sehen waren, nur hin und wieder um die Ecke gleitende Luxuswagen, offene Taschen und offene Häuser für die Hagannah und gehörten zum Teil als hohe Offiziere der Bezirksleitung an, was ich allerdings erst später feststellte.

Es war eine große prächtige Villa mit Garage und einem gepflegten Garten, die Mister Henry gehörte, einem deutschsprechenden amerikanischen Juden. In dem großen Keller hatte die Hagannah zwölf Bettgestelle mit Matratzen und Decken aufgestellt und eine Kabine, in der die Leitungen aller Feldtelefone zusammenliefen. Ein halbes Dutzend Infanteriegewehre waren an der Wand angeordnet, gefüllte Patronengürtel hingen daneben, und am Tisch saß der Wacht-Verantwortliche vor dem Tagebuch und einem Stoß echter Polizeiausweise. Ein Schrank barg Polizeimäntel, Kolpaks und braune Baretts mit angehefteten Polizeikokarden.

Die Luft war heiß und stickig, und obwohl der Schlafraum annähernd dunkel war und nicht gesprochen wurde, merkte man, daß die Männer wenig Schlaf fanden und sich unruhig bewegten, zusätzlich von blutgierigen Mücken geplagt, Moskitonetze wären zu teuer gewesen. Der Anblick der Gewehre erschreckte mich. Ich war auf diese Art Wirklichkeit nicht vorbereitet und zufrieden, daß man mich nach Abhaken meines Namens auf einer Liste in Begleitung eines Diensterfahrenen ins Freie hinausführte und zu der Stellung auf dem Dach eines Hauses am Westrand Tel Benjamins brachte, wo ich Sterne über mir hatte und von guter Nachtluft angeweht wurde. Ich saß hinter Sandsäcken auf einem Stuhl, neben mir stand eine vermummte Gestalt und hielt das zwischen Sandsäcken ruhende Gewehr.

Wir sprachen wenig, hatten uns kurz im Flüsterton einander vorgestellt. Er hieß Gotschewski, es war aber nicht der Gotschewski, den ich kannte. Gab es zwei Männer dieses Namens in Ramat Gan? Nach einer Stunde wurde er abgelöst. Er übergab einem munteren jungen Mann, der das braune Barett trug, Gewehr, Patronen und einen kleinen Gegenstand, den ich nicht erkennen konnte, zumal er in ihren Händen verschwand. Dazu tauschten sie, anscheinend nach einer vorgeschriebenen Formel, technische Mitteilungen aus, die ich nicht verstand. Aber ich verstand, daß sie von Gotschewski sprachen, und als ich mit dem jungen Mann allein war, begrüßten wir uns, und er stellte sich mir vor: »Gotschewski.« – »Sehr angenehm.« Es war an diesem Abend der zweite Gotschewski, dem kurz nach Mitternacht, bei der letzten Ablösung, der dritte folgte, sie hießen alle Gotschewski, und ich gewann den Eindruck, eine außerordentlich wehreifrige Familie vor mir zu haben. Die ganze Nacht bis zum Morgen knisterte und raschelte der Bananenhain vor uns, es war unmöglich einzuschlafen, denn man konnte sich mit etwas Phantasie vorstellen, daß der Gegner bereits bis auf dreißig Meter Entfernung herangekommen war. Übrigens wiederholte sich in der nächsten Woche und in allen weiteren Wochen das Phänomen, daß die Bewaffneten anscheinend immer familienweise auf Wacht gingen, innerhalb einer Nacht und einer Stellung hatten sie immer die gleichen Namen, so daß ich eine ganze Reihe wehreifriger Familien kennenzulernen glaubte.

Nach vier Wochen kam wieder der Schokoladenmeister in die Farm, diesmal wollte er nur zu mir. Er lud mich zu einer abendlichen Veranstaltung in den Räumen der Ortsverwaltung ein. Ich kam pünktlich und fand in einem großen Zimmer etwa dreißig Männer versammelt. Einige von ihnen kannte ich. Naumann, ein untersetzter kräftiger Chauffeur der Ichud-Regew-Buslinie, die Tel Aviv mit den nördlichen Vororten verband und in dessen Bus ich schon öfter gefahren war, hielt eine kleine Rede. Diese Busfahrer waren alle Aktionäre ihrer Gesellschaft, sie mußten soviel einzahlen wie ein Bus kostete, galten als wohlhabend und bildeten eine Art privilegierter Schicht. Daß Neumann Kommandeur des Hagannah-Bezirkes war, eine Art Major, wußte ich nicht. Er schilderte in seiner Rede die personellen Schwierigkeiten der Verteidigung, ihren Bedarf an neuen Mitgliedern, und forderte uns auf, in die Hagannah einzutreten. Wir sollten uns die Sache überlegen, aber möglichst wenig darüber reden. In drei Tagen um dieselbe Zeit in demselben Raum war die Vereidigung.

Drei Tage später um dieselbe Zeit in demselben Raum überliefen mich Schauer, als ich zum erstenmal in meinem Leben meine Hand auf eine große Armeepistole legte. Es war die linke Hand, die rechte war zum Schwur erhoben. Ossietzky und der Ewige Frieden Kants bestanden zwar weiter, aber sie hatten von nun an zu parieren. Später gewöhnte ich mich an solche Vereidigungen. Ich wurde einmal auf die Hagannah vereidigt und viermal auf den englischen König, nach zehn Jahren schon war es soweit, daß mein Polizeiausweis mit Lichtbild im Sammelzentrum der Hagannah lag und viele Wachtnächte im Zeichen meines Namens standen, während ich zu Hause schlief. Das Lichtbild zeigte einen wild blickenden Mann in mittleren Jahren mit grimmig heruntergezogenen Mundwinkeln, ohne zu verraten, daß nur ein kleiner Teil der grimmigen Wut seines Gesichtes militaristischer Natur war.

Im Frühjahr 1938 ging in Ramat Gan eine städtische Kommission von Haus zu Haus, die sich als besonderes Ziel die Bekämpfung eines den Menschen gefährlichen Tieres zum Ziel gesetzt hatte, der Anopheles-Mücke, dem Überträger der Malaria. Die Anopheles legt ihre Eier auf die Oberfläche stehender Gewässer, ihre Larven hängen senkrecht unter der Wasseroberfläche und tauchen, wenn sie beunruhigt werden, sofort in die Tiefe. Den Fischen dienten die Larven als begehrtes Nahrungsmittel, deshalb konnte man auch die in Ramat Gan immer lästiger werdenden Mückenschwärme nicht mit dem Wadi Muzrara erklären, in dessen Pfützen sich den ganzen Sommer hindurch kleine Fische hielten, wie ich auf meinen naturkundlichen Streifen durch das Wadi festgestellt hatte.

Die Mückenplage hatte ihren eigentlichen Ursprung in dem spekulativen Charakter der Zitrusfarmhaltung, die mit möglichst wenig Investitionen auszukommen versuchte und sanitäre Sicherungen für überflüssig hielt. In allen diesen Farmen tropften Hähne, standen Pfützen, man schickte die Abflußwässer der Küchen zu den Bäumen hinaus. Das traf besonders für die Horrowitzsche Farm zu, in der die Zahl der mietbringenden Bewohner in keinem Verhältnis zu Sickergruben und Abflußwasserregelung stand. Hinter den Hütten bildeten sich Sümpfe, und es war eigentlich erstaunlich, daß die Bäume diese Seifenlauge enthaltende Feuchtigkeit ertrugen, ohne viel mehr als die übliche Anzahl toter Äste zu haben.

Die städtische Kommission wurde geleitet von einem gewissen Selewanski, der das Gesundheitswesen unter sich hatte, aber in seiner Brust ein weiches Herz trug für die Interessen der spekulierenden Bodenbesitzer. Als er die Farm an der Spitze seiner Mitarbeiter betrat, wurde er von Horrowitz mit größter Herzlichkeit empfangen, und ich sah, daß die Kommission, anstatt nach den Pfützen und Brutstätten der Anopheles zu suchen, jene geistreichen Gespräche mit Horrowitz führte, wie sie erfahrene Talmudisten zu führen pflegen, und sich scherzend und lachend nach einer Weile verabschiedete.

Es wurde mir klar, daß hier der Kampf gegen die Anopheles ein merkwürdiges Kapitel des Klassenkampfes war, denn die Kommission machte von ihren polizeilichen Vollmachten nur in kleinen, Arbeitern gehörenden Farmen und Höfen Gebrauch, die zu den Hütten der Armen gehörten. Es schloß sich nämlich unserer Farm eine solche Kleinstfarm an, die nur zehn Meter breit war und weniger als hundert lang und dem Farmarbeiter Locker gehörte, einem älteren verarmten Mann, und ich hörte von weitem, als die Kommission diesen Landstreifen betrat, Herrn Selewanski schimpfen und herumkommandieren. Wahrscheinlich hielt der elegante Lederschäfte tragende Sanitäts-Chef die Malaria für ein gemeingefährliches Erzeugnis der unteren Klassen.

Im Frühjahr 1938 erkrankten Lisa und ich, kurze Zeit nach dem Besuch der Kommission, an Malaria, sie kam aus den Horrowitzschen Sümpfen. Idealisten hatten vor zwanzig Jahren die Landschaft malariafrei gemacht, durch aufopferungsvolle Drainage-Unternehmungen, jetzt luden Bodenspekulanten die Malaria ein zurückzukehren. Lisa hatte tropica, ich tertiana. Wir fieberten gleichzeitig, wurden gleichzeitig von einem Arzt mit Chinin gefüttert. Während es Horrowitz sonst liebte, seine Mieter fast jeden Tag in ihren Wohnungen zu besuchen und über dies und jenes schwatzend eine freundschaftliche Atmosphäre in seiner Farm zu verbreiten, kam er während unserer Krankheit nicht ein einziges Mal herein und sprach nur von draußen durch das Gazefenster zu uns, das ihn seiner Meinung nach vor Ansteckung sicherte.

Das Fieber hatte Lisa mitgenommen, der Arzt verordnete Nachkur mit Luftveränderung. Sonja tat etwas, was ich ihr nie vergessen werde: Sie brachte Lisa in eine Pension auf dem Karmelberg in Haifa, wo sie sich von unserm Geld nie hätte aufhalten können. Sonja bezahlte alles, und vierzehn Tage lang lebte Lisa im Wohlstand, aß gut und sah vom Liegestuhl aus über Bergkiefern hinweg in die Haifabucht hinunter, aufs weite Meer. Als ich sie nach vierzehn Tagen abholte, war sie ausgeruht, gut gelaunt und rundlich und verabschiedete sich von gutgekleideten und verwöhnten Herrschaften, deren Bekanntschaft sie inzwischen gemacht hatte.

An einer Straßenecke im jüdischen Teil der Bergstadt Haifa stand ein mit Büchern beladenes Wägelchen und vor dem Wägelchen Egon, wir schrieen auf vor Freude, er war also dem Buchhandel auf diese Weise treu geblieben. Da wir noch etwas Zeit hatten und unser Zug erst in drei Stunden fuhr, übergab Egon sein Geschäft einem Freund und ging mit uns in ein bescheidenes Restaurant, wo wir zu dritt Mittag aßen. Das Wägelchen und die Bücher, nach dem letzten Bankrott in Tel Aviv, entstammten wieder der Tasche des Vaters. Diesmal hatte er seinem Sohn klargemacht, daß weitere Kreditgewährungen von ihm nicht mehr zu erwarten seien.

»Und?« fragte ich. »Wie geht das Geschäft?« Er habe nur Arbeiter als Kunden, sagte er. Leute mit Geld kauften ihre Bücher in gut eingerichteten Buchhandlungen. »Und die Arbeiter?« wollte ich wissen. »Was kaufen sie?« »Dreck«, lautete die Antwort, »bis auf wenige Ausnahmen. Unterhaltungsdreck, Krimis, Liebe und Schund in russischer, polnischer, jiddischer und deutscher Sprache, das kaufen sie.« Trotzdem war er gut gelaunt, aber seine gute Laune konnte von unserer Begegnung herrühren. »Hast du das Buch über die Arbeiter von Tel Aviv geschrieben?« fragte er. »Ja, ich habe es geschrieben, es liegt in der Schrankecke, Mäuse beißen vom Manuskript kleine Ecken ab, um sich Nester zu bauen, ich habe es für die Mäuse geschrieben.« Er lachte. »Du hättest ihnen auch leeres Papier hinlegen können, sie sind nicht wählerisch.«

Die Zeit verging, wir mußten unsern Zug nach Tel Aviv erreichen. Ich habe Egon nie wiedergesehen.

Kaum waren wir wieder zu Haus, da wurden wir gerächt: Horrowitz erkrankte, es war aber keine Infektionskrankheit, sondern eine Abnutzungserkrankung. Da Else ihn pflegte und sie mit der Bleibtreu befreundet war, erfuhren wir von der Rabbinerstochter bald Näheres. Er zitterte um sein Leben, der Hasenfuß. In letzter Zeit waren einige Prominente gestorben, boshaften Flüstereien zur Folge hatten sie sich abgenutzt bei dem Bemühen, jungen hübschen Einwanderinnen auf die Beine zu helfen. Was für ein Thema für die Bleibtreu!

Es gab noch andere Leute in Ramat Gan, die sich Sorgen um Horrowitz machten, mich auf der Straße anhielten und fragten, was denn eigentlich bei uns los sei, sie hätten dies und jenes gehört. Horrowitz lag im Bett und glaubte, vom beleidigten Eros wie andere Prominente des Landes bestraft zu werden. Er schrie, brüllte, tobte, leistete für den Fall seiner Genesung Schwüre aller Art und entzückte Frau Bleibtreu, die das alles im unteren Stockwerk mit anhörte und unbeschreiblich spannend fand.

Gerade in diesen Tagen gab es für die Bleibtreu eine neue Sensation: Die ›Jüdische Rundschau‹ begann mit dem Vorabdruck meines Kibbuz-Buches, brachte in jeder Nummer ein Textquantum von etwa zehn Maschinenseiten. Es war ein ziemlich umfangreiches publizistisches Unternehmen, das nahezu ein halbes Jahr lang lief, da die Zeitung nur einmal in der Woche erschien. Die Bleibtreu war Abonnentin dieser Zeitung, und es bewegte sie, daß sie den Verfasser der Erzählung aus dem Leben des Kibbuz so greifbar in der Nähe hatte.

Eines Abends klopft es an unsere Stubentür, und herein tritt die Bleibtreu, es ist ihr nichts Besonderes anzumerken, sie schnattert wie immer und ist wie immer unhübsch gekleidet, ein hochgeschlossenes langärmeliges Stoffkleid umschließt den Hals mit einem weißen Spitzenkragen. Ihr Mann habe wieder mal Zigaretten zu besorgen vergessen, ob sie wohl zwei von mir borgen könne. Ich wollte ihm eine halbe Schachtel hinüberbringen und ging mit ihr ahnungslos hinaus. Zwischen Holzhütte und Steinhaus überfiel sie mich im Dunkeln mit Küssen.

Sie war nicht mein Typ. Mit dem richtigen Typ passiert einem so was nie. Er war auch sehr mürrisch und unfreundlich, der gute Bleibtreu, er tat mir leid, während er meine Zigaretten nahm und sich flüchtig bedankte. Hatte sie etwa einen Streit mit ihm gehabt und ihm vorgeworfen, er sei nicht so vollkommen wie ich? Das Ganze war mir äußerst unangenehm. Ich ging wieder zurück, ohne Lisa etwas von dem Vorfall zu erzählen. Aber auch Lisa war verstimmt. Es war, als ob die beiden übergangenen Partner den Braten rochen.

Am nächsten Morgen, als sich die Farm geleert hatte und alle zu ihren Arbeitsplätzen gefahren waren, klopfte es wieder an meiner Stubentür, und die Bleibtreu stand bleich und erregt im Zimmer. Wir waren damals so arm, daß wir nicht einmal einen Besen hatten und ich jeden Morgen bei Frau Bleibtreu den Besen auslieh, um unser Zimmer und die Küche zu fegen. Claire, Löwenthals Frau, hätte mir sicher auch ihren Besen geliehen, und ich hatte gerade beschlossen, zum Löwenthalschen Besen überzugehen, da fragte mich die Bleibtreu, warum ich nicht wie jeden Morgen ihren Besen hole, sie merke schon, ich mache einen Bogen um sie. Ich solle sie nicht falsch verstehen, sie wolle ja nichts von mir, aber ob wir nicht unsere Freundschaft fortsetzen könnten, sie empfinde das alles mehr geistig, ihr Mann habe immer so wenig Zeit für Gespräche mit ihr.

Ich verschanzte mich hinter Lisas schmalem Rücken und behauptete, daß ich ihr nicht einmal platonisch untreu zu werden beabsichtige. Es war eine Lüge. Ehen nutzen sich ab, und meine war bereits abgenutzt, ich war platonisch andauernd untreu, aber es mußte mein Typ sein, wenn ich mich auf der Straße umdrehte und Maßnahmen in Erwägung zog. Die Bleibtreu verstand, dumm war sie ja nicht. Sie sprach noch etwas von dem »Hochgefühl«, das sie unbegreiflich überfallen habe, und stolperte hinaus.

Ich blieb dabei, einen Bogen um sie zu machen, Claire lieh mir in Zukunft ihren Besen, und obwohl ich sie hübsch und sympathisch fand, hatte ich viel zu viel Angst vor dem Athleten Löwenthal, um ihr tiefer in die Augen zu blicken als nötig.

Als Horrowitz wieder gesund war, geschahen in kurzen Zeitabständen zwei bemerkenswerte Dinge: Sonja warf Else hinaus, Horrowitz die Bleibtreu. In der dunklen Tiefe des Teiches wurde gekämpft. Es stieg rotes Blut an die Oberfläche. Irgendwer hatte irgendwen gepackt, es gab Blasen, an einigen Stellen kleinen Wellenschlag. Dann war es wieder ruhig.

Die Gesangsübungen der Bleibtreu nahmen erschreckende Ausmaße an. Den ganzen Tag sang sie Tonleitern. Wenn sie oben angelangt war, hielt sie den obersten Ton, solange es ihr

Atem erlaubte, dann sauste sie wieder in die Tiefe hinab. Sie hatte Gesangsunterricht in Tel Aviv, diese Übungen dienten wohl der Ausweitung ihrer stimmlichen Spannweite. Von weitem hörte es sich an, als ob ein Geisteskranker schrie. Horrowitz benutzte irgendwelche Meinungsverschiedenheiten über die Miete und drängte sie hinaus.

Sie siedelte nach Tel Aviv über. Ihre Klatschereien tröpfelten noch ein Jahr lang durch das dünne Rohr gelegentlicher Besuche, die ihr der eine oder andere Nachbar abstattete, nach Ramat Gan. Eine ihrer Behauptungen schien glaubwürdig zu sein: Sie hatte zuviel von Horrowitz, Sonja und Else gewußt. Da sie es mit Else gehalten und gegen Sonja intrigiert hatte, bewirkte der Wechsel im Regime ihren Abgang.

Professor Laser verübte eines Tages Selbstmord. Sonja lief wochenlang mit verweinten Augen herum. Seine Hinterlassenschaft wurde von einem Lastauto in die Farm gebracht und in der leerstehenden Wohnung der Bleibtreus aufgebaut. Sonja ließ an hervorragender Stelle die Büste des Toten aufstellen. Ich beobachtete, daß sie fast jeden Morgen die Schlüssel zu Bleibtreus Wohnung holte, die sich bei mir befanden. Vor der Büste stand sie lange schweigend, in Gedanken versunken.

Dann kam die Witwe, aus Paris herbeigerufen. Sie war ernst, in Schwarz gekleidet, schlank, ihr Gesicht war stark bemalt, sie wirkte ein wenig verlebt. Man fühlte, daß sie mit dem gegen sie gerichteten Urteil der Öffentlichkeit zu kämpfen hatte. Es dauerte nicht lange, da fuhr sie nach Paris zurück. Die Bulldogge wurde laut Testamentsverfügung erschossen.

Man erlebt ja nichts in Ramat Gan, sagte die Bleibtreu, als

Lisa sie eines Tages in Tel Aviv auf der Straße traf. Sie sei gräßlich geschminkt gewesen, erzählte mir Lisa, habe andauernd das Wörtchen »mondän« benutzt, es sei alles in Tel Aviv so »mondän«. Ich fand es mondän und interessant genug in Ramat Gan, man mußte nur das Ohr auf den Boden legen und in die Tiefe lauschen.

Neuerdings hatte die Schnabel, die in das Asbestschuppenhaus umgezogen war, öfter den Besuch des Herrn Dr. Schröder. Es war ein deutscher Jude mit Glatze und Hornbrille, ein Bücherwurm und vergeistigter Mann, der seine feinsinnigen Bemerkungen mit einem feinsinnigen zarten Lächeln begleitete und furchtbar viel von Literatur verstehen sollte. Eines Tages kam er mit stechendem Schritt wie ein Storch auf mich zu, vor geistiger Würde bei jedem Schritt mit dem Popo wakkelnd, und drückte mir wohlwollend die Hand. Die Schnabel hatte ihn auf mich gehetzt: Ich sei ein junger Schriftsteller, vielleicht hätte ich Talent, wahrscheinlich nicht. Schröder sollte das herausbekommen.

So kam er zu mir, gab mir die Ehre. Ich sah nicht zum erstenmal einen ›Vergeistigten‹, der sich den feierlichen Stil zugelegt hatte. Aber an diesem Mann war noch etwas anderes: Die Feierlichkeit, die ihn wie eine Wolke umschwebte, hatte etwas krankhaft Übertriebenes.

Lisa wußte bald Genaueres. Er wollte die Schnabel heiraten. Die Schnabel wollte nicht.

Eines Morgens verschloß sie ihr Haus, übergab mir die Schlüssel, sie fuhr nach Jerusalem. Alle Leute gaben mir die Schlüssel ihrer Wohnungen, ich war eine Art Vertrauensmann der Farm. Zwei Stunden nach ihrem Weggehen war Schröder bei mir, fragte nach der Schnabel.

Es fiel mir sofort auf. Irgend etwas war mit ihm nicht in Ordnung. Sein Stechschritt war noch staksender, noch langsamer als sonst. In seinen Augen war etwas Totes, sein Gesicht wirkte maskenhaft. Er richtete seinen Blick auf einen Nagel an der Wand und hielt eine merkwürdige Rede über die Schönheit dieses Nagels, an dem sich ihm die Schönheit der Welt offenbare.

Später erfuhr ich, daß er an jenem Morgen nach Tel Aviv zurückgekehrt war, um sich in der Hauptstraße mitten auf den Damm zu stellen und mit wirren Reden und Deklamationen den Verkehr aufzuhalten. Polizisten brachten ihn zu einem Arzt, er bekam Injektionen und wurde in die nächste Heilanstalt gebracht, wo er ungefähr ein Jahr lebte. Wie aus tiefem Schlaf erwachend, war er eines Tages wieder gesund.

Natürlich, so elegant und mondän, wie die Bleibtreu war, konnten die Leute in Ramat Gan nicht sein. Die Vögel zwitscherten den ganzen Tag. Es geschah nichts, es war das reinste Idyll.

Manchmal hörte man Horrowitz schreien, mit fürchterlicher Stimme: »Das Leben, das wir führen, schau auf unser Leben!« Sonjas Antwort hörte man nicht, sie sprach leise. In gewissen Abständen, wenn seine Dialogpartie gekommen war, brüllte er wieder auf. Es war wie ein Telefongespräch, bei dem man nur die eine Seite hört.

Das erste Gewehr, das ich in meinem Leben berührte, erhielt ich in der dritten Instruktionsstunde aus der Hand Schlomos, meines Gruppenleiters und Lehrers. Wir hatten in den ersten zwei Instruktionsstunden nichts getan außer strammstehen und uns beim Stehen drehen, nach den mir schon bekannten Kommandos. Dabei hatte ich Gelegenheit, Schlomo und die Kameraden der soeben neu gegründeten Gruppe zu beobachten. Sie waren durchweg Antimilitaristen und fanden alles, was Schlomo von ihnen verlangte, unbeschreiblich komisch, machten auch keinen Hehl aus ihrer Heiterkeit.

Alle kamen aus Europa, die meisten aus östlichen Ländern, ich war der einzige, der aus Deutschland kam. Diese Judengeneration war im allgemeinen klein von Wuchs. Bei den meisten von ihnen ging die pazifistische Haltung auf religiöse und ökonomische Tatsachen zurück. Sie und Dutzende von Generationen vor ihnen hatten die Beschäftigung mit der Waffe und die dazugehörigen albernen Körperübungen als Domäne der Gojim betrachtet, als eine spezifische Krankheit der Nichtjuden. Ich war der einzige, der nicht lachte, als er zum erstenmal das Gewehr in die Hand nehmen mußte.

Mein Lehrer Schlomo war der rührendste, menschlich angenehmste Instrukteur, der jemals in einer militärischen Organisation Rekruten gegenüberstand. Er war ein junger, ernster, zarter Jude, an dessen Äußerem nur die Ledergamaschen militärisch waren, die er wie Herr Selewanski trug. Er war so ernst, daß alle Witze und Heiterkeitsausbrüche der Gruppe an ihm abtropften wie Regen an einer Ölhaut. Ich fand seine durch nichts zu erschütternde Geduld, die auf große Erfahrung im Umgang mit jüdischen Rekruten zurückzuführen war, vorbildlich und bewunderungswürdig.

Ich erfuhr, daß er aus der Arbeiterjugend kam und zu jenen Leuten gehörte, die den modernen Sozialismus ins Heilige Land tragen wollten, freilich ein Unternehmen, bei dem es soviel Variationen gab wie denkende Köpfe und oftmals weiter nichts zutage trat als aus dem Judentum kommende Christlichkeit, eine Wiederholung der Stimmungen des Nazarenertums. Schlomo war Pazifist wie wir alle, deshalb verstand er so gut die Heiterkeit meiner Kameraden, er war aber auch Pazifist wie ich, deshalb verstand er so gut, daß ich ernst blieb. Es dauerte nicht lange, da hatten wir miteinander jenen gewissen persönlichen Kontakt, der nicht viel auslösen muß, aber bedeutet, daß einer den andern achtet.

Wir waren vierzehn Mann. In dem Sack, den Schlomo aus der Bodenluke hervorholte, waren aber nur acht Gewehre. Je zwei Mann mußten sich mit einem Gewehr zufriedengeben, das achte behielt Schlomo in der Hand, um uns den Mechanismus erklären zu können.

Es waren englische Infanteriegewehre vom Typ Lee Enfield. Sie waren aber sehr alt, obwohl der gleiche Typ noch heute hergestellt wird. Das Eisen war angefressen und der Holzteil zerschrammt und mit Draht und Holzschrauben zusammengehalten. Wahrscheinlich stammten sie aus den Waffendepots General Allenbys und hatten vor zwanzig Jahren bei der Eroberung dieses Landes mitgewirkt. Ein Schauer überlief mich: Wie oft war der Tod aus diesem schwarzen Rohr geflogen! Ich starrte entsetzt auf einen dunklen Fleck am Kolben. Aber natürlich beseitigte regelmäßiger Umgang mit den alten Gewehren solche Stimmungen.

Während der Instruktionsstunden standen draußen im Dunkeln vor dem Eingang des Hauses Wachposten mit Klingelkontakten in der Manteltasche. Sie sollten Signal geben, wenn Engländer oder andere verdächtige Leute nahten. Wir hätten dann drinnen im Keller die Gewehre in der Bodenluke verschwinden lassen und Bildungsverein gespielt. Ich sollte in diesem Fall einen kleinen Vortrag über Literatur halten. Aber es kam nie ein Engländer nach Tel Benjamin, es sei denn, um Weihnachts- oder Osterpakete abzuholen oder einen Drink mit einem der hier wohnenden Industriellen zu nehmen.

Jeden Sonnabend früh auf dem Distelfeld zu Füßen des Napoleonsberges exerzierte in lindgrünen Sporthemden der Hagannah-Bezirk Ramat Gan, meine eingewanderte antimilitaristische Judengeneration, und versuchte ihr Grauen vor diesem Land durch strammes Benehmen zu kompensieren.

Die Landschaft des Napoleonsberges baute sich im Westen Ramat Gans auf. Sie begann gleich hinter dem Bananenhain bei Tel Benjamin und entfaltete sich auf der Westseite der großen Chaussee bis Chederah und weiter nach Norden ins Schomron hinein bis zu den arabischen Städten Genin und Nablus.

Wer aus Tel Aviv kam, aus kleineren jüdischen Städtchen wie Ramat Gan und Petach Tikwah und hier herumzuwandern wagte, der konnte merken, daß nur wenige hundert Meter vor den Toren eines ihn wohlbehütenden Kleineuropa die unerbittliche, düster-romantische Realität einer Katakombe der Geschichte begann, daß aus den Sarkophagen der jüdisch-christlichen Antike in bizarr versteinerten Tälern, an bizarr versteinerten Flußläufen, aus sich türmenden Felsen und sich verrenkenden Olivenbaumgespenstern etwas Giftiges heraustrat: Mordlust, Haß, Schlangenpeitschen.

Daran vermochten die Wälder mit den goldenen Kugeln nichts zu ändern, die sich an die vom Alter giftig gewordenen Denkmäler der Geschichte versöhnlerisch heranschoben. Millionen gelber und schwarzer Skorpione im Steingeröll der Natur, im auseinanderrollenden Gestein rätselhafter Ruinen, stießen ihre Stacheln nach jedem sich nähernden Leben. Und doch war die Landschaft von herrlicher, unheimlicher, sphinxhafter Wucht und Größe. Am sanftmütigsten war sie noch zu Füßen des Napoleonsberges, des nicht sehr hohen Hügels hinter Tel Benjamin, dessen Plateau mannshohe Kakteenhecken trug und die typisch palästinensischen Steinformationen zeigte, von denen man nie weiß, ob sie von der Natur angelegt wurden oder von den Heuschreckenschwärmen der verschiedenen Völker, die hier während der letzten Jahrtausende niedergingen, lebten, bauten, starben und nur Steine hinterließen.

Jeden Sonnabend früh wurde auf dem Distelfeld zu Füßen des Napoleonsberges exerziert. Über das ganze Feld hallte die schöne singende Stimme des Korporals Mazliach, eines Lieblings der Hagannah, einem blonden Mann mit blauen Augen, der die Uniform der Siedlungspolizei trug und dessen braungebranntes Gesicht von einem großen Australierhut beschattet wurde.

Auch Mädchen exerzierten, sie sahen aus wie Revuegirls und warfen ihre schönen Beine wie Tänzerinnen. Es soll im Land geborene junge Juden geben, ich habe sie nie bei ihrer Ausbildung gesehen. Am Napoleonsberg marschierten nur die kleinen Einwanderer und fanden es komisch, sich nun wie Gojim benehmen zu müssen. Für die neue Männergeneration, die im Land geboren war, gab es Ausbildungslager neben gewissen Kibbuzim. Es hieß von den Söhnen der Einwanderer, daß sie ihre Väter um einen Kopf und um eine Frage überragten: »Warum habt ihr euch wehrlos abschlachten lassen?« Sie verstanden es nicht, daß die Generation ihrer Väter im europäischen Exil widerstandslos in den Tod ging, warum die zum Tode Verurteilten nicht zuletzt noch ihren Henkern die Faust ins Gesicht schlugen.

Als die dritte Woche dieser Übungen kam, eröffnete uns eines Abends Schlomo, daß die Bezirksleitung beschlossen hätte, mit uns Ernst zu machen. Wir sollten als Hagannah-Leute, mit Gewehren und Patronen ausgerüstet, nachts unsern Mann stehen und die Siedlungen bewachen helfen.

Ich wurde eingekleidet. Das Barett war zu klein und der Militärmantel zu lang. Sie waren für Engländer konfektioniert, die kleine Köpfe hatten und lange Beine. Als ich mir den gefüllten Patronengürtel um den Bauch band, bekam ich eine

Vorahnung des Gefühls, das man haben muß, wenn so ein Gürtel auf dem Bauch explodiert. Ich nahm das Gewehr, fest entschlossen, nie mit dem Finger in jene Zone des Mechanismus zu kommen, in der das Unheil schlummert, und ging zusammen mit einem etwas erfahreneren Hagannah-Mann auf die Chaussee hinaus und hinunter zum Schlachthaus im Wadi Muzrara.

Natürlich hatten wir Nägel an den Schuhen, aus Sparsamkeitsgründen, um das Leder der Sohlen zu schonen. Die Schuhe klopften martialisch auf dem Pflaster, und ich fand es geschmacklos von dem Burschen an meiner Seite, einem grobschlächtigen und untersetzten Typ mit breitem Kopf, daß er unbedingt den gleichen Schritt mit mir halten und das Schuhklopfen verdoppeln mußte.

Noch heute ist mir diese kurze militärische Marschiererei in qualvoller Erinnerung, und Schauer überlaufen mich, wenn ich daran denke, wie er plötzlich zu mir aufsah und mit glücklichem Gesicht auf hebräisch sagte, er könne so sein ganzes Leben und bis ans Ende der Welt marschieren, im Gleichschritt mit klopfenden Schuhen und ein Gewehr über der Schulter. »Ja«, antwortete ich, völlig erschlagen wie beim Kuß der Bleibtreu, »du hast recht, es ist wirklich schön.« Und ich sah ihn nicht mehr an und dachte: Verdammte Scheiße, in die ich geraten bin.

Mein Kibbuz-Buch stieß auf allgemeine Ablehnung. Eine Flut schmähender und anklagender Briefe ging in der Berliner Redaktion ein, so daß der Herausgeber der Zeitung sich genötigt sah, in einem Leitartikel Stellung zu nehmen und seinen Autor zu verteidigen. Mit fast allen Büchern, die ich in den nächsten vierzig Jahren schrieb, geschah dasselbe: Die Leute klammerten sich an bestimmte Vorstellungen, sie sagten »rund« auf eckige Sachen und »eckig« auf runde Sachen und fühlten sich in ihrer tiefsten Ehre getroffen, wenn ein Schriftsteller rund und eckig in Augenschein genommen hatte und feststellte, wie es sich in Wirklichkeit damit verhielt.

Besonders heftig waren die Briefe aus Tel Hamon, die mir aus Berlin zugesandt wurden. Einer fragte: »Wo ist das Große in unserem Leben?« Der Schreiber hatte sich in einer Nebenfigur der Erzählung wiedererkannt. Von jüdischen Buchverlagen, denen ich das Manuskript vorlegte, bekam ich höfliche glatte Absagen. »Wir sind von dieser Erzählung, die wir in der ›Jüdischen Rundschau‹ gelesen haben, alles andere als begeistert.« Sie wollten begeistert sein und fürchteten die Entgeisterung durch allzu genaue Bekanntschaft mit der Realität.

Immerhin, in der Orangenfarm festigte sich meine Stellung. Es imponierte, daß so viel Druckerschwärze auf mich und mein Produkt verschwendet worden war. Sogar Löwenthal, der Erfahrene, schlug große Töne an. »Unser Dichter«, sagte er. Von einer palästinensischen Bank hatte ich fünfzig Pfund bekommen, damals eine Summe, von der eine Arbeiterfamilie ein halbes Jahr leben konnte. Wenn es mir gelang, sechs Monate damit auszukommen, konnte ich sagen, daß zwischen dem ersten niedergeschriebenen Wort und dem letzten ausgegebenen Pfund drei Jahre lagen, eine Rechnung, die nichts mit der goldenen Nase zu tun hatte, von der meine Familie träumte.

Damals beschloß Horrowitz, einen bestimmten Abschnitt des Farmbodens umgraben zu lassen, der völlig von Jablit verfilzt war, eine Art Ackerschachtelhalm. Es war die körperlich schwerste Arbeit, die es in diesem Land gab. Das Jablit war in den meisten Fällen zäher als der mit seiner Ausrottung beauftragte Landarbeiter.

An dem Morgen, als ich zu arbeiten begann, tauchte plötzlich zwischen den Bäumen Lecker auf, unser Nachbar, der alte Farmarbeiter.

Ihm gehörte jene nur zehn Meter breite Kleinstfarm, die sich nahtlos der Horrowitzschen Farm anschloß und deren Besichtigung Herrn Selewanski so erregt hatte, damals, als er auf der Suche nach den Ursachen der Malaria an der Spitze der Sanitären Kommission die landwirtschaftlichen Betriebe besichtigte. Auf der anderen Seite, ebenso übergangslos, begann neben der Leckerschen Farm die des Herrn Kaplan, eines Baumaterialienhändlers aus Tel Aviv, der zugleich Direktor des etwas tiefer gelegenen Schlachthauses im Muzrara-Wadi war.

So eingeklemmt zwischen einem Schlachthausdirektor und einem Verlagsdirektor, repräsentierte das Ehepaar Lecker das volle Elend der unteren Klassen. Wenn die Direktoren ihre Bäume wässern ließen, wurden merkwürdigerweise immer die der Leckerschen Farm benachbarten Bewässerungsteller undicht, und das auf soziale Gerechtigkeit bedachte Wasser strömte hinüber zu den Bäumen Leckers.

Die Grenzzäune zwischen der Leckerschen Farm und den Farmen der Direktoren waren in ganzer Länge niedergetreten, so daß man quer durch die drei Farmen spazieren konnte, ohne von etwas anderem aufgehalten zu werden als von dem Leckerschen Hund, der niemals außerhalb des Radius seiner langen Kette gesehen worden war und die Wut über sein jämmerliches Dasein an der Kette zerbiß. Übrigens war er es, der mit dem Halbbogen von Knochenresten und getrocknetem Kot an der Reichweitgrenze seiner Kette den einzigen möglichen sanitären Anstoß lieferte, das half aber der Anopheles nicht weiter, die Pfützen brauchte. Die Leckers sparten mit dem Wasser, von Pfützenbildung konnte keine Rede sein. Ernährt wurde der Hund von Mittagsresten, die die Gäste im benachbarten Restaurant zurückgelassen hatten und die ihm jeden Tag von Frau Lecker hingeschüttet wurden, wenn sie von der Arbeit in dem Restaurant heimkehrte, in dem sie Tellerwäscherin war. Horrowitz nannte die Familie Lecker nur ›Familie Camouflage‹, es sollte ein Witz sein wegen der Flecken und Flicken auf ihrer Kleidung, er vergaß nur, daß sie nicht arm aus Faulheit waren und daß man über Armut nicht witzeln kann.

An dem Morgen, als ich bei dreißig Grad im Schatten mit der Jablitbekämpfung begann, schlenderte Lecker heran, an einem Grashalm kauend, blieb stehen, sah zu, wie ich arbeitete, und setzte sich schließlich mit gekreuzten Beinen an den Rand des Abschnitts.

»Wie kommst du mit Horrowitz aus?« wollte er wissen.

Ich witterte einen Hinterhalt. Horrowitz und Lecker standen oft zusammen und unterhielten sich. Um beide schwebte die Aureole der ›alten Palästinenser‹, beide hatten vor zwanzig Jahren die Böden für Butterbrote erstanden, freilich für unterschiedlich belegte, bei Lecker hatte das Geld nur für einen zehn Meter breiten Streifen gereicht. Ich beeilte mich deshalb zu erklären, daß ich mit Horrowitz gut auskomme.

Er sah mich nachdenklich an. »Dann bist du der einzige, der mit ihm gut auskommt«, sagte er. »Im Arbeitsamt, wenn sie hören ›Horrowitz‹, schneiden sie Gesichter. Sie wollen bei ihm nicht arbeiten. Zahlt er pünktlich?«

Ich mußte gestehen, daß er mich äußerst pünktlich bezahlte, am Tag nach der Arbeit kam er zu uns ins Zimmer und legte Geld auf den Tisch.

Lecker schüttelte stumm den Kopf, sah vor sich hin. Er konnte sich die Sonderstellung, die ich bei Horrowitz hatte, nicht erklären.

»Ich bin hier nicht zufällig«, sagte er plötzlich hart. »Horrowitz hat mich herbestellt, damit ich nachsehe, ob du die Arbeit kennst und richtig ausführst. Wenn du sie nicht richtig kennst, soll ich mit dir zusammen arbeiten und dir zeigen, wie man das macht. Aber ich sehe, du weißt Bescheid, du machst es richtig.« Er erhob sich. »Gut, dann gehe ich jetzt zum Arbeitsamt und suche mir etwas anderes. Ich will dir deine Arbeit nicht wegnehmen.«

Ich sah ihm nach, wie er zwischen den Bäumen verschwand. Ich haßte diesen Horrowitz, wollte nicht mehr für ihn arbeiten. Warum bezahlte er mich pünktlich und die andern nicht? Warum diese heimliche Verabredung mit Lecker, mich zu kontrollieren? Eins stand fest: Lecker hatte sich mir gegenüber vorbildlich verhalten. Abends besuchte ich ihn in seiner Hütte, um mich zu bedanken.

Er lag in einem elenden Zimmer der Holzhütte auf einem elenden Bettgestell, die Tür stand offen, Hühner liefen ein und aus, der Schmutz war unbeschreiblich, und der Hund draußen, dessen Kette an einem Baum befestigt war, tobte und fletschte die Zähne, weil es ihm nicht gelungen war, mir die Hosen aufzureißen. Lecker hatte einen Schlafanzug an und war müde, er hatte Arbeit gefunden und einen schweren Tag hinter sich.

»Nimm Platz, Carl-Jacob.«

Mit einer Handbewegung fegte er die Kleider herunter, die auf dem einzigen Stuhl im Zimmer lagen. Über seinem Bett hing das Bild eines bärtigen Mannes, ich nahm an, es sei Herzl, der Begründer des modernen politischen Zionismus.

»Herzl?« fragte ich mit einem Blick auf das Bild.

»Den kennst du nicht? Das ist Marx, der Arbeiterführer. Wenn du ein Arbeiter sein willst, dann mußt du seine Bücher lesen. Willst du ein Arbeiter sein?«

Ich erinnere mich an den Besuch vor allen Dingen wegen dieser Frage, die mir Lecker stellte. Auch im Kibbuz hatte man mir eine ähnliche Frage gestellt: Willst du Kibbuznik sein? Ich wußte es selbst nicht, ich hätte antworten müssen, was ich Zuf geantwortet hatte: »Ich will nur ich selbst sein.« Wenn die Demagogen das hörten, sagten sie sofort: »Allein bist du nichts.« Ich war aber allein alles, Mittelpunkt meiner Dinge und meines Denkens. War das wenig? Vor allen Dingen störte es mich, daß die Linken überall da, wo sie sich etablierten, auf Armut setzten, Armut wollten, Armut für eine Tugend hielten. Ich konnte mich nicht befreunden mit dem Schicksal der Armut, und obwohl ich arm war und blieb, konnte ich mich nicht abfinden mit meiner Armut. Stolz machte sie mich nicht.

Was wir weiter sprachen, weiß ich heute nicht mehr, aber eins ist mir deutlich in Erinnerung: Er tat mir leid, und mich erschreckte der Gedanke, daß man so aussieht wie Lecker, wenn man Arbeiter sein will.

Sein Gesicht war mumienbraun und knochig wie wahrscheinlich sein ganzer Körper, er bestand nur aus Sehnen und Muskeln. Eisgraue Stoppeln auf Kopf und Gesicht ließen ihn älter erscheinen, als er war, die Augen lagen eng nebeneinander und in tiefen Höhlen, sie leuchteten wie dunkle Lampen in einem Totenkopf. Das hatte die Arbeit aus ihm gemacht, die glühende Sonne, ein halbes Jahrhundert Armut und Kampf ums Überleben. Einiges wußte ich von ihm. Er war in Safed geboren, einer Bergstadt im Norden des Landes. Arabische Pogromisten, die wieder einmal den Imperialismus aufs Korn genommen hatten, hatten seine Eltern umgebracht. Trotzdem lebte er heute mit Arabern, sie waren seine besten Freunde. Ein Sudanese, schwarzhäutig und bei den Juden beliebt, wohnte zeitweilig mit ihm und seiner Frau in der Hütte. Er und Lecker waren ein begehrtes Arbeiterpaar, das die Zitrusfarmen im Akkord bearbeitete. Mit diesen Leuten konnte ich nicht konkurrieren, sie waren echte Arbeiter, ich war nur eine Parodie auf einen Arbeiter.

Ich klagte Löwenthal mein Leid, erzählte ihm die ganze Geschichte mit dem Jablitabschnitt und der von Horrowitz bestellten Kontrolle durch Lecker, ließ auch durchblicken, daß mir diese Arbeit zu schwer war. Daß das Jablit zäher war als ich, sagte über die Zähigkeit des Jablits nichts aus. Lecker und sein Freund waren dem Jablit eher gewachsen.

Löwenthal lief sofort zu Horrowitz hinüber und schwafelte irgend etwas von »unserm Dichter«, unser Dichter sei »reif« genug, um selbst seinen Weg zu bestimmen, die Knochenarbeit in der Farm sei nicht das richtige für ihn. Horrowitz kam erschrocken zu mir und entschuldigte sich, er habe nicht gewußt, daß mir diese Arbeit zu schwer sei, in Zukunft wolle er mir nur noch leichte und angenehme Arbeit geben und den fraglichen Farmabschnitt von Lecker und Abraham umgraben lassen, so hieß der Sudanese. Übrigens sprach Leckers Freund Hebräisch und war von rührender Freundlichkeit zu den Juden, in denen er Abgesandte der westlichen Zivilisation sah. Als inneren Grund für mein Bedürfnis, mich von der ›Knochenarbeit‹ zu lösen, deutete ich an, daß ich ein neues Buch schreiben wollte.

Ja, ich wollte ein neues aussichtsloses Buch schreiben. Seit einiger Zeit kursierte das Schlagwort ›Epoche Rockach‹, das war der Name des Bürgermeisters von Tel Aviv.

Wenn in Tel Aviv und Umgebung politische Kritik geübt wurde, warf man sich dieses Stichwort zu, es sollte bestimmte Intrigen und Verfilzungen andeuten, mit denen herrschende Gruppen Druck auf das öffentliche Leben ausübten. Auch Sonja sagte verächtlich: »Epoche Rockach«. Ich wollte das erkunden und darüber schreiben. Horrowitz, der fragte, was denn das Thema des Buches sei, sagte ich nicht die volle Wahrheit. Ich log, behauptete, daß ich die Arbeit der Tel Aviver Stadtverwaltung studieren und darüber schreiben wolle, das Thema sei doch völlig neu, und es sei interessant, wie die Juden, die bisher noch keine eigene Stadt verwaltet hätten, mit den Problemen fertig würden. Horrowitz fand das Projekt lobenswert und gab mir die ersten Empfehlungsbriefe an Stadtverordnete in Tel Aviv.

Ich ging systematisch vor, berannte drei Monate lang die Stadtverwaltung von Tel Aviv. Nach Horrowitz war es Katznelson, der mir schmunzelnd Empfehlungsbriefe gab. Er freute sich über meinen Eifer, ohne zu ahnen, was ich vorhatte. Tag für Tag war ich unterwegs, von morgens bis abends, ging an Lecker und Abraham vorbei, die statt meiner mit dem Jablit kämpften, ich hatte einen besseren Kampf. Fast jede städtische Abteilung lieferte mir schriftliches Material, Statistiken, Jahresberichte. Ich lernte die führenden Beamten der Abteilungen persönlich kennen, nachdem ich mich vorher theoretisch über ihre Arbeitsweise, ihre Anschauungen und privaten Eigenheiten hatte informieren lassen.

Ich ließ immer den ersten über den zweiten reden, bevor ich den zweiten besuchte, und hatte, wenn der zweite über den dritten, vierten und fünften zu reden begann, Gelegenheit, ihn aus der Nähe in Ruhe zu beobachten. Sie ahnten nichts, fühlten sich allesamt sehr geehrt. Einige von ihnen gaben mir mehrmals in der Woche Interviews zu festgelegten Zeiten, es war wie Unterricht in Personalkenntnissen. Da diese Gespräche in den privaten Wohnungen stattfanden, ergaben sich zusätzliche Eindrücke.

Immer enger zog ich meine Kreise, von den Verwaltungsleuten ging ich zu den Politikern über, den Stadtverordneten, bis ich am Ende eine wahre Pyramide von Material gesammelt hatte. Alle mußten mir ihre persönliche Meinung über Rockach sagen. Da jeder glaubte, entscheidend an meiner Arbeit mitzuwirken, strengte sich jeder an, durchdachte und gutformulierte Thesen über Rockach vorzutragen. Besonders ein linker Stadtverordneter, der als einer der aktivsten galt, wurde nicht müde, mich über das Wesen des Begriffes ›Epoche Rockach‹ zu belehren. Er benutzte dabei Ausdrücke von einer gewissen Schärfe, die ich in der ersten Niederschrift meines polemischen Buches wiedergab.

Ich werde nie dieses Erlebnis vergessen. Es waren seine eigenen Worte, die ich ihm als meine eigenen in Schreibmaschinenschrift vorsetzte. Der Mann war außer sich. Ich hätte mich ja bei publizistischen oder womöglich gerichtlichen Auseinandersetzungen auf ihn berufen müssen. Er warf mir das Wort von der ›positiven Mitarbeit‹ zu, sagte, es sei unmöglich, wenn die tägliche Arbeit ein dauerndes Streifen von Rockachs Ellbogen in den Korridoren des Magistratsgebäudes mit sich bringe, in einer derartigen Weise über einen Kollegen auszusagen.

Ja, sie waren Kollegen, das hatte ich vergessen, sie führten nur Scheingefechte, um den Arbeitern die Illusion einer Interessenvertretung zu geben. Es gab keinen Kampf, weil es kein Ziel gab. Sie hatten die Idealvorstellung, bis an ihr Lebensende weiter herumzuplappern von nationaler Gemeinschaft und die praktische Konsequenz Herrn Rockach zu überlassen. Es ging um Stühle, nicht um Ideen.

Damals standen Wahlen zum Stadtparlament vor der Tür. Die Arbeiter hätten aufgerüttelt werden müssen. Das Regime Rockach war reif, gestürzt zu werden. Ich brachte ihnen fertige Waffen.

Sie wurden nicht nur verlegen. Sie rutschten nicht nur unruhig auf ihren Stühlen hin und her. Einer sagte zu mir: »Versteck diese Arbeit und zeige sie niemandem, du wirst sonst in den Ruf kommen, Kommunist zu sein.« Ein schmeichelhafter Irrtum! Ich war gar nichts. Ich war ein junger Mann, der Sprachübungen veranstaltete und untersuchen wollte, ob gewisse im Umlauf befindliche Vorstellungen noch etwas mit der Wirklichkeit zu tun oder sich eventuell von der Wirklichkeit losgelöst hatten, so daß die Zeit für neue Sprachregelungen gekommen war. Ein tollkühnes Unternehmen, es richtete sich gegen die herrschende Macht der Phrase.

Da ich wußte, daß das Buch keine Chancen hatte, legte ich um so freier los. 1949, zehn Jahre später, fraß der Sumpf im Wadi Muzrara all diese Buchmanuskripte, die ich geschrieben hatte. Ich schleuderte sie im Bogen ins Wasser, ließ sie aufklatschen und untertauchen. Ich dachte: Irgend etwas wird ja in mir geblieben sein von all diesen Sprachübungen.

5

Sonja hatte mich zur Arbeit nach Rechowoth bestellt, sie hielt mich für einen guten Handwerker. Ich hatte zwar nichts gelernt, aber Handwerkern vieles abgeguckt. Übrigens waren viele jüdische Handwerker im damaligen Palästina solche autodidaktischen Künstler. Löwenthal, der Zimmermann, hatte mir zudem einiges beigebracht, er hatte mir auch Werkzeug geschenkt, so weit er es entbehren konnte. Sie brauchten in der Schule in Rechowoth einen Geräteschuppen, es wurde Holz bestellt, und ich begann todesmutig, zu sägen, zu hämmern und Wände aufzustellen. Eines Tages sah ich von weitem, wie ein Mann auf dem Gelände der Schule Sonja in eine

Grube stieß. Er half ihr zwar wieder heraus. Ob er es absichtlich getan hatte oder versehentlich, wurde nie geklärt. Eine Ambulanz des Roten Davidsterns erschien. Sie schaffte es noch, mir von der Trage, auf die man sie legte, mit schmerzverzerrtem Gesicht auf deutsch zuzurufen: »Das ist die irdische Gerechtigkeit, Carl-Jacob, leider bin ich nicht religiös veranlagt, sonst würde ich sagen, es folgt ihr eines Tages eine bessere himmlische. Grüß Horrowitz, bestell ihm, es sind nur die Beine, man wird das schon wieder in Ordnung bringen.«

Das waren die letzten verständlichen und vernünftigen Worte, die ich von ihr hörte. Sie klangen nach Selbstbeschuldigung, und es schien mir plötzlich, daß sie sich Vorwürfe machte, den Armen nicht genügend geholfen und selbst im Wohlstand gelebt zu haben. Aber wer kann den Armen genügend helfen, wer kann sie retten! Leute, die vorgeben, das zu können, erwiesen sich im Verlauf der Geschichte immer als Betrüger.

Ich kehrte sofort nach Ramat Gan zurück, informierte Horrowitz. Er erschrak, fuhr ins Hadassah-Krankenhaus nach Tel Aviv. Am nächsten Morgen berichtete er: Sie hatte sich beim Sturz das rechte Kniegelenk verletzt und einen Meniskusriß zugezogen, der operiert werden mußte.

Was bevorstand, ahnte niemand. Sonja wurde dreimal operiert, nach den Operationen monatelang von Masseuren gequält, sie wanderte von Klinik zu Klinik, von Sanatorium zu Sanatorium. Als sie nach Ramat Gan kam, war ich im Ausland, wir sahen uns erst zweieinhalb Jahre nach dem Unfall wieder. Sie war krank, seelisch-geistig. Sie wollte Selbstmord verüben, mehrmals hatte man sie zurückhalten müssen, sie wollte Professor Laser folgen. Freilich, Horrowitz hatte das junge Mädchen schon einmal von der Reling zurückreißen müssen, es gab neben den rationalen Gründen gewisse Labilitäten in ihrem Wesen, aber das Leben in einer sie bedrohenden Welt versorgte alle Juden mit Labilitäten, die Frage war nur, inwieweit die vielgerühmte politische Renaissance in diesem Land Labilitäten abbaute.

In der Statistik des Hadassah-Krankenhauses, die ich neben anderen Dokumenten für mein Buch über die Stadtverwaltung studiert hatte, war ich am Ende einer Zahlensäule auf eine merkwürdige kleine Zahl gestoßen: zweiundfünfzig Selbstmorde im Stadtbereich Tel Aviv für das Geschäftsjahr 1936/37. Fast in jeder Woche also glückte in Tel Aviv ein Selbstmordversuch. Da diese Stadt damals rund hundertfünfzigtausend Einwohner hatte, kam auf dreitausend Einwohner in der fraglichen Zeit ein Selbstmörder. Über diese Tatsache schwieg die zionistische Propaganda. Realistische Palästina-Literatur, in der die Tränen der Wirklichkeit geweint wurden, gelangten nicht über das Manuskriptstadium hinaus, wurde im Keime erstickt. Später lernte ich, daß es überall in der Welt so zuging, wo Beglückungslehren Staatsdoktrin geworden waren: Die Selbstmorde der Enttäuschten mehrten sich und wurden streng geheimgehalten.

Im Frühjahr 1939 erreichte mich die Nachricht, daß Egon Selbstmord verübt, einen kurzen Brief an seinen Vater zurückgelassen hatte, in dem er um Verzeihung bat und auf das Riesenmaß seiner Enttäuschung hinwies. Ich bin so enttäuscht, schrieb er. Er hatte sich in Jerusalem vom Dach eines hohen Hauses auf die Straße hinuntergeworfen.

Egon war tot. Immer wieder stand ich selbst an dem Rand des Daches, den Egon überschritten hatte mit einem Schritt ins Bodenlose. Am Ende schien mir, daß er abgesprungen war, um mich vor einer solchen Tat zu warnen.

Manchmal saß mir das Würgen im Hals, weil ich mir vorstellte, daß ich vielleicht imstande gewesen wäre, den Freund von der Tat zurückzuhalten. Als ich seinen Vater nach dem Selbstmord des Sohnes auf der Straße traf, wurde das Gefühl, daß er schuld hätte, übermächtig in mir. Er benahm sich so vorschriftsmäßig, so theatralisch, hielt den Kopf schräg, seine in die Ferne eilenden Augen wurden naß. Mit schnell herausgewippten Phrasen dankte er für Kondolenz, widmete dem Verstorbenen einige Worte der Schätzung und des Gedenkens.

Verschiedene Leute erzählten mir später, daß er auch mit ihnen dieselbe Friedhofsszene veranstaltet hatte, mit der gleichen Feuchtigkeit in den Augen und den gleichen Phrasen des aufrichtigen Bedauerns.

Als die Trauerzeit um war und das jüdische Gesetz die Aufstellung des Grabsteines erlaubte, traf ich ihn wieder auf der Straße. Er kam gerade aus Jerusalem, wo er den Grabstein des Sohnes eingeweiht hatte. Er sprach von dem Toten wie von einem Lebenden, der sich von den anderen Lebenden dadurch unterschied, daß er die skurrile Idee gehabt hatte, seinen Wohnort auf den Friedhof zu verlegen. Ich habe es ihm jetzt schön eingerichtet, sagte er salbungsvoll und selbstzufrieden. Er hat es nun schön. Es ist ja sein Haus, wie man sagt. Und hielt den Kopf schräg und hatte wieder etwas Feuchtes in den Augen.

Was mich betraf, so belehrte mich Egons Sprung, über den ich einiges zu wissen glaubte, über die Notwendigkeit, mit den aussichtslosen Literaturunternehmungen Schluß zu machen und ein brauchbares Buch zu schreiben. Ich sah mich um nach einem Thema. Rechtzeitig fiel mein Blick auf die Gebrüder Metzger. Sie hatten mit mir zusammen in der Hagannah zu dienen begonnen, gehörten zu meiner Gruppe. Sie waren die Besitzer des Restaurants, in dem Frau Lecker die Teller wusch. Über diese Brüder wollte ich der Hagannah und allen

Juden des Landes etwas sagen. Es war das letzte milde Palästinabuch, das ich schrieb, und zugleich das mildeste. Ich ging von der Ehre des jüdischen Volkes aus, also von einer Phrase. Von dieser Phrase behauptete ich, daß sie verpflichtend sei, lebenbindende Kraft hätte. Manche Abschnitte in dem Buch klangen wie bezahlt, sie waren ausgestattet mit allen Klingeln propagandistischer Närrischkeit und läuteten lieblich meine Aufrichtigkeit zu Grabe. Die Weisheit der Hagannah-Bonzen, der führenden Männer, der Offiziere spielenden Hausbesitzer, Industriellen und Schieber wurde unschuldig, wie mit natürlichem Gerechtigkeitssinn in den Himmel gehoben. Burschen, bei denen nachts das Gewehr losgegangen war und die den entstehenden Wirrwarr benutzt hatten, um zur Rechtfertigung der fehlenden Kugeln Thesen von Angriff und Verteidigung zu konstruieren, wurden zu Heldengestalten jüdischer Ehre gemacht. Es hieß da, daß sie »nüchtern und sachlich« gehandelt und einen schönen Beweis »männlicher Geistesart« gegeben hätten. Ich beglückwünschte die Schützen gewissermaßen, wie man es Sonnabendmorgens auf dem Exerzierfeld am Napoleonsberg zu tun pflegte, bewies ihnen, ganz im Geist der Hagannah-Bonzen, herablassend meine Gunst.

Wie groß die Zahl der von Juden aus Versehen getöteten Juden war, weil man ja den Knall als Ausdruck von Heldenhaftigkeit feierte und daher die Sitte eingeführt hatte zu knallen, über diese ›schöne männliche Geistesart‹ schwieg das schändliche Machwerk, das ich geschrieben hatte. Um die Ehre richtig auszumalen, wurden einige Unehrenhafte dem Leser vorgestellt. Immerhin, eine peinliche Frage schlüpfte mir doch durch: wie das Verhältnis sei zwischen der Zahl der Ehrenhaften und der der Unehrenhaften. Kaum bemerkte ich das Kuckucksei dieser Frage in meinem Taubennest, da warf ich es auch schon über Bord mit der lauten Versicherung, daß diesem Verhältnis eine überwältigende Mehrzahl von Ehrenhaften zugrunde liege. Man mußte den Eindruck gewinnen, daß die Mitglieder der Hagannah nationale Heilige waren, in jeder Sekunde ausschließlich von der Idee der jüdischen Ehre beherrscht.

In Wirklichkeit waren sie alle gleich, zumindest im Bezirk Ramat Gan im Jahre 1939. Kaum einer unterschied sich von den Söhnen der Familie Metzger, die von mir als charakteristisch für Unehrenhaftigkeit hingestellt wurden. Nur widerwillig ging man auf Wacht, es war keiner, der nicht versuchte, sich das Leben in diesen zerstörten, quälerischen Nächten leichter zu machen. Die Söhne der Familie Metzger unterschieden sich von den anderen nur durch ihre geistige Primitivität, deshalb fiel es ihnen leicht, ihr wahres Gesicht zu zeigen.

Ich hatte kaum die letzten Zeilen des Buches geschrieben, von dem niemand außer Lisa etwas wußte, da wurden die Brüder Metzger aus der Hagannah ausgeschlossen, eine der schlimmsten Blamagen, die damals einem palästinensischen Juden zustoßen konnte.

Ich ließ das Manuskript von meinem Vater lesen. Er weinte, nachdem er gelesen hatte, Tränen der Rührung. Im allgemeinen schrieb ich ihm nicht positiv genug. Diesmal war er hingerissen, er war einverstanden mit dem Buch, ein gutes Vorzeichen.

Ich ging zu Katznelson. Eine schwache Hoffnung erfüllte mich. Vielleicht konnte ich doch noch ein wertvoller Mitbürger werden? Wenn ich recht oft solche Phrasen schrieb, wie ich sie geschrieben hatte, wer weiß, vielleicht würde ich eines Tages anfangen, an diese Phrasen zu glauben, sie mußten mir nur in Fleisch und Blut übergehen. Daß ich vorläufig noch nicht glaubte, wußte ja Katznelson nicht, und die Macht zur Realisierung eines solchen Projektes hatte er.

Nun existierte damals in der Redaktion des ›Dawar‹ eine Redakteurin, die sich als Spezialgebiet die journalistische Beschäftigung mit Hagannah-Angelegenheiten und dem Leben der Hilfspolizisten gewählt hatte, sie reiste im Lande umher und schrieb Berichte, in denen ihr nationales Gefühl blendende Effekte erzielte.

Katznelson, der mich damals noch väterlich begönnerte, schmunzelte, als er mich argumentieren hörte: Jene reise herum, ich sei selber Hilfspolizist und halte seit zwei Jahren das Gewehr. Es war im Jahre 1939, ein paar Monate vor Ausbruch des Zweiten Weltkrieges. Katznelson beauftragte jene für das Thema zuständige Redakteurin, mein Manuskript zu prüfen. Ich besuchte sie. Sie war mir unsympathisch. Ihr Gesicht war verzerrt, von Wichtigkeitsgefühl aufgeblasen, die Nase um jenes Maß zuviel gehoben, das ihrer eingebildeten Wichtigkeit entsprach. Es waren Parvenu-Allüren, sie redete langsam und singend, die Augen in die Ferne gerichtet. Schweren Herzens ließ ich ihr das Manuskript, ich sollte in vierzehn Tagen wiederkommen.

Als ich wiederkam, erzählte sie mir eine sonderbare Geschichte, in dem gleichen langweiligen und wichtigtuerisch gedehnten Tonfall, in dem sie zu mir vor vierzehn Tagen gesprochen hatte. Sie habe beschlossen, selber einen Roman über die jüdische Verteidigung, über jüdische Hilfspolizisten zu schreiben. Daher wolle sie mein Manuskript nicht lesen, um nicht in die Gefahr irgendeiner Beeinflussung zu kommen.

Immerhin hatte sie vierzehn Tage gebraucht, um sich zu diesem Entschluß durchzuringen. Ich ging empört zu Katznelson, beschwerte mich. Sie hatte die Idee zu diesem Unternehmen durch mich bekommen. Ihren Roman würde man nicht ins Hebräische zu übersetzen brauchen, er würde schnell gedruckt werden, lange vor meinem, das war vorauszusehen. Es bedeutete praktisch, daß Katznelsons Zeitung für das von mir erfundene Thema lange Zeit besetzt sein würde und daß meine später erscheinende Arbeit als thematische Nachahmung wirken mußte, während es in Wirklichkeit umgekehrt war.

Katznelson hörte sich das an und wackelte mit dem Kopf. In der Literatur entscheide nicht Priorität, sondern Qualität. Er gab eine Abschrift des Manuskriptes Zuf, eine andere dem Herausgeber der ›Maarachoth‹, einer monatlich erscheinenden militärwissenschaftlichen Zeitschrift, die sehr gut aufgemacht war und überall in der Hagannah gelesen wurde. Ich kannte Liebenstein noch von Deutschland her, er hatte sich dort als einer jener Mapai-Abgesandten betätigt, die mit dem Auftrag gekommen waren, die jüdische Jugend für Palästina zu erziehen. Zweifellos ein Mann von Intelligenz und hoher Bildung. Er hatte uns jedoch unfreiwillig schon in Deutschland den schwer zugänglichen und größenwahnsinnigen Parvenu-Typ der palästinensischen Juden vorgeführt, mit seinem von Wichtigkeit aufgeblasenen Gesichtsausdruck und seiner doktrinären, langweiligen, in den Himmel der Abstraktion gerichteten Sprechweise. Er sah wie meine Redakteurin an den Menschen vorbei.

Skeptisch nahm er das Manuskript aus meiner Hand. Katznelsons Auftrag hatte ihn bereits auf internen Wegen erreicht.

Aber er las pünktlich, in vierzehn Tagen, wie er versprochen hatte. Als ich kam, um seine Meinung zu hören, war er völlig verwandelt. Er sah mich freundlich an, er sprach lebhaft und nicht über meinen Kopf hinweg. Das Buch habe ihm sehr gefallen, es habe großen erzieherischen Wert sowohl für

Befehlende wie für Befehle empfangende Hagannah-Mitglieder. Er sei unbedingt für die Herausgabe des Buches, und er beriet auch Katznelson in diesem Sinne. Es hing nun alles von dem literarischen Gutachten Zufs ab, das aber nicht kam.

Denn Zuf, mein alter Freund, las nicht. Das Sonderbare war, daß er sich nicht weigerte und Katznelson und mir zu lesen versprach, es aber nicht tat. Ein ganzes Jahr lang wartete ich vergeblich auf diesen seinen Freundschaftsdienst. Ich besuchte ihn im Verlauf dieses Jahres etwa zwanzigmal, weil er zwanzigmal sagte: Besuch mich in vierzehn Tagen, dann sage ich dir Endgültiges. Diese Versprechungen gab er nicht nur mir, sondern auch Katznelson, der das Buch herausbringen wollte, weil Liebenstein sich ja dafür einsetzte.

Plötzlich war der Krieg da, die englische Kriegserklärung nach dem Nazi-Überfall auf Polen, und der Buchverlag des ›Dawar‹ mußte seine Produktionspläne erheblich einschränken, weil man wahrscheinlich kein Papier mehr aus England beziehen konnte. Jetzt erhielt die Zeitung den Auftrag, die Erzählung in Fortsetzungen zu bringen, Zuf sollte übersetzen. Aber er las nicht und übersetzte nicht, obwohl er Katznelson und mir beides versprochen hatte. Jedesmal, wenn ich ihn besuchte, sagte er: Ich fange an, in vierzehn Tagen geht es los. Aber es ging nicht los, und in vierzehn Tagen war ich wieder bei ihm und ließ mir irgend etwas von ihm erzählen. Das Manuskript lag auf seinem Tisch und wurde von ihm nicht angerührt. Ich verstand das damals so wenig wie heute. Der Gedanke an seinen Charme, der mit einer mörderischen Liederlichkeit gekoppelt war, genügte mir nicht. Sein Ansehen in Kreisen der hebräischen Literatur hatte sich besonders dadurch gefestigt, daß er vor ein paar Jahren sein Buch ›Kindheitserinnerungen‹ herausgebracht hatte, das ihn als einen der besten Kenner der komplizierten hebräischen Literatursprache auswies. Zuletzt hatte ich noch mit Abramowitsch versucht, dieses Buch zu lesen, weit waren wir nicht gekommen, die Sprache war mir viel zu schwierig. Sinnlich begreifbar war mir nur eins gewesen: die Schilderung, die Zuf von seinem Großvater gab. Dieser Großvater war ein frommer galizischer Jude gewesen, der seine Enkel liebte und ihnen alle möglichen Geschenke versprach. Statt der Geschenke bekamen sie Zuckerstücke, die er immer in der Tasche hatte. Einmal fragte ihn der kleine Zuf: »Großvater, warum versprichst du immer Geschenke, und man sieht nie etwas davon?« Darauf soll der Alte geantwortet haben: »Wozu brauchst du das Geschenk selbst? Genügt dir nicht dieser Beweis meiner Liebe, daß ich dir etwas verspreche?«

Obwohl ich diese Geschichte kannte und wußte, daß Zuf dasselbe mit mir tat, schrieb ich nach einem Jahr Katznelson und beschwerte mich. Seelische Qual, materielle Schwierigkeiten während dieses einen Jahres waren nur schwach angedeutet in dem Brief. Das Geschäft meiner Eltern stand vor dem Bankrott. Lisa kam oft ohne Geld nach Haus. Daß ich kein Arbeiter war, hatte ich inzwischen begriffen. Ich sah einen Zusammenbruch heraufkommen. Ich dachte, Katznelson würde mir helfen, das Schlimmste zu verhindern.

Plötzlich entdeckte Katznelson, daß es noch einen zweiten Redakteur in seiner Zeitung gab, der vom Deutschen ins Hebräische übersetzte, den jungen Dichter Ringelheim, der unter dem Einfluß Heines hebräische Balladen und Lieder schrieb. Ringelheim ließ sich den Roman des Romanes erzählen, las gleich in der ersten Nacht, fing in der zweiten Nacht an zu übersetzen. Nach acht Tagen begann der Roman im ›Dawar‹ zu erscheinen.

Als die ersten fünf Fortsetzungen herausgekommen waren, geschahen fast gleichzeitig zwei einander entgegengesetzte

Dinge. Naumann, der Hagannah-Kommandeur meines Bezirkes, der uns damals angeworben hatte, ein untersetzter kräftiger Mann, hielt Sonnabend morgens auf dem Napoleonsberg eine feierliche Ansprache. Er wies auf die literarische Arbeit eines Genossen hin, die jetzt in Fortsetzungen im ›Dawar‹ erscheine und praktisch das Tagebuch eines Jahres Dienst in dem Bezirk darstelle. Ohne den Namen des Verfassers zu nennen, lobte er ihn für Stille und Bescheidenheit seiner Haltung als Mitglied der Organisation und für sein aufrichtiges Urteil über die Vorkommnisse als beobachtender Schriftsteller: »Es ist unter uns ein Auge, das sieht, ein Ohr, das hört, und ein Herz, das richtet.«

Das war ja sehr schön. Aus dem unbekannten Soldaten wurde im Nu eine bestaunte Persönlichkeit. Ich bemerkte, daß einige meiner früheren Freunde in ihrer Beziehung zu mir durch meinen Erfolg gestört waren, plötzlich nicht mehr frei mit mir sprachen und sich von mir zurückzogen.

Erfolg! Meine Rechnung hatte also gestimmt.

Aber sie hatte nicht gestimmt. In derselben Zeit geschah etwas anderes. Die Landesleitung der Hagannah wurde unruhig, meldete sich in der Redaktion, wandte sich an Katznelson. Sie warf das Stichwort von der ›Indiskretion‹ hin. Liebenstein wurde mit Vorwürfen überschüttet, weil er es gewagt hatte, ein Buch von derartiger Wirklichkeitsgetreue an Katznelson zu empfehlen. Sie fürchteten die englische Mandatsverwaltung, die mitlas.

Das Stichwort von der ›Indiskretion‹ begann zu wandern. Ich glaubte später, annehmen zu können, daß auch Naumann wegen seiner mir geltenden Propagandarede Ärger bekam. Als ich vom Militär zurückkehrte, war Liebenstein kühl wie ein Eisblock, Naumann abgesetzt, und er weigerte sich beharrlich, dem Besitzer des Auges, das sieht, der Ohren, die hören, des Herzens, das richtet, bei Begegnungen auf der Straße den Gruß zu erwidern.

Jedenfalls ergab sich das kuriose Bild, daß der Herausgeber einer Zeitung und ihre Redaktion einen eingereichten Roman erst kennenlernten, als er in ihren Spalten bereits im Druck erschien. Eine allgemeine Aufregung entstand. Ich mußte lachen, wenn ich die finsteren Blicke bemerkte, mit denen man in den Korridoren und Zimmern der Redaktion von meiner Anwesenheit Notiz nahm. Es fanden eilige Redaktionsbesprechungen statt, in denen man über die Forderung der Hagannah, den Weiterdruck des Romanes zu unterbrechen, verhandelte und in denen Ringelheim, der heftig für mich eintrat, den Beschluß durchsetzte, daß ein der Hagannah nahestehender Vertrauensmann der Redaktion ermächtigt sein sollte, nach seinem Ermessen täglich Eingriffe in den Text vorzunehmen.

Für diese Aufgabe wurde Lewin gewählt, ein trockener, mürrischer, langweiliger Mann, mit dem Ringelheim jetzt Tag für Tag Zusammenstöße hatte.

Das war der Stand der Dinge nach der fünften Fortsetzung.

Nach der zehnten Fortsetzung, Lewin strich den Roman auf zwanzig Fortsetzungen zusammen, geschah etwas anderes: Ich wurde in Ramat Gan auf der Straße angerempelt, und zwar von den lebenden Vorbildern der Gebrüder Metzger, die von boshaften Freunden auf die frappante Ähnlichkeit zwischen ihnen und gewissen Figuren des Romanes hingewiesen worden waren und die mir nun den Weg vertraten, um mich zu ermorden, wie sie schreiend behaupteten.

Es waren zwei Brüder, klein von Gestalt, töricht von Gesicht. Als weitblickende Geschäftsleute fürchteten sie, daß nun ihrem Ausschluß aus der Hagannah der Boykott ihres Restaurants durch das Publikum folgen würde, dem meine

Erzählung die Gründe für den Ausschluß mitteilte. Als Dummköpfe glaubten sie, das beste Mittel gegen diese Entwicklung sei, mich zu ermorden.

Im Nu sammelten sich Menschen, Hagannah-Mitglieder, die Bescheid wußten. Aber es war nicht nötig, mich zu beschützen, meine Mörder brüllten nur und drehten an meinem oberen Jackenknopf.

Ich ließ ihnen den Knopf. Ich ließ sie brüllen. Andere antworteten für mich. Ich hielt still, sagte kein Wort. Ich wollte nicht den Anfang machen mit der Schlägerei, aus juristischen Gründen. Aus juristischen Gründen jedoch machten auch sie nicht den Anfang. Es war eine juristisch einwandfreie Ermordung. Ich hatte mit allzu großer Genauigkeit ihre Charaktere dargestellt. Am Ende drohten sie mit prozessualen Unternehmungen, Beschwerde bei der Hagannah. Horrowitz, der gerade vorüberging, kam erschrocken herbeigelaufen und wollte sie von meinem Jackenknopf entfernen. Er genoß großes Ansehen in Ramat Gan. Sein Erscheinen wirkte wie Öl auf eine Brandung.

Jedenfalls war der Skandal da, in jeder Hinsicht. Bis zuletzt hielt nur Ringelheim zu mir. Als die zwanzig Fortsetzungen heraus waren, leugnete kein Mensch mehr, daß ich kritisiert hatte. Einfache Genossen bedankten sich bei mir für die mutigen Äußerungen meiner Aufrichtigkeit. Aber die Führerschicht widerrief. Obwohl mein Vater Tränen der Rührung geweint hatte, war es für das offizielle Palästina wieder Kritik. Ich begann zu lachen. Ich hatte ein Maximum positiver Phrasen gedroschen. Mehr konnte man von einem Europäer nicht verlangen.

Aber ich hatte es mit Orientalen zu tun. Wie sie haufenweis reinen Pfeffer zu fressen imstande waren, so verlangte ihr Körper zum Knochenaufbau haufenweis reinen Zucker. Unsereinen kratzt das Süße im Hals, für sie ist es gerade Zeugnis des Willens zu »positiver Mitarbeit«. Mit kleineren Mengen von Zucker beginnt die Kritik, vor der sie zittern. Es kamen zitternd Hagannah-Bonzen zu mir und fragten mit süßer Freundlichkeit, ob auch sie Modell gestanden hätten oder in den nächsten Fortsetzungen stehen würden und welche Decknamen ich für sie gewählt hätte.

Sie fürchteten mich. Die gute Miene zum bösen Spiel verzuckerte ihr Lächeln.

Um so eisiger waren ihre Gesichter, als ich vom Militär zurückkehrte. Sie hatten wohl auf meinen Heldentod gehofft.

Inzwischen schlossen meine Eltern den Laden, flohen über Nacht nach Jerusalem. Lisa wurde arbeitslos. Die Honorarauszahlung, nach einem Jahr Kampf, einem halben Jahr literarischer Arbeit, unter Abzug früherer Schulden, die ich Zufs Vorschüssen auf kleine, niemals gedruckte Erzählungen zu verdanken hatte, ließ mich mit fünf Pfund in der Tasche aus dem Zeitungshaus heraustreten. Alle meine Hoffnung richtete sich jetzt auf Katznelson.

Aber Katznelson war nicht mehr der alte. Er machte mir eine Szene. »Ich habe damals deinen Kibbuzroman nicht gelesen«, sagte er, »sondern mich auf Zufs Urteil verlassen. Ich verstehe heute die Empörung, die er auslöste. Du bist ein negativer Mensch, deine Augen sind negativ. Es spricht gegen dich, daß du an dem heroischen Geschichtsabschnitt der jüdischen Wacht nur diese kleinen Dummheiten gesehen hast. Wenn du derartige Dinge fabrizierst, kann ich nichts für dich tun.«

Ich hatte die kleinen Dummheiten nicht nur gesehen, sondern auch darüber geschrieben. Aber sie durften überhaupt nicht gesehen werden, es gab nur Helden in Palästina. Ich stand verloren in dem kleinen Zimmer. Es brach alles zusammen. Ich konnte mir selbst nicht helfen, geschweige denn meinen Eltern. Ich war so enttäuscht.

Katznelson wurde aufmerksam, sah mich forschend an. Ich war überzeugt gewesen, daß er helfen würde. Als er die Geschichte mit meinen Eltern hörte, mit Lisas Arbeitslosigkeit, fing er an mit den üblichen Versprechungen. Ich hatte im Laufe der Jahre gelernt, diese Versprechungen zu durchschauen. Ich ging schnell.

Es war soweit. Der Abgrund klaffte schwarz. Ich brauchte nur hinunterzuspringen. Unten wartete Egon auf mich.

Anstatt hinunterzuspringen, meldete ich mich als Freiwilliger zur Achten, in Nordafrika operierenden englischen Armee. Ich wollte helfen, Rommel niederzuwerfen, der die Küste ostwärts heraufkam. Ich wollte mir den Weg freikämpfen nach Deutschland.

Schon im Frühjahr 1939 hatte mir Löwenthal eine gedruckte, aus London stammende Liste ›königlicher‹ Ingenieure des Commonwealth gezeigt, die zu einem obersten Gremium für die Kriegsanstrengungen Englands zusammengefaßt waren. In dieser Liste erschien als einziger ›königlicher‹ Ingenieur Palästinas Löwenthal. Ein halbes Jahr später, kurz vor Kriegsausbruch, verließen er und Claire die Farm und begaben sich auf die Reise nach England, wo große Aufgaben Löwenthal erwarteten. Bis 1943 hörte ich nichts mehr von ihnen, dann las ich eines Tages in der Zeitung, daß Roosevelt dem amerikanischen Parlament von einer Million ›Löwenthal-Platten‹ berichtete, die Amerika im Rahmen der ›Lease-and-lend‹-Vereinbarungen von England erhalten habe. Als ich die durchlöcherten und aneinanderschließbaren Eisenbänder sah, die den Namen Löwenthals trugen, erkannte ich meinen Nachbarn aus der Holzhütte wieder, untrüglich. Oft genug hatte er über mechanisches Bauen und seine Baupatente im Familienkreis berichtet. So verknüpfte sich der Name Löwenthals mit dem Sieg der Alliierten über Hitler.

Mich schickten die ›kings regulations‹ nach einem Jahr wieder nach Hause, die Achte Armee verzichtete auf meine weiteren Dienste. In dem Gesetzbuch für die königlichen Luft-, Wasser- und Landstreitkräfte hieß es über lokale Freiwilligen-Rekrutierungen, daß diese Art Soldaten nicht der englischen Militärgerichtsbarkeit unterliegen und einfach zu demobilisieren und nach Hause zu schicken seien, falls es Ärger mit ihnen gebe. Die möglichen Ärgernisse mit Soldaten aller Kategorien waren in einem umfangreichen Paragraphenkatalog spezifiziert, und da in meinen Entlassungspapieren die Zahl des auf mich angewendeten Paragraphen genannt war, mußte ich versuchen, herauszufinden, was ich verbrochen hatte. Das gelang mir nach einiger Zeit, mit Frimsches Hilfe, die hohe Offiziere kannte. Nach meinem Entlassungsparagraphen hatte ich entweder einen Vorgesetzten geschlagen oder militärisches Eigentum entwendet, oder ich war politisch unzuverlässig.

Einer der Sätze in dem Brief, der Lisa nie erreichte und beim Zensor hängengeblieben war, lautete: »Übrigens verstehe ich nicht, was das für eine Heldenhaftigkeit sein soll, bei einer Verfolgung der zu sein, der vorne läuft, noch dazu, wenn dieses Spiel auf dem Boden des Nachbarn stattfindet und dessen Salat zertrampelt wird, nicht der eigene.« Ich erinnere mich deshalb so genau an diesen Satz, weil ich über meine einjährige Dienstzeit als Jonny in Ägypten den Roman ›Falscher Salut‹ schrieb, in dem die Geschichte dieses verlorengegangenen Briefes erzählt wird. Das negative Auge hatte sich als Rausschmeißer aus der Achten Armee bewährt. Ich hatte

Lisa in dem Brief meine Meinung über die englische Kriegsführung gesagt.

In der Orangenfarm, als ich nach einem Jahr heimkehrte, war jeder zumutbare Raum vermietet, und die Pfützen zogen sich hinter den Häusern hin, sehr zur Freude der Mücken, deren feines scharfes Singen Tag und Nacht zu hören war. Aber Horrowitz war nicht der Mann, dem die Ortsverwaltung Ultimaten stellte. Den früher von Löwenthal bewohnten Teil unseres Holzhauses hatte das Ehepaar Zeisig gemietet, ein junger, aus Berlin stammender Schlosser mit seiner Frau und einem bald zur Welt kommenden Knaben. Gemeinsamkeiten, Budenzauber wie mit Löwenthal gab es zunächst nicht. Channah Zeisig nahm englischen Unterricht bei der Miß, die neuerdings in der Farm wohnte, und russischen bei Horrowitz. Immer abends, wenn die blauen Stimmungen kamen, hatte sie oben bei Horrowitz zu tun, ihr Kichern war in der ganzen Farm zu hören.

Wie Gandhi hatte Horrowitz sein englisches weibliches Faktotum gefunden, eine lächerliche, vertrocknete, schrullenhafte Miß aus Liverpool, die aussah wie ihr eigener Regenmantel und schon etwas abgehangen war. Immer hatte Horrowitz die Weisheit der englischen Premierminister bewundert, jetzt konnte er das Geheimnis der englischen Weisheit bei einer echten Miß studieren. Er hatte sie in einem abgeteilten Raum des betonierten früheren Hühnerstalles untergebracht, es hieß, daß sie Sonnenbäder hinter den großen Glasfenstern nehme und man nur auf der Suche nach Zitronen in der richtigen Zeit an dem Hühnerstall vorbeizuschleichen brauchte, um der zwei welken Zitronen aus Liverpool ansichtig zu werden.

In der zweiten Hälfte des Hühnerstalles hatte sich Rifka eingenistet, eine junge polnische Jüdin, über die alles, was in der Farm zu lachen bereit war, lachte, sie trug temperamentvoll verrückte Ansichten vor, kleidete sich verrückt und vernachlässigte ihre Haare in einer verrückten Weise. Sie war etwas rundlich, und alles, was in der Farm staunen konnte, staunte über das reine leuchtende Porzellan ihrer Haut. Sie sprach hebräisch wie eine Habimah-Schaupielerin, klingend singend und in prophetischen Rhythmen, ich habe nie wieder so vollendet diese Sprache sprechen hören. Mit den Jahren zivilisierte sie sich etwas und wurde als Kindergärtnerin in einem benachbarten Kindergarten eingestellt.

Auch Bleibtreus Wohnung hatte Horrowitz an eine junge Frau vergeben, diesmal war es seine Nichte, eine junge russische Jüdin von mütterlichem und etwas zerfließendem Aussehen, die zwei kleine Kinder und einen Mann ihr eigen nannte. Der Mann war ein junger Westinghouse-Ingenieur, hübsch und blond wie ein Goj und ein Sprachgenie, er beherrschte vollkommen überzeugend sechs verschiedene Sprachen. Während ich dachte, er sei ein Deutscher, hielten andere ihn für einen Russen, einen Polen, einen Engländer, einen Hebräer. In Wirklichkeit war er in Litauen geboren und hatte in Litauen studiert. Er und seine Frau waren Hagannah-Offiziere im Bezirk Tel Aviv, die Frau für weibliche Gruppen; ein schweres Motorrad, das in der Farm stand, erleichterte ihnen ihre Aufgaben.

Beide waren von großer Höflichkeit und benahmen sich vorbildlich. Als ich aus Ägypten kam, war Lisa bereits mit der Frau befreundet, und der Mann ließ später keine Fahrt nach Jerusalem aus, ohne mir die Mitreise auf dem Soziussitz anzubieten. Meine Eltern wohnten ja bereits in Jerusalem, und es lag mir daran, so oft wie möglich mit Schmuel die Berge hinaufzujagen, an den Griff des Soziussitzes geklammert, um nach meinen Eltern zu sehen.

Überhaupt war Lisa mit allen Bewohnern der Farm befreundet, sie war wie damals in Haifa in meiner Abwesenheit aufgeblüht, geistig, ich hatte sie offenbar unterdrückt, ohne es zu merken. Sie war nicht mehr das schüchterne kleine Mädchen, sie schwatzte und lachte selbstsicher mit der ganzen Welt. Ich staunte, sie war mir fremd geworden. Sie war für mich immer die Magd gewesen, die stets Gehorchende, die Dienerin, die keine eigene Meinung hatte und keinen eigenen Weg gehen konnte. Nachts hatten mich Angstträume geplagt, die damit zusammenhingen, daß ich sie unterbewertet hatte, weil sie damals so früh und prompt meine Geliebte geworden war. Das bemerkte sie mit der Zeit. Sie begann, anderen zu dienen, die sich entzückt an die Magd heranmachten und in demselben Maße Vergnügen an ihrer Bereitschaft fanden, wie diese Bereitschaft mich mißtrauisch machte. Sie war eine andere Person geworden.

Unten, in dem Asbestschuppenhaus, war endlich an der Seite der Schnabel ein Hausherr eingezogen, ein legaler Ehemann, ein gebildeter, vornehmer, bereits ergrauter Herr mit Bärtchen, der impressionistisch malte und die Wände seiner Wohnung mit leuchtfarbigen Natur- und Blumenbildern und vor allen Dingen Portraits seiner Frau dekorierte. Meist trug sie auf den Bildern denselben phantastischen schattenspendenden Strohhut, den sie aufhatte, wenn sie die Blumen vor ihrem Haus goß. Es hieß, er habe Geld, lebe von Zinsen. Das Idyll der Farm, unstörbar von Krieg und Schrecken der Welt, drang in alle Holz- und Asbesthütten wie eine besondere, von allen gehütete Sonne.

Und es bestätigte sich im Freudenlärm der Tiere, die mich empfingen, als ich heimkehrte. Der Hund sprang bellend an mir hoch, die Kaninchen klopften aufgeregt ans Drahtgitter, die Trommel bei den weißen Mäusen klickerte heftig, und vor allen Dingen schrien die Äffchen aus Leibeskräften. Ich hatte vor einem halben Jahr anläßlich eines Heimaturlaubs ein paar verwahrloste und schlecht gepflegte Meerkatzen mitgebracht, die mir im Hafen ein aus dem Sudan kommender ägyptischer Matrose billig verkauft hatte. Sie turnten in Ramat Gan an Ketten zwischen dem Dach unseres Holzhauses und einem benachbarten Baumwipfel, schrien, als sie mich sahen, und fletschten die Zähne vor Wiedersehensfreude. Nur die Zierfische schwiegen, in vier Waschzubern züchtete ich bereits unter Bäumen vier verschiedene Sorten, hatte mit viermal zwei Paaren begonnen und besaß jetzt etwa tausend erwachsene Fischlein in verschiedenen Farben und Größen. Lisa hatte während meiner Abwesenheit alles gepflegt, die Äffchen hatten ein schönes Fell bekommen, kein Wunder, sämtliche Farmbewohner brachten täglich pflanzliche Mittagsreste, und die Äffchen stopften gierig alles in sich hinein, mit den schwarzen Händen die Backen knetend, wenn nicht genug hineingehen wollte.

Aber jemand stand entsetzt und gequält da, als er mich sah, und hatte verlernt, wie man einen Menschen begrüßt, der heimkehrt: Sonja, es war etwas Gespenstisches an ihrem Blick und ihrer Haltung. Ich ging auf sie zu und gab ihr die Hand. »Schalom, Sonja, wie geht es Ihnen?« Sie sah auf den Boden, spielte närrisch mit ihren Fingern. »Danke, sehr gut«, sagte sie leise, ohne den Blick zu heben, machte kehrt, ging langsam ins Haus zurück, mit einem zerspaltenen, tragischen Gesichtsausdruck.

Ich sah ihr nach, fühlte Entsetzen bis in die Haarwurzeln hinein. Sie war bereits tot. Es war ein entgeisteter Körper, der herumspukte.

Horrowitz, der sie bald in weitere Sanatorien abschob, hielt sich durch Beziehungen zu seiner welken Miß schadlos. Er schrieb neuerdings Theaterstücke, die er den Bewohnern der Farm vorlas. Er lud uns ein, wir mußten gute Miene zum schlechten Spiel machen. Wir saßen oben in seinem Zimmer, und er las mit der eitlen Animiertheit junger Autoren. Miß Raincoat saß ihm zunächst, sie war die uneingeschränkte Herrin des Hauses. Sie hatte meist ihr Strickzeug mit sich und strickte die ganze Zeit, ohne aufzublicken. Als sie daher einmal den Kopf hob, mit verklärtem Ausdruck auf Horrowitz schauend, glaubten wir alle, nun würde die geistige Struktur der Beziehungen zwischen Zion und Liverpool sichtbar werden. Horrowitz unterbrach die Lesung, schaute milde, freundlich, erwartungsvoll auf sein Faktotum.

»Ich muß schnell mal etwas aufschreiben«, sagte sie, »bitte um Entschuldigung«, und sie ging zum Schreibtisch, um einige Worte niederzukritzeln. Wir erstarben in ehrfürchtiger Bewunderung vor den geistigen Tiefen dieses Freundschaftsbundes, da hörten wir sie sagen, während sie zu ihrem Platz zurückkehrte: »Es ist nämlich wegen der Mohrrüben, die ich morgen kaufen muß. Gerade in diesem Augenblick fiel mir die Sache ein, es ist so komisch, wenn ich es nicht sofort aufschreibe, dann vergesse ich es morgen.« Und sie fuhr fort zu stricken.

Wir sahen uns betroffen an. Ein peinlicher Augenblick! Kurz zuvor hatte Horrowitz gerade die Stimme gehoben und seelenvoll deklamiert. Für Mohrrübenzwecke! Er las unbekümmert weiter, als habe er etwas anderes gar nicht erwartet von seiner Miß. Vielleicht war es gerade diese englische Nüchternheit, die ihm, dem in Gefühlen schwelgenden Orientalen, wohltat. Wie dem auch sei: Es war fast so gespenstisch wie Sonjas Benehmen, diese ganze Beziehung zu Miß Raincoat, und ich beschloß, daß es mich nichts anging.

Ich mußte ja nun etwas tun. Lisa, die Soldatenfrau, hatte gerade vom englischen König ihre letzte Unterstützung bekommen. Ich besuchte noch einmal Zuf. Seine Müdigkeit und Zerstreutheit fielen mir auf. »Ein anderes Mal«, sagte er. »Die Zeit ist heute nicht günstig.« Horrowitz erzählte mir, daß Zuf Gottsucher geworden sei und einen Bund neuer Religiöser gegründet hatte, unter dem Einfluß der Zeitereignisse. Ausgerechnet Zuf, der Spötter! Ich verstand es nicht, fand auch das gespenstisch. Ich fand so vieles gespenstisch und unverständlich, auch die neue Art, in der die emanzipierte Lisa von oben herab zu mir sprach, um sich völlig dahinschmelzend an Horrowitz zu werfen, wenn er in ihre Nähe kam.

Lisa interessierte sich wenig für mich. Sie ließ mich schreiben, verhinderte nicht, daß ich schrieb. Aber im Grunde hielt sie von meinen schriftlichen Äußerungen soviel wie von meinen mündlichen, nämlich nichts. Sie dachte: Jeder Mann hat eine Nebenbeschäftigung, entweder die Kneipe oder eine fremde Frau. Die Nebenbeschäftigung, sich für einen Schriftsteller zu halten, fand sie im Rahmen der ehelichen Haushaltsführung gerade noch erträglich. Mein zusätzliches Interesse für Frauen bestrafte sie durch ihr Interesse für Männer.

Irgend etwas war kleinkariert an dieser Ehe, aber wahrscheinlich sind die meisten Ehen kleinkariert. Ein Ergebnis des Versuches, flüchtige Energien wie Liebe in Konserven zu halten.

Ich war ein einsamer Mensch, hatte meinen Zusammenbruch hinter mir. Daß ich Egon nicht gefolgt war, das war eine große Leistung. Ich beschloß fortzugehen, möglichst weit. Ich konnte aber nur eins, das hatte ich gelernt: mit dem Gewehr spielen. Ich stellte mich der Hagannah zur Verfügung und bat um einen Job irgendwo im Lande. Ich würde Lisa das Geld schicken, das ich bekam, damit sie leben konnte.

6

Ich kam zur Eisenbahnpolizei, zu einer neugegründeten Gruppe, die den englischen Flughafen in Lud bei Ramleh bewachen sollte. Es bestand der Eindruck, daß es hier zu einem Einsatz nazifreundlicher arabischer Saboteure kommen könne.

Das Flugfeld hatte einen schlechten Drahtmaschenzaun, der parkende englische Kriegsflugzeuge so unbefriedigend abschirmte, daß man ihn mit Hilfe rund herum als Wachtposten aufgestellter jüdischer Hilfspolizisten zu verstärken suchte. Die englische Kriegsführung bediente sich also der in Friedenszeiten als illegal behandelten Hagannah, über eine sich ›Kofer Hajischuw‹ nennende zivile Tarnorganisation der Juden, um bestimmte kriegswichtige Objekte bewachen zu lassen. Ich leistete meinen zweiten Eid auf den englischen König, als kleiner Polizeirekrut, und galt intern, für Kofer Hajischuw und Hagannah, als Gewehrmann und Exsoldat mit Kriegserfahrung. Ich war ein ›Mumcheh‹ geworden, nach zwei Jahren Hagannah und einem Jahr Air Force.

Ein ›Mumcheh‹, hebräisch ein Fachmann, war einer, der schnell Geld verdienen wollte, aber nichts gelernt hatte. Er wollte schnell einen Beruf ausüben, der ihm Chancen gab, er tat sich um, wurde plötzlich zum Spezialisten. Aus dem Bibliothekar aus Prag wurde der Installateur, aus dem Studenten aus Berlin der Fischzüchter, aus dem Pazifisten aus Warschau ein Hilfspolizist. Einen Mumcheh gab es überall. Die Juden hatten es eilig, ihre Siedlungen und Städte, ihre Wirtschaft und Industrie aufzubauen. Was ihnen dabei half, war der Witz, mit dem sie das Wesentliche lehrten und rasch erlernten, hier traf sich die objektive Eile der Gesellschaft und die subjektive der Lernenden, die rasch einen Beruf haben und Geld verdienen wollten. Die Ausbildung von Handwerkern wird in den meisten Ländern der Welt künstlich aufgebläht, durch nicht unmittelbar zum Gegenstand der Lehre gehörende Lehrunternehmungen. Es wird auch viel geübt und wiederholt, um Sicherheit in den einschlägigen körperlichen und geistigen Betätigungen zu erlangen. Darauf verzichteten die Juden. Ein Mumcheh brauchte weder berufliche Sicherheit noch Gesellenbrief. Das Wort ›Mumcheh‹ wurde oft mit ironischem Beiton gebraucht. Meistens hatte der Mumcheh in einem halben Jahr gelernt, was er wissen und tun mußte, und wurde dann auf die Menschheit losgelassen. Da es eine jüdische Menschheit war, nahm man es mit Heiterkeit auf, wenn er pfuschte und gewisse Fertigkeiten erst durch die Praxis erwerben mußte. Viel mehr als eine blasse Ahnung hatte er von seinem Beruf also nicht, wenn er ihn auszuüben begann. Aber das ganze jüdische Volk improvisierte, und am Beginn seiner neuen Existenz standen nur Ahnungen von dem, was geschehen sollte. Im Grunde suchten sie alle wie ich ihre Art, ihr Gesicht, das Endgültige, das ihnen fehlte. Zweitausend Jahre jüdischer Geschichte hatten Stabilität in den Berufsbildern nicht aufkommen lassen.

Wir hockten nachts unter dem schönen Sternenhimmel im Zwanzigmeterabstand neben den Blenheimes und Spitfires, das Gewehr in der Hand, das wir mehr fürchteten als den Feind, und warteten auf Saboteure, die nicht kamen. Am Tage exerzierten wir, zum drittenmal mußte ich die englische Grundausbildung über mich ergehen lassen. Wir unterstanden englischen Offizieren, der englischen Lagerpolizei, aßen mit englischen Regulären gegen Bezahlung in einer Baracke, bis die englischen Regulären erklärten, daß ihnen der Appetit verginge, wenn sie mit uns am gleichen Mittagstisch sitzen mußten, und eine Sonderbaracke für uns eingerichtet wurde, in der wir Mittag aßen und nach kurzer Zeit die Meinung entwickelten, unser Essen sei schlechter als das der Engländer.

Es war eine böse Zeit. Wir schliefen in Zelten. Schlangen und Skorpione in unseren Betten verstärkten den Eindruck, wir seien gegenüber den Engländern benachteiligt, die in sauberen Baracken schliefen. Der jüdische Sergeant, der unser Chef war und diesen Dienst haßte, denn er war wegen irgendwelcher Vergehen nach Lud strafversetzt worden, hatte vier Korporäle an seiner Seite, Söhne oder Vettern von Hagannah-Bonzen, und tat mit ihnen zusammen alles, was in seiner Macht stand, um uns zu erbittern. Es hagelte Rapporte, wegen eines unkorrekt sitzenden Gürtels oder einer zu kühnen Schrägheit unserer Polizeimützen, jeder Rapport bedeutete Abzug eines oder zweier Arbeitstage vom Monatsgehalt. Verbitterung, Chaos, Kampf aller gegen alle, Haß mehrten sich von Tag zu Tag. Es war eine Zeit, in der ungelernte Arbeiter doppelt soviel verdienten wie die Mitglieder der palästinensischen Polizei.

Ich hatte kein Glück mit den positiven Erlebnissen. Ich zog das Negative an wie eine Mausefalle die Maus, ich hatte Speck für das Negative in meiner Tasche. Das ›Große in unserem Leben‹, der ›heroische Geschichtsabschnitt der jüdischen Wacht‹: Diese Herrlichkeiten fuhren fort, sich meinem Anblick zu entziehen. Ein Gewehr wurde gestohlen, Kisten mit Patronen, die in der Nähe des Zaunes aufgestellt waren, verschwanden über Nacht. Eine Gruppe, die ständig zusammenhockte und tuschelte, machte Nebengeschäfte, Gewehr und Kugeln waren an den arabischen Untergrund verkauft worden, dessen nächtliches Trommeln von den Bergen herüberklang. Daß einer aus unserer Mitte eines Tages in Handschellen abgeführt wurde, damit war nur ein kleiner Mittäter getroffen.

Ein halbes Jahr lang hielt ich es aus, zähmte gewaltsam den Widerstand meiner Nerven. Katznelson beschuldigte meine Augen, was wußte er auf der Leitungshöhe von den Niederungen der Wirklichkeit! In dieser Zeit begann mein Gesicht sich zu formen. Der wilde Ausdruck der Augen, die erbittert heruntergezogenen Mundwinkel, die das Foto auf meinem letzten Polizeiausweis zeigte, bereiteten sich vor. Es war aber nicht Militarismus, der diesen furiosen Gesichtsausdruck hervorrief, sondern menschliche Verzweiflung.

Dann redete ich mit den Hagannah-Vorgesetzten meines Bezirkes, bat sie um einen andern Job. Sie hatten einen, in einer Siedlung neben Ramat Gan. Ich konnte wieder in der Farm wohnen, hatte nur nachts mit dem Lienfield auf den Straßen dieser Siedlung herumzuspazieren. Zum drittenmal wurde ich auf den englischen König vereidigt, denn der neue Job unterstellte mich der Siedlungspolizei, einer anderen Einheit der Hilfspolizei, deren Mitglieder große, schattenwerfende Hüte trugen wie die Australier. Ich reichte in Lud mein Entlassungsgesuch ein.

Übrigens war Katznelson gestorben in der Zeit, in der ich in Ägypten war. Ich las das in den palästinensischen Zeitungen, die im jüdischen Soldatenclub in Alexandrien auslagen. Daß ich nicht der einzige junge Mann war, um den er sich bemüht hatte, bezeugte mir eine Begegnung mit seiner Witwe in einer Tel Aviver Straße. Sie hatte mich öfter bei ihrem Mann in der Wohnung gesehen, war so arm und häßlich wie die Wohnung selbst. Sie war altmodisch gekleidet und hatte einen dicken schwarzen Kamm in ihrem zusammengesteckten Haar, das wohl nie einen Friseur gesehen hatte. Sie blieb stehen, als sie mich sah, und ließ einige bittere Worte der Enttäuschung hören, daß weder ich noch einer der vielen anderen jungen Männer, deren Förderung Katznelson so am Herzen gelegen hatte, zu seiner Beerdigung erschienen war. Natürlich nahm sie den Vorwurf, so weit er mir galt, wieder zurück, als sie hörte, daß ich in der Zeit von Katznelsons Beerdigung in Alexandrien Soldat gewesen war. Sie setzte ihren Weg fort, ich sah ihr nach. Und ich merkte in diesem Augenblick, daß ich auch dann nicht zu Katznelsons Beerdigung gegangen wäre, wenn ich dazu die Möglichkeit gehabt hätte. Es war nicht nur deshalb, weil er mich im Stich gelassen und in Zorn gebracht hatte mit seinem Ausspruch von meinem negativen Auge.

Er war mir immer fremd gewesen, und vielleicht war er auch den anderen jungen Männern fremd geblieben. Die Emotionen, die ihn zu dem gemacht hatten, was er war, kamen aus der Tiefe des historischen jüdischen Schicksals, und die neue Generation, die leben wollte, konnte sie nicht nachempfinden, sie hatte ihre eigenen Emotionen, die mehr auf die praktische Stabilisierung des Lebens gerichtet waren. Ich hatte das Leben der Arbeiter in Kibbuz und Stadt, der Helden in Verwaltung und Verteidigung nur deshalb so leidenschaftlich studiert, weil mich die Gegenwart interessierte. Historisches Schicksal war für mich kein Grund, diese Gegenwart zu idealisieren, weil das bedeutet hätte, dem Bösen Vorschub zu leisten und Mißstände verzeihlich zu finden.

Ähnlich ging es der ganzen neuen Generation. Wir saßen nicht mehr an den Flüssen Babylons und weinten, jüdische Tränen waren für uns kein Politikum mehr. Ganz woanders, im Wolkenkuckucksheim philanthropischer Vorstellungen und jüdischer Sentimentalitäten, hatte Katznelson gelebt und lebten seine Anhänger.

Für mich persönlich begann aber mit Katznelsons Tod noch etwas anders. Bisher war ich Zuschauer gewesen, ein Mensch, der das Leben der anderen Menschen erforscht, um darüber schreiben zu können. Selbst die, von Katznelsons Standpunkt her betrachtet, unmöglichsten meiner Manuskripte waren von einem Mann geschrieben, den die Hoffnung nicht verließ, auf irgendeine Weise publizieren zu können, war doch seine Beziehung zu dem mächtigsten Literatur-Herausgeber des Landes immer noch nicht so offiziell abgebrochen, daß er nicht mit neuen Manuskripten zu Katznelson hätte gehen können. Jetzt aber war Katznelson tot, endgültig, und ich hatte nichts mehr zu hoffen. Mein Projekt, Schriftsteller in diesem Land zu werden, starb endgültig erst mit Katznelson.

Was nun begann, waren die Jahre, in denen ich so lebte wie die Menschen, deren Leben ich früher nur beobachtet und studiert hatte. Ich studierte nicht mehr für literarische Zwecke den Haß der andern. Ich gelangte zu meinem eigenen Haß. Und der spiegelte sich in meinem Gesicht.

Natürlich will man in diesem Stadium wissen, ob es andere Menschen gibt, die ähnlich zürnen. Es gab in meiner Umgebung zwei Männer, Moscheh Krementschugski und Jizchak, den Schlachthauswächter, beide Anfang der Dreißiger, also so alt wie ich, deren Zornesrichtung der meinen verwandt war.

Krementschugski war ein prächtiger, aus Litauen stammender Jude, ein stolzer, aufrechter und kluger Mann, dessen großes jüdisches Gesicht mit den großen Augen und der großen Nase meist ein ironisches Lächeln zeigte und der erquikkend den Stil der jüdisch-nationalen Kalendersprüche abgelegt hatte. Das jüdische Herz und die jüdische Brüderlichkeit und die Väter der Väter und ihr Land und Rabbi Nachmann und Rabbi Bialik und die Helden der zwanziger Jahre und

Himbeersaft auf dem Pudding der Babbits und das Blut der Märtyrer. Das war die ideologische Sauce, die der Bourgeoisie vom Mund tropfte, während sie den jüdischen Arbeiter ausbeutete. »Sie wollen uns dumm machen, Carl-Jacob, sie erzählen uns Großmuttergeschichten«, pflegte er zu sagen. Wir hatten uns in der Hagannah kennengelernt, wir waren in der gleichen Zeit Mitglieder geworden und gehörten zu derselben Gruppe. Nähergekommen waren wir uns, als das Auge, das sieht, das Ohr, das hört, das Herz, das richtet, aus dem Krieg zurückkehrte, ohne in der libyschen Wüste den Heldentod für das jüdische Volk gestorben zu sein, wie einige Leute in Ramat Gan gehofft hatten.

Wir merkten plötzlich, Moscheh und ich, daß wir dieselben Gedanken hatten und denselben Zorn. Er war Vorarbeiter in der Palalum-Fabrik, in der Kochtöpfe aus Aluminium gepreßt wurden. Die Belegschaft hatte ihn zu ihrem Sprecher gewählt, ohne daß er Mapai-Mitglied war, schon das war erstaunlich. In vielen Aussprachen mit dem Unternehmer hatte er Vorteile für seine Kollegen ausgehandelt, in seiner ruhigen und vornehm-klugen Art, die wahrscheinlich dem Unternehmer, einem deutschen Juden, so imponierte wie den Arbeitern. Wir hatten herzerquickende Gespräche miteinander, wie sie eine derartige Solidarität mit sich bringt, vor allen Dingen war eine Sache für mich ganz deutlich: Der Zorn, den die Enttäuschung über den amtlichen Zionismus bei ihm hervorrief, hatte seine Sympathie für den arabischen Nachbarn gestärkt, seine freundschaftlichen Gefühle für den arabischen Arbeiter. Wir stimmten vollkommen überein.

Jizchak, der Schlachthauswächter, war ein schlanker, hagerer, etwas gallig wangenhohler Mann, ein polnischer Jude, der in der polnischen Armee als Unteroffizier gedient hatte. Er genoß in der Hagannah und in Ramat Gan überhaupt die

Achtung, die man einem gebildeten Mann entgegenbringt, von dem sicher ist, daß er niemals die Beherrschung verliert und daß seine Waffe die guten Gründe sind, deren er sich mit Vornehmheit bedient.

Eine gewisse leidende Vornehmheit umhüllte ihn wie ein Mantel und verhinderte in den ersten Jahren unserer Nachbarschaft, daß ich mich für ihn interessierte. Ich weiß nicht mehr, wie es begann, daß wir miteinander sprachen und uns näherkamen. Er war mir zuerst aufgefallen durch seinen übertriebenen militärischen Eifer während der Nachtstunden, den ich lächerlich gefunden hatte. Aber ich merkte nach einiger Zeit, daß dieser Mann seine Gedanken hatte und seine Kritik und in einer Art ständiger Erbitterung lebte. Sein Zorn richtete sich wie meiner gegen die Epoche Rockach und Selewanski, gegen die herrschende Klasse und das herrschende *juste milieu,* nur schien mir, nachdem wir genug miteinander gesprochen hatten, daß ich nicht fragen durfte, wie er sich die bessere Welt denn nun vorstellte. Ich wäre sonst in Gefahr geraten, das fühlte ich, Dummheiten zu hören. Freilich war sein Zorn so bitter wie meiner, aber es schien mir, er lehne den alten Zionismus Katznelsonscher Prägung deshalb ab, weil er ihn energischer, militanter, nationaler wollte. Er war und blieb Unteroffizier.

Später fand ich, daß sich der gute Zorn der Arbeiter von dem des erbitterten Kleinbürgers durch einen gewissen Glanz heiterer Verallgemeinerungen unterscheidet. Moschehs Zorn hatte das Strahlende des Wissens um die Entwicklungsgesetze, während Jizchaks Zorn düster war wie eine Nacht, durch die man irrt, ohne die Hand vor den Augen zu sehen.

Es zeigte sich Jahre später, daß ich richtig gefühlt hatte: Jizchaks Sohn ging zu den nationalen Terroristen über. Er hatte die militanten Vorstellungen von seinem Vater geerbt und ging diesen Weg weiter, damit enthüllend, was der Vater nicht hatte aussprechen wollen.

Ich habe dann ein halbes Jahr lang die Kolonie Rambam bewacht, deren asphaltierte Straßen hinter dem Friedhof in Nachlat Jizchak begannen und sich in Netzform einen Hügel hinaufzogen. Die Finanzgruppe, die den Rambam-Hügel zu kolonisieren beschlossen hatte, war auf die Idee gekommen, die Kolonisierung mit den Asphaltstraßen zu beginnen und als erstes Gebäude auf die Spitze des Hügels einen Wasserturm zu setzen, dessen untere Etage als Station für die Siedlungspolizei diente. Hier hatte sich in luftiger Höhe Scheinmann, einer der Hauptgeldgeber des Siedlungsprojektes, seine Villa gebaut und konnte nun morgens und abends in den stillen Stunden des Sonnenwechsels ins weite Land hinausstarren, von seinem bequemen Sessel am Fenster aus, der rot glimmende Himmel reichte bis in die Fernen der judäischen Berge.

Aber so schön und luftig es war, in Rambam zu wohnen, so gefährlich war es auch. Von der Seite der Chaussee her, die Lud mit Jaffa und Tel Aviv verband, schoben sich arabische Orangenfarmen an die Sohle des Hügels heran. Korporal Mazliach hatte hier 1936 seine erste Feuertaufe erhalten, und manch entfernter Schußwechsel, den wir bis 1939 nachts hörten, hing mit den Vorgängen an diesem Hügel zusammen.

Als ich hier mit der Lee Enfield über der Schulter nachts auf und ab zu gehen begann, war ein Teil des Gehölzes der feindlichen Orangen bereits abgeschlagen, auf Anordnung der englischen Mandatspolizei. Die Nächte waren friedlich und voll inniger Sternenmusik, die Grillen zirpten ihre Symphonien für Streichorchester, in den Häusern brannten die Lampen, und kein Schuß aus der unbekannten finsteren Weite galt den beleuchteten Fenstern. Nur einmal wurde ich aus meiner Mitternachtsmüdigkeit durch knallende Stiefelabsätze aufgescheucht. Zwei junge Männer rannten in wilder Hast über die Straße, und es war ein Glück, daß ich sie nicht gleich erschoß, ich rannte ihnen nach und befahl stehenzubleiben. Es waren zwei Burschen, die von einer Party kamen und einen übermütigen Wettlauf veranstalteten. »Darf man denn nicht rennen?« fragten sie erstaunt. Mein Gott, ich wußte nicht, was man durfte und was nicht. Die jüdische Hilfspolizei hatte zwar das militärische Handwerk erlernt, aber wie man sich nachts fidelen Zivilisten gegenüber verhalten soll, die in einer Gefahrenzone Wettläufe austragen, das wußten wir nicht. Unsere Kenntnis der Gesetze war äußerst mangelhaft; es haftete an uns wie an allen Dingen in diesem Land der merkwürdige Charakter der Robinsonade, des Versuches, Formen zu finden, die nirgends vorgezeichnet waren.

Allabendlich im Wasserturm, sich dienstlich ablösend, händigten mir drei Polizisten und ein Korporal das Gewehr mit den Kugeln aus und schrieben diesen feierlichen Akt im Tagebuch ein. Es waren vier Diebe, die für ihre Diebstähle ein höchst intelligentes System entwickelt hatten. Sie gingen nämlich nachts auf ›Inspektion‹, wie sie es nannten, das heißt, sie besuchten die in ihrem Bereich liegenden und von privaten Wächtern betreuten Wachtobjekte, um leicht transportable Güter abzuschleppen, wenn der Wächter schlief oder fortgegangen war. Wurden sie dabei ertappt, so behaupteten sie frech, gefährdete Güter zwecks ›polizeilicher Sicherung‹ in ihre Station zu bringen, von der sie am nächsten Tag gegen eine kleine Bezahlung wieder abgeholt werden konnten.

Ich habe diese ›Helden der jüdischen Wacht‹ dreimal gestellt, wie sie Bretter und Rollen mit Maschendraht in ihre Station schleppten. Jedesmal befahlen sie mir mit strenger

Kommandostimme, das Licht des Handscheinwerfers, das ich auf sie gerichtet hatte, wieder auszulöschen, und fügten, etwas gedämpfter, den weiteren Befehl an, über das Beobachtete zu schweigen. Es gab aber eine noch viel schlimmere Sache, in der sie sich ›bewährten‹. Aus Tel Aviv nämlich kamen von Zeit zu Zeit in der Nacht Privatautos, die im Schatten am Fuß des Hügels hielten und mit abgeschalteten Scheinwerfern geraume Zeit blieben, ohne daß jemand ausstieg.

Der Korporal, nicht weniger gerissen und ordinär als seine Kollegen in Lud, erzählte mir eines Tages, wie sich der Wasserturm zu diesen späten Autos verhielt. Sie leuchteten ins Innere des Wagens, jagten den Mann mit Schimpf und Schande nach Tel Aviv zurück und nahmen das leichtsinnige Mädchen zwecks ›polizeilicher Sicherung‹ in die Station hinauf, wo ihrer eine ›Polizeistrafe‹ besonderer Art harrte: Sie mußte sich nämlich entkleiden und den vier Gaunern dieselben Rechte einräumen, die sie ihrer Bekanntschaft im Wagen eingeräumt hatte. Der Korporal erzählte mir das in prahlerischem Ton, er fand es großartig, daß die Polizei auf diese Weise der Moral zur Hilfe kam.

Die Nächte waren qualvoll, ich wurde ja nicht abgelöst, hatte vom Abend bis zum Morgen Dienst. Nach Mitternacht zwischen ein und drei Uhr war ich vor Müdigkeit dem Tode nahe, eine Ratte im Rinnstein erschreckte mich, der Schrei eines Alpträumers aus einem Fenster ließ mich zusammenfahren, ich ließ mich dann minutenlang, auf einer Bank sitzend, in Schlaf fallen und kam entsetzt und verwirrt wieder hoch, von Nachtgespenstern geschüttelt, bis wie ein lieblicher Harfenton ein Streifen im Nachthimmel licht wurde und der erste Vogelsang den Morgen kündete. Erst jetzt erwachte ich mit dem Tag, und es schien mir, daß ich selbst aus einem Alptraum kam.

Zum Glück ging in dieser Zeit Jizchak, der Schlachthauswächter, als Freiwilliger zur Achten Armee, zur jüdischen Pionierbrigade. Er begann als Sergeant und wurde später Leutnant. Seine Wachtstelle wurde frei, und da Herr Kaplan, der Schlachthausdirektor, ein Nachbar Leckers, von Horrowitz erfahren hatte, wie hoch meine Seriosität einzuschätzen sei, bekam ich Jizchaks Posten und wurde sein Nachfolger. Ich unterschrieb einen Vertrag, der besagte, daß ich nach der Rückkehr Jizchaks vom Militärdienst den Platz wieder zur Verfügung zu stellen habe und daß mein Gehalt, das etwas höher war als in Rambam, selbst bei einem weiteren Ansteigen der Lebenshaltungskosten unverändert bleiben würde, daß ich mit einer Aufbesserung nicht zu rechnen hätte und in dieser Sache keine Forderung stellen dürfe.

Ich unterschrieb um so bereitwilliger, als mir Herr Kaplan, der kleine, häßlich kluge Mann mit dem Goldkneifer vor den Augen, freundschaftlich zu verstehen gab, daß er nichts dagegen einzuwenden habe, wenn ich mir am Tage noch eine kleine Nebenarbeit suchte, um meine Lage zu verbessern.

Es war im Sommer 1942. Ich bekam Jizchaks Jagdgewehr und seine Schrotpatronen. Die Hagannah hatte aufgehört, ins Schlachthaus ihre Wachtschichten zu schicken, da der Krieg die Unruhen zum Schweigen gebracht hatte und übertriebene Schutzmaßnahmen an diesem Punkt für entbehrlich gehalten wurden. So war ich mein eigener Herr und nutzte den Wink, den mir Kaplan gegeben hatte, um nachts im Schlachthausbüro zu schlafen und mich am Tage nach einem Haupterwerb umzusehen.

An einem Abend im August desselben Jahres, ich hatte vor weniger als einer Stunde das Schlachthaus betreten und saß auf einem Stuhl vor der Holzbaracke der Schlachthausverwaltung, dem Schmatzen und Stampfen der Kühe, den wilden Sprüngen der gefesselten und stürzenden Stiere lauschend und zwei Füchse beobachtend, die hier fast jeden Abend heranschlichen und Abfälle, Eingeweide vom Schlachtplatz abzuschleppen versuchten, hörte ich plötzlich ein sich näherndes Motorengeräusch. Zwei Scheinwerfer kreisten den Sandweg herunter und blieben vor dem Tor des Schlachthauses stehen, um abgeschaltet zu werden. Ich ging dem Besuch entgegen. Der alte Gotschewski stieg aus, den Fahrer, der am Steuer blieb, kannte ich nicht. Er übernehme heute die Wacht im Schlachthaus, sagte Gotschewski, Befehl der Hagannah, ich solle ihm mein Gewehr und die Schrotpatronen geben und auf den Jeep steigen, man brauche mich an einem anderen Punkt, der Jeep sei gekommen, um mich abzuholen.

Ich gehorchte erstaunt. Ich liebte die dunklen und verzweifelten Abenteuer des jüdischen Untergrundes nicht, aber ich widersetzte mich nicht, ich wollte ja erforschen, was in diesem Land geschah. Wir fuhren eine halbe Stunde lang durch die Nacht, zuletzt durch mir unbekanntes Gebiet, sich nähernder Wellenschlag und der Silberstreif des Meeres belehrten mich darüber, daß wir auf die Küste zufuhren und an der Küste entlang.

Auf einem Feld, das von dunklen Orangenwäldern eingefaßt war, hielt mein Jeepfahrer mit abgeschalteten Scheinwerfern, befahl mir abzusteigen, und händigte mich einer Gruppe dunkler Gestalten aus, die auf uns zukam. Überall ringsum standen Jeeps und Lastwagen mit abgeschalteten Scheinwerfern und dunkle, höchst schweigsame Gestalten, die Gewehre über die Schultern gehängt hatten. Es war offenbar eine nächtliche Hagannah-Aktion von größerem Ausmaß im

Gange. Beruhigend wirkte auf mich die Tatsache, daß Schlomo, mein Instrukteur, die auf mich zukommende Gruppe leitete und leise im Flüsterton den andern meinen Namen nannte. Einer der mir unbekannten Männer, denen mich Schlomo vorgestellt hatte, übergab mir ein englisches Gewehr und Patronen, während zwei andere sich aus der Gruppe lösten und mir befohlen wurde, mitzugehen. Wir wanderten schweigend auf den Dünen entlang und kletterten nach einiger Zeit in eine Grube, die mit Sandsäcken befestigt war.

»Das ist eure Stellung«, sagte der Mann, der uns hergebracht hatte, leise. »Ihr bleibt hier, bis ich euch heraushole. Parole ›Elijahu‹. Die nächste Stellung in Nordrichtung ist hundert Meter, die nächste in Südrichtung etwa achtzig Meter entfernt. Es sind Flüchtlinge auf dem Meer. Die Boote der Hagannah fahren ihnen bereits entgegen. Wir haben die Küste abzusichern. Möglicherweise werden die Engländer versuchen, die Küste zu besetzen, um die Flüchtlinge abzufangen. Beim Auftauchen von Engländern ist sofort Feuer zu eröffnen. Wir wollen die Einwanderer frei hereinbringen, für uns gelten nicht die Gesetze der Engländer. Hier ist ein Feldtelefon, es macht sich durch Schnurren bemerkbar. Wenn ihr das Schnurren hört: abheben und sprechen. Ihr seid Stellung dreizehn und meldet euch als Stellung dreizehn. Wenn ihr etwas wollt: abheben und Kurbel drehen. Hier habt ihr noch etwas für die Hosentasche.«

Er drückte jedem von uns eine kleine eiserne Kugel in die Hand, es waren Eierhandgranaten. »Ruhe bewahren und nicht auf Juden schießen. Wir haben die besten Leute aus drei Hagannahbezirken zusammengezogen, es ist eine Ehre für euch. Friede und Segen und eine erfolgreiche Nacht!«

Er gab jedem von uns die Hand und verschwand im Dunkeln. »Bernstein«, sagte mein Kollege und hielt mir die Hand hin. »Danziger«, sagte ich. Wir hatten verdammt jüdische Namen. »Die Anweisungen sind etwas verschwommen«, sagte Bernstein auf hebräisch. Überhaupt sprach man in der Hagannah nur hebräisch, das war unser Minimum an nationalem Stil. »Ich bin sicher, es wird wieder einer auf den andern schießen, wenn wirklich etwas passiert.«

»Kann sein«, antwortete ich achselzuckend. Wir sprachen nicht mehr. Er merkte, daß ich keine Lust hatte, Gespräche zu führen. Er war ein taktvoller junger Mann. Ich sah mir die Landschaft an, in der unsere Stellung lag.

Wir befanden uns auf einer Anhöhe, die dadurch entstanden war, daß sich ein Felsplateau ans Meer heranschob. Für die Stellung hatte man ein natürliches Loch im Felsen ausgenutzt. Etwa zehn Meter unter uns schlugen Wellen rhythmisch leise an einen mit Geröll bedeckten Strand. Das Felsplateau hatte sich nach der Landseite hin mit Dünensand bedeckt und zog sich weiß und ziemlich weit hin, bis zu einer schwarzen Wand aufragender Zypressen, die wahrscheinlich einer Zitrusfarm Schutz vor dem Meereswind bieten sollte. Die Nächte in Palästina sind hell, manche Leute behaupten, nachts auf freiem Feld ohne Laterne die Zeitung lesen zu können.

Und so wenig die Nächte dunkel sind, so wenig sind sie auch still: überall im ganzen Land ist das sich auf einen einzigen Ton beschränkende Konzert der Grillen zu hören, dessen Lautstärke nur von den heulenden Rudeln der Schakale oder von sich bewegenden Fahrzeugen vorübergehend abgebrochen wird, um sofort wieder einzusetzen, wenn die vorüberziehenden Schatten verschwunden sind. Wir hätten also Schatten, die sich von der Zypressenwand über den weißen Dünensand zu bewegen gewagt hätten, nicht nur gesehen, sondern auch mit Hilfe der natürlichen Signalanlage des Grillenkonzertes gehört. Das sind die Gesetze der Nachtwache in Palästina.

Herrlich war das Merr. Es war heller als der Nachthimmel, sein Glitzern verlor sich in der Ferne, ohne Helligkeit aufzugeben, so daß der Eindruck entstand, das Meer werde zum Horizont hin, im Gegensatz zu dem immer dunkler werdenden Himmel, immer heller. Ich kannte die Nächte dieses Landes seit Jahren und wunderte mich, warum man Leute dafür bezahlte, in dieser Herrlichkeit träumend herumzuspazieren, freilich mit einem Gegenstand auf dem Rücken, der das Gegenteil von friedlich war.

Bis kurz nach Mitternacht schwiegen wir, Bemerkungen über die Organisation des Unternehmens wurden nicht mehr gemacht, wir spähten in die Nacht hinaus, und keiner von uns hätte es gemerkt, wenn der andere mit dieser spähenden Kopfhaltung die Augen geschlossen hätte, um ein wenig zu schlafen. Plötzlich, kurz nach Mitternacht, begannen in der Ferne des Meeres mächtige Scheinwerfer zu kreisen, es waren dieselben Lichtschwerter, die in Alexandrien bei Luftalarm aus den Kriegsschiffen kamen und gebündelt den Himmel abtasteten. Hier tasteten sie die Meeresfläche ab, nur war das Kriegsschiff nicht zu sehen, das dieses Scheinwerferlicht aussandte, es stand weit draußen hinter dem Horizont. Bernstein fluchte hebräisch: »Diese Engländer, ausgelöscht sei ihr Name.«

Ich konnte noch antworten: »Sie lassen sich aber nicht auslöschen.« Da ertönte in nicht allzu großer Entfernung auf der Landseite das Knattern von Maschinengewehren, nicht lange, es waren fünf kräftige Stöße, dann wurde es wieder still.

Unwillkürlich zogen wir die Köpfe ein, luden unsere Gewehre, schoben die Köpfe wieder spähend in die Nacht hinaus. Aber die Grillen, die nur auf allernächste Ereignisse reagieren, zirpten ungestört, was bewies, daß die Ereignisse unsern Bereich noch nicht berührt hatten. Dann aber erschraken wir doch, als plötzlich zwei Gestalten, aus der Zypressenreihe kommend, über den Dünensand auf uns zu huschten. Sie blieben stehen, sie beantworteten unsern Anruf mit »Elijahu«.

Der Mann, der uns hergebracht hatte, war der erste, der in die Grube sprang. Er zog ein junges Mädchen hinter sich her, das Männerkleidung trug, Hosen, Jacke und Schirmmütze. »Wer ist hier Bernstein?« fragte er. Als mein Kollege sich meldete, fragte er weiter: »Kennst du dieses Mädchen?«

Die beiden sahen sich im Dunkeln einen Augenblick lang an, Sternenlicht machte die Gesichter erkennbar. Dann stürzten sie aufeinander zu. Sie umarmten sich wie ein Liebespaar. Sie schluchzten und streichelten sich gegenseitig. Ich hörte das Wort »Bagehenom«. Es war die Antwort des Mädchens auf die Frage, wo sie die letzten Jahre verbracht hatte, dabei schob sie ihren Ärmel hoch und zeigte die eintätowierte Zahl. Als der Junge sich nach den Eltern erkundigte, nach der »Mamme« und dem »Tatten«, sagte das Mädchen: »Sie sind geblieben.« Und da der Junge genau wissen wollte, wo, sagte sie wieder: »Bagehenom.«

Sie war illegal, alle Flüchtlinge waren illegal. Auch die Hagannah war illegal, das ganze jüdische Volk war illegal. Nur eins war legal: dieses ›Gehenom‹.

›Gehenom‹ war die ›Hölle‹, im Jiddischen sagte man ›Gehennim‹ und meinte damit ein Leben, das langsamer Tod war. Noch eine Generation später, nach dreißig Jahren, wurden die christlichen Völker, die rund um die Nazihölle gewohnt hatten, mit ihren verspäteten Gewissensbissen nicht fertig, aber sie hatten oft nur gesehen, nicht erlitten. Die, die durch die Hölle gegangen waren, konnten noch viel weniger vergessen. Das Mädchen, das nachts am Mittelmeer in der Stellung dreizehn des Hagannah-Unternehmens ›Elijahu‹ ihren Arm mit der eintätowierten Zahl wie eine Fahne erhoben hatte, wurde Mutter einer unendlich langen Reihe von Zeugen, die nicht vergessen konnten und das Grauen nie loswerden.

Bald danach wurden wir abgeholt, die Autos auf dem Sammelplatz füllten sich mit Menschen und fuhren davon. Über dreihundert Flüchtlinge waren gelandet und wurden in verschiedenen Siedlungen des Landes untergebracht, wo sie den Blicken der Engländer leichter entzogen werden konnten.

In den nächsten Nächten hatte ich Zeit nachzudenken. Was für ein Land! Es war nicht nur das Land der jüdisch-christlichen Antike, der großen alten Geschichten und Legenden. Es war auch ein Land, in dem praktisch vorgeführt wurde, was eine Tragödie ist: nämlich ein Konflikt, in dem alle beteiligten Parteien recht haben. Die hier lebenden Juden hatten recht, wenn sie sich stark machten, um den Überlebenden ihres Volkes die helfende Hand reichen zu können. Die Araber hatten recht, wenn sie befürchteten, daß auf den einst harmlosen Siedlungsvereinen verkauften Böden ein staatliches Gebilde heranwachsen könnte, dessen Aktivitäten sich eines Tages gegen sie richten mußten. Die Engländer hatten recht, wenn sie die Küste des Landes gegen illegale Einwanderer abzusichern versuchten, weil sie es mit den Arabern nicht verderben wollten, deren Anfälligkeit für die deutsche Propaganda ihnen bekannt war. Und die illegalen Einwanderer, die Flüchtlinge aus Nazi-Europa, hatten recht, wenn sie an dem lauen und immer zu spät funktionierenden Weltgewissen vorbei ihr Leben retten wollten und auf verschrottungsreifen italienischen Dampfern die palästinensische Küste anstrebten, selbst auf die Gefahr hin, von der englischen Flotte gekapert und wieder in die Nazi-Hölle zurückgeschickt zu werden, was einigemal vorkam.

Und es fiel mir ein, nachts, während die Kühe schmatzten und stampften und Füchse und Schakale mich umschlichen, daß meine Beteiligung an dem ›Unternehmen Elijahu‹ Schlomo zu verdanken war, dem zauberhaften Instrukteur und Freund, dem ich von meinen Erfahrungen in Lud und Givat Rambam erzählt hatte, als wir uns einmal in Ramat Gan auf der Straße trafen. Ich hatte ihn gefragt, wo denn nun der ›heroische Abschnitt‹ sei, warum er sich vor mir verstecke. »Warte ab«, hatte Schlomo nachdenklich gesagt. »Ich will versuchen, dir etwas in dieser Richtung zu zeigen.« Er hatte sich für mich wahrscheinlich verbürgt und den Widerstand überwunden, den meine Erzählung in Dawan und meine mysteriöse Rückkehr aus der Achten Armee ausgelöst hatten. Er fragte mich auch, als ich ihn eine Woche später traf: »Na, was denkst du jetzt über das heroische Kapitel?«

Kleinlaut gab ich zu, daß es so etwas wahrscheinlich gab, behielt aber den Gedanken für mich, daß hier ein Problem des Typischen vorlag und daß für die Politiker typisch war, was ihnen nutzte. Die Wirklichkeit, die überwiegende Mehrzahl der Erfahrungen, hatte mit dem Typischen nichts zu tun.

Mein Gesicht hat wohl danach meist griesgrämig, oft auch zornig ausgesehen. Manchmal, für Momente, sah ich mich im Spiegel, und ich hatte das Gefühl, ich sähe einen Fremden. Auch auf Fotos, die für meine diversen Polizeiausweise aufgenommen wurden, konnte ich es sehen. Mein Gesicht gefiel Leuten, die mir nicht gefielen. Einmal ging ich über die Straße und begegnete einer Gruppe junger Männer, denen man die verbitterten Untergrundkämpfer ansah. Sie raunten sich zu: »Ein guter Typ.«

Ich empfand vieles als trostlos. Auch meine Beziehungen zu Frauen. Ich verstand nichts von ihnen. Einfach gesagt war es das, daß ich sie liebte und sie mich nicht oder nur kurze Zeit. Channah Zeisig zum Beispiel, die Frau des Schlossers, der nach dem Auszug Löwenthals die zweite Hälfte der Holzhütte gemietet hatte, erwiderte meine Liebe genau vier Wochen lang, als Isi abwesend war und irgendwo herumreiste, um Maschinen für seine Werkstatt einzukaufen. Solange fand sie mich wunderbar und als Partner in Bett und Bad akzeptabel, wobei sie mir reichlich Gelegenheit gab, ihren schönen Körper zu bewundern, der so weiß war wie die porzellanartigen Blüten der Orangen im Frühjahr. Dann war ihr Bedarf gedeckt, der Mann war wieder da, und sie gab mir zu verstehen, daß die Episode beendet war. Sie konnte sich nicht gleichzeitig mit zwei Männern abgeben.

Das war ein Donnerschlag, eine mich erschütternde Erfahrung. Es war eine kluge, gebildete, viel lesende Frau, die ihr Äußeres pflegte, besonders ihre Hände, wir entdeckten uns, als Isi fort war und wir beide allein in der Hütte, Lisa arbeitete in der Stadt bei Tante Krähenstein, deren Schneidereibetrieb immer noch florierte. Vier Wochen lang nahm ich ihren Geist als angenehme Zutat bei der Freude an ihrem Körper, dann brach alles zusammen. Da sie das Liebes-Spektakel eröffnet hatte, glaubte sie, es auch beschließen zu können. Ich kannte das halb abwehrende, halb einladende Wörtchen »na«, mit dem sich ihr Lustgefühl artikulierte. Es drang nun durch die verschlossene Tür des Nebenzimmers an mein Ohr, und ich glaubte, sterben zu müssen, als ich es hörte und verstand, daß Isi sein Porzellan wieder in Besitz nahm.

Ich war so leicht zu verletzen. Ich träumte von dem Endgültigen, dem Absoluten, von großen Idealen. Doch die Verhältnisse, die war'n nicht so.

Sicher hätte sich Channah mit komplizierten geistigen Hinweisen zu rechtfertigen versucht. Aber auch ich hatte meine geistige Rechtfertigung. Jahrelang danach sprachen wir miteinander kaum noch ein Wort.

Isi hat mich dann ein halbes Jahr lang in seiner Werkstatt beschäftigt, als ungelernter Hilfsarbeiter, einen großen Schlosser aus mir zu machen gelang ihm nicht. Er ahnte bedeutend weniger als Lisa, die gemerkt hatte, daß Channah und ich vier Wochen lang zur Anrede ›Du‹ übergegangen waren und dann plötzlich wieder das ›Sie‹ einführten.

Merkwürdig, daß der Haupterwerb, den ich mir neben der nächtlichen Tätigkeit im Schlachthaus suchte, denn die Lebenshaltungskosten stiegen rapide, und mein Wächtergehalt deckte nur einen Teil dessen, was wir brauchten, immer einen geheimnisvollen Zusammenhang mit dem Thema Frau hatte. Diesmal war es die blonde Julie, die Frau des jungen, aus Wien stammenden Glasers Dreyfuss, der in Tel Aviv ein kleines Geschäft für Aquarien und Zierfische eröffnet hatte und mich einige Jahre lang beschäftigte, als Aquarienglaser und Zierfischzüchter. Ich war wieder einmal Mumcheh geworden, aber daß ich es so lange bei ihm aushielt, hing mit Julie zusammen.

Wahrscheinlich suchte ich in Julie einen Ersatz für Channah und hatte in Channah einen Ersatz für Lisa gesucht, zu der ich keine echte Beziehungen mehr hatte. Ich denke heute mit Verwunderung und einem gewissen Ekel an diese Zeit. Aber im Grunde haben diese Verirrungen nie aufgehört. Sie kamen aus dem körperlichen Charakter meiner Beziehungen zum andern Geschlecht. Wie es andern Männern ergeht, weiß ich nicht, ich hatte wegen meiner furiosen Hinneigung zur

Schönheit der Frau wenig männliche Freunde, mit denen ich über diese Dinge hätte sprechen können. Julie, eine junge hübsche Wienerin, machte mich und andere Männer verrückt mit ihren großen Dekolletés, und ich begann, sie anzubeten und ihr den Hof zu machen, auf diese Weise wurde ich ein glänzendes, völlig wehrloses Ausbeutungsobjekt für das geschäftstüchtige Ehepaar Dreyfuss. Mehr als ihre Nähe und ihren Anblick habe ich nie bekommen, sie hielt mich in Distanz, aber so, daß ich nicht mehr fort konnte.

Es begann mit den erotischen Verstrickungen anderer Leute. Da ich jeden Abend, wenn es dunkel wurde, fortging, um meinen Dienst im Schlachthaus anzutreten, war Lisa vom Abend bis zum Morgen frei, und sie sah keinen Anlaß, mir treu zu sein, zumal sie gemerkt hatte, daß auch ich mir keinen Zwang auferlegte. Seit einiger Zeit holte Horrowitz sie abends zu sich herauf, ließ sich von ihr Tee kochen, Miss Raincoat drückte beide Augen zu. Nach dem gemeinsamen Teegenuß kamen wohl andere gemeinsame Genüsse, Lisa hat sich erst dreißig Jahre später darüber geäußert. Wie dem auch sei: Ich konnte nicht mit Steinen werfen, da ich selbst im Glashaus saß. So zu leben war damals ›modern‹ und ist es heute noch, aber es kommt nichts Gutes dabei heraus. Aus schlechtem Gewissen verzichtete Horrowitz darauf, von mir Miete für die Wohnung zu verlangen, und stellte mir einen bestimmten, durch Maschendrahtzaun abgeschlossenen Winkel der Farm zur Verfügung, damit ich unter den Bäumen meine Bassins für Zierfischzucht aufstellen konnte, für deren Anschaffung mir Josef Lazarowitsch das Geld geliehen hatte.

Es waren über fünfzig kleine runde Blechwannen, wie sie in Palästina zum Wäschewaschen verwendet werden. Sie dienten nun der Aufzucht von Tausenden kleinen bunten Zierfischen. Obwohl ich Josef sehr bald das Geld zurückgeben konnte, aus dem Verkauf der Fische, hörte er nicht auf, des öfteren abends aufzutauchen und Lisa erst ins Kino und dann in seine Wohnung zu entführen, was Lisa mit derselben Begeisterung über sich ergehen ließ wie die Teeabende mit Horrowitz. Wahrscheinlich war Josef der zweite Mann, dem sie damals gehörte, mir gehörte sie nur noch formal, dem Ehekontrakt nach. Mein schlechtes Gewissen äußerte sich darin, daß ich alles tolerierte, was sie unternahm, und ihr und Josef noch einen angenehmen Abend wünschte, wenn sie loszogen in dem Augenblick, da ich mein Gewehr von der Wand nahm und hinunter ins Schlachthaus ging.

Wir waren jung, wir waren viel zu lange jung. Wir wollten leben, jeder auf seine Art. Zwei Jahre lang war Julie Dreyfuss ›meine Art‹. Kurt Dreyfuss kaufte billig meine Fische auf und ließ mich in Tel Aviv in seiner Werkstatt Aquarien verglasen, für ein Gehalt, dessen Höhe mich weniger interessierte als die verschiedenen offenstehenden Morgenröcke, die Julie trug, wenn sie in der Werkstatt neben mir saß und süß plaudernd die Rahmen der verglasten Aquarien lackierte. Ich war ihr vollkommen hörig, süchtig nach ihrem Anblick wie ein Alkoholiker nach seinen Getränken. Sie wußte das, ich sagte es ihr tausendmal. Aber zu mehr als einem erfreuten Lächeln fühlte sie sich durch meine Geständnisse nie bewogen, es war eine platonische Beziehung von höchstem, wenn auch einseitigem Irrsinn. Sie wußte: Solange noch der Irrsinn bestand, bestand auch ihr Geschäft. Oftmals wollte ich sie auch noch abends sehen.

Ich pfiff auf Kaplans Vorstellungen von meiner Ehrbarkeit, wußte, daß er es nie wagen würde, mich abends oder nachts zu kontrollieren, indem er in die unsichere Schlachthauszone hinunterging. Ich zählte das Vieh, band noch ein paar Drahtenden des lächerlichen Zaunes fester, nahm Gewehr und Patronen, verschloß das Tor und ging über die Felder nach Tel Aviv, mit übergehängtem Gewehr.

Der Himmel über der Stadt schimmerte dunkel-weinrot, vor diesem weinroten Schimmer standen eine hohe Palme und ein hohes arabisches Haus, dessen Bewohner sich erstaunt nach mir umsahen, wie ich einsam an ihnen vorbei durch die Nacht wanderte. Mit der Zeit begriffen sie, daß das Schlachthaus unbewacht war, wenn ich auftauchte. Nach einer Stunde betrat ich die äußerste Straße der Stadt und eilte zu Dreyfuss, um Julie zu sehen.

Als ich von meiner fünften Nachtwanderung zurückkehrte und mich gerade schlafen legen wollte, es war eine halbe Stunde nach Mitternacht, ertönten plötzlich in allernächster Nähe scharfe Schüsse, Glas klirrte, und da die Verwaltungsbaracke unter einer kleinen Anhöhe lag, nahm ich an, daß jemand von oben in die Fenster schoß und mich treffen wollte.

Ich griff nach Gewehr und Kugeln und stürzte hinaus, lud im Laufen, Entsetzen packte mich. Ich fühlte mich schuldig, sah in diesem Überfall die Strafe für mein pflichtloses Verhalten. Ich hastete bis zur Ecke der Baracke und schoß auf die Anhöhe hinauf, völlig sinnlos ins Dunkel, nur, um zu zeigen, daß ich da war, und um mir selbst Mut zu machen, während die Schüsse des Gegners weiter in die Fenster der Baracke knallten.

Es wurde einen Augenblick lang still, und ich hatte plötzlich die Idee, die vier Türen der Barackenzimmer aufzuschließen und nach den Fenstern zu sehen. Aber nicht ein einziges Fenster zeigte Einschußspuren, nur im vierten Zimmer war etwas Irreguläres geschehen: Einige der in Kisten aufgestapelten Selterwasserflaschen waren in der Hitze explodiert und hatten unfreiwillig dazu beigetragen, an meinem Gewissen zu rütteln.

Die Kisten mit den gefüllten Flaschen standen in einem Teich von Selterwasser.

Und diesen Flaschen hatte ich kriegerisch zugerufen, Entsetzen unterdrückend: »Wer da?«

»Du hast gestern nacht geschossen«, sagte Kaplans Schwiegersohn zu mir, ein Hagannah-Offizier, ich traf ihn auf dem Sandweg, der an den drei Farmen vorbei zum Schlachthaus führte. »Was war los?«

Ich log. »Eine verdächtige Bewegung zwischen den Bäumen. Schatten, die nach Menschen aussahen. Ich gab ein paar Warnschüsse ab. Die Schatten verschwanden.«

»Das ist gut«, sagte der Mann. »Man muß sehen, daß du da bist.«

Und der alte Kaplan klopfte mir am nächsten Schlachttag auf die Schulter und flötete irgend etwas von »Soldat«, ein Soldat sei eben ein Soldat.

Das Wadi Muzrara hatte sich zum Treffpunkt der Tel Aviver Aquarienfreunde entwickelt, sie kamen im Bus, auf Fahrrädern und im eigenen Wagen, um sich in den Besitz der hier vorkommenden Tubifex-Würmer zu bringen, die als ideales Futter für Zierfische gelten.

Auch ich holte mir aus dem trüben Bächlein, das hier floß, die lebende Ernährungsgrundlage für meine Zucht. Eines Tages traf ich hier zwei junge, europäisch gekleidete Araber aus Jaffa, die emsig bemüht waren, Tubifex-Würmer aus dem Bach herauszuziehen, und offenbar nicht wußten, wie man das machen muß. Sie sprachen gut englisch und waren außer sich vor Freude, als ich ihnen zeigte, wie man der Tubifex-Würmer habhaft wird: nämlich mit Hilfe eines Siebes, in dem man die Tubifex-Kolonien ausspült. Rote Ballen wimmelnder reiner Tubifex-Pakete bleiben im Sieb zurück. Oben am Uferrand des Wadis stand ein schwarzer Mercedes, in dem sie hergekommen waren.

Ich nahm sie in die Farm mit und ließ sie die Fischzucht besichtigen. Sie hatten darum gebeten. Ihr Staunen, ihre Freude wurden noch größer, als ich ihnen Unterwasserpflanzen schenkte und einige Fische, die sie sich aussuchten. Was spielte das für eine Rolle bei der Fülle, mit der mich die Natur beschenkte. Es hatte sich herausgestellt, daß ihr Herr und Gebieter Wingkommander Bentham, der in Jaffa wohnte und bei dem sie anscheinend angestellt waren, ihnen das Auto und den Auftrag gegeben hatte, sich im Muzrara-Wadi nach diesen sagenumwobenen Tubifex-Würmern umzusehen, damit er die Bewohner seiner Aquarien besser ernähren konnte. Jetzt fuhren sie eiligst nach Jaffa zurück, um mit Mister über ihre Entdeckungen zu sprechen und die Geschenke in seine Aquarien zu bringen. Ein Glück, daß Lisa in der Farm war, ich verdiente neuerdings genug, so daß sie nicht mehr für Geld zu arbeiten brauchte. Sie konnte mir helfen, aus meinem ärmlichen Kleiderschrank etwas Passendes herauszusuchen, denn die beiden jungen Freunde Mister Benthams waren nach einer Stunde wieder in der Farm und wollten mich nach Jaffa mitnehmen. Der Wingkommander, sagten sie, würde es sich als Ehre anrechnen, wenn ich ihn besuchte, er sei ein Enthusiast des Aquariensportes und habe sie mit dem Wagen geschickt, um mich abzuholen. Ob ich so nett wäre, gleich mitzukommen, ihr Chef erwarte mich, sie würden mich auch wieder zurückbringen. Es waren liebenswürdige junge Leute, wie ich mir gestehen mußte.

Ich zog mich um, Lisa plättete noch rasch ein Hemd, und ab ging die Fahrt im schwarzen Mercedes über Tel Aviv nach Jaffa. Freilich kamen mir unterwegs Bedenken: ich ließ mich von Arabern entführen, nach althergebrachten Vorstellungen konnte das übel enden, zumal wir bald enge Jaffastraßen erreichten und immer weiter südlich durch die fremde arabische Stadt glitten. Aber meine jungen Begleiter plauderten unbekümmert, und der livrierte abessinische Chauffeur mit Schirmmütze war eigentlich eine etwas zu feierliche Person für einen Mordanschlag.

An der Südgrenze Jaffas sah ich plötzlich Antennenmaste, sehr hohe, hinter Mauern, die ein Gehöft umschlossen. Es waren nach allen Seiten verspannte Sende-Antennen, bei deren Anblick meine neuen Freunde erklärten, hier wohne Mister Bentham, der Wingkommander. An abessinischen Wachtposten vorbei, die grimmig unter ihren Stahlhelmen dreinschauten und Gewehre mit aufgepflanzten Bajonetten geschultert hatten, ein Aufwand, der in merkwürdigem Gegensatz zu der Tatsache stand, daß sie barfuß waren, glitten wir ins Innere des Gehöftes.

Da trat auch schon ein kleiner rundlicher Herr aus einem niedrigen arabischen Steinhaus, er trug die Uniform eines Offiziers der Air-Force, hatte aber die Mütze im Haus gelassen, und begrüßte mich herzlich. Es war der Wingkommander. Was nun folgte, war ein orientalisches Märchen, die Begegnung zweier Scheichs im dämmerigen Saal eines alten arabischen Hauses. Wir hatten zwar im Gegensatz zu den abbessinischen Wachtposten Schuhe an den Füßen, gingen aber über so weiche Wiesen orientalischer Teppiche, daß unser Gang völlig lautlos wurde, so lautlos wie der Gang der schwarzhäutigen und weißgekleideten Diener, die Erfrischungen brachten und köstlichen Mokka. Einer von ihnen hockte als lebender Raumschmuck mit gekreuzten Beinen in der Ecke und zerstampfte Kaffeebohnen. Und überall Decken und Kissen und Lederhocker und Messinggeschirr und herabhängende Ampeln und schattige Nischen mit Türkensäbeln und alten Pistolen an den Wänden: ein gemauertes Beduinenzelt; als hätten Stützstangen die Zeltdecke angehoben, trugen gedrehte Säulen romanische Gewölbebögen. Die Fischlein im Aquarium am einzigen Fenster interessierten mich wenig, sie verblaßten neben dem orientalischen Prunk, der sie umgab, aber ich sagte natürlich, daß sie wunderbar seien und bestens gepflegt. Nach einer Stunde wurde ich im Mercedes wieder zurückgefahren.

Bentham selbst erschien einige Tage danach in Ramat Gan in der Farm, von Miss Raincoat, die zufällig gerade vorüberging, mit einem freundlichen Kopfnicken begrüßt. Es begann nun seinerseit das ›Ah‹ und ›Oh‹, das ›Beautiful‹ und ›My god‹, das ich schon von den zwei jungen Männern gehört hatte, und aus alter Ehrfurcht vor meinen RAF-Offizieren schenkte ich ihm wieder Fische und Pflanzen und bewirtete ihn mit starkem Kaffee, der nicht halb so gut war wie seiner in Jaffa. Zu meinem Kummer lieh er sich drei meiner schönsten Schleierfische aus, er wollte sehen, ob sie bei ihm in Jaffa ablaichten. Er hatte sofort im Freien eine große Waschwanne aufgestellt, um in meinem Sinne zu experimentieren, wie er sagte. Als er merkte, daß ich mich nur ungern von diesen wertvollen Fischen trennte, sah er mich merkwürdig an.

»Ich hoffe, Mister Danziger, wir sind Freunde«, sagte er bedeutsam. »Oder sind wir es etwa nicht? Sind wir etwa Feinde?« Nun, der Krieg war noch im Gange, und man hatte mich ja in der RAF darüber aufgeklärt, daß England für die Juden kämpfte. Ich hatte zwar neulich nachts erlebt, daß England auch gegen die Juden kämpfen konnte, aber das hinderte mich nicht, Mister Bentham, den ich mit ›Sir‹ anredete, zu versichern, daß wir keine Feinde seien. »Natürlich sind wir Freunde«, beeilte ich mich zu versichern und mußte erleben, daß meine Fisch-Favoriten den Weg nach Jaffa antraten. Übrigens liebte Bentham das Wort ›Gott‹, er flocht andauernd dieses Wörtchen in seine Rede ein und machte Gott auch dafür verantwortlich, daß wir uns kennengelernt hatten.

Dreyfuss führte diese Bekanntschaft weniger auf das Walten Gottes als auf meine Unvorsichtigkeit zurück. Er kannte Bentham, dieser war einer seiner Kunden aus Jaffa. Als mir die Sache mit den Schleierfischen zu lange dauerte, fuhr ich mit dem Bus nach Tel Aviv, nahm in Jaffa ein Taxi zu der englischen Sendestation und überraschte Bentham mit meinem Besuch. Er war wie immer entzückt, »delighted«, mich zu sehen. Die Schleierfische wollten aber bei ihm nicht ablaichen. »Sie haben etwas gegen mich, wie du«, sagte er traurig. »Wenn du sie wieder mitnehmen willst, bitte, nimm sie. Ich sehe ja, du hast eine große Kanne bei dir. Vielleicht werden sie bei dir ablaichen.«

Ich setzte sie also in meine Kanne und bat ihn, mich in seinem Wagen nach Tel Aviv zurückzuschicken, wo ich den Bus nach Ramat Gan besteigen wollte. Aber er gab sofort Anweisung, mich in seinem Wagen nach Ramat Gan zu bringen, das war nett. Plötzlich, der Besuch ging schon seinem Ende entgegen, sagte er zu mir: »Bitte, sag mir die Wahrheit: Bist du vielleicht Kommunist?«

Ich wunderte mich. Wie kam er auf diese Idee? Ich hatte mich die ganze Zeit äußerst höflich benommen, ihm sogar Geschenke gemacht. Hatte er meine RAF-Akten im Hauptquartier Kairo durchsehen lassen? Oder hatte Dreyfuss Dummheiten geredet, um meine Beziehung zu Bentham zu durchkreuzen?

»Ich will ganz offen sein«, antwortete ich. »Ich habe sehr freie Ansichten. Ich finde die materiellen Verhältnisse des Lebens äußerst wichtig. Leider werden sie oft unterschätzt.«

»Oh, das tut mir leid. Was mich betrifft, so glaube ich an Gott. Gott hat diese wunderbare Welt geschaffen. Auch unser Hobby, unser Enthusiasmus für die Fische stammt von Gott. Ich komme einmal zu dir nach Ramat Gan, und wir müssen diskutieren. Jetzt bring die Fische rasch in ihr heimatliches Becken zurück, damit sie sich wieder wohl fühlen.«

Er kam nie nach Ramat Gan. Er machte englische Nahost-Politik, ich las seinen Namen eines Tages in der Zeitung, im Zusammenhang mit dunklen Machenschaften der von Horrowitz so verehrten englischen Weisheit. Meine kleinen bunten Fischlein spielten in dem Schauspiel der Heuchelei, das er der Welt nach außen vorführte, ihre kleine, psychologisch wirksame Rolle. Angeblich glaubte er an Gott. Aber vor Gott kamen die Großen dieser Welt, in deren Hand wir waren.

Die Fellachen sind glänzende Landarbeiter und Gemüse-Produzenten, man muß Respekt vor ihren Leistungen haben, die sie ohne moderne Landwirtschaftstechnik zustande bringen. Ihren Fleiß, ihre Tüchtigkeit konnten wir bei Ibrahim beobachten, einem hochgewachsenen, schönen alten Araber, der sich in seinem schneeweißen, immer sauberen Gewand mit der Würde eines Propheten bewegte und die Vornehmheit alten Adels hatte. Die aus Tel Aviv kommende Nordchaussee durchschneidet hinter der Brücke, die über das Wadi Muzrara führt, diagonal ein Feldviereck, so daß zwei Dreiecke entstehen, deren größeres eines Tages Ibrahim pachtete, um hier Blumen zu ziehen. Dabei halfen ihm mehrere Generationen seiner riesigen Familie, Kinder, junge Frauen und Männer. Sie arbeiteten vom Morgen bis zum späten Abend, schleppten das Wasser in Kanistern aus dem Wadi heran und gossen es neben den Pflanzen aus. Das Feld blühte und leuchtete in allen Farben und war stets frei von Unkraut.

Seine Preise waren so niedrig, daß sogar Lisa zum Schabbat von mir Blumen bekam. Ibrahims Blumen standen auf allen Tischen in Ramat Gan; die jüdischen Gärtner hätten am liebsten Ibrahims für die heißen Mittagsstunden errichtete Schilfhütte verbrannt und seine Pflanzen aus dem Boden gerissen, was sie im November 1947 auch taten, als die UNO die Gründung des jüdischen Staates beschlossen hatte.

Willkommen bei uns in der Farm war auch Mussah, ein ambulanter arabischer Gemüsehändler, der durch die Straßen und Gehöfte Ramat Gans zog und seine Ware anbot. Er trieb mit seinem Stöckchen einen Esel vor sich her, der gefüllte Kisten auf seinem Rücken trug. Mussah kam immer an demselben Tag um dieselbe Stunde den Zypressenweg herauf, so daß wir schon auf ihn warteten. Ich freute mich, wenn er kam, ich hatte ihn gern und begrüßte ihn mit demselben Hallo, mit dem sich alte Freunde begrüßen. Er war als Geschäftsmann großzügig, rundete Warenmengen nach oben und Preise nach unten ab. Von mir bekam er regelmäßig Zigaretten und von Channah abgelegte Textilien, denn er hatte viele Kinder. Er sprach hebräisch, jedesmal erkundigten wir uns nach seinen Kindern, seiner Frau, seinem Gesundheitszustand. Bei diesen Gesprächen fiel mir auf, daß es in seinem gewiß nicht leichten Leben Umstände gab, die eine Redensart zu seinem Lieblingsspruch gemacht hatten. »Ein Mensch muß man sein, ein Mensch«, sagte er häufig.

Dreyfuss, der übrigens wie ein ungarischer Geigenprimas aussah mit seinen schwarzen Haaren, dem schwarzen Zwirbelbärtchen und den schönen, großen, traurigen Augen, begann eines Tages, sich in wilden Rhythmen bis zur Erde zu verbeugen, er sah aus wie ein Stehaufmännchen, dem jemand einen kräftigen Stoß versetzt hatte. Und es hatte ihm auch seelisch etwas einen kräftigen Stoß versetzt: Ein schwarzer Rolls Royce mit aufgeprägtem Königswappen war vorgefahren, der livrierte Chauffeur sprang heraus und öffnete die Tür, und heraus stieg ein junger schlanker Mann, dessen Gesellschaftsanzug und Kopfhaar so schwarz waren wie die großen Gläser der Sonnenbrille vor seinen Augen. Er ging auf das Aquariengeschäft zu, gefolgt von einem ebenfalls schwarz gekleideten Boxer aus seiner Leibwache. Wie die Schnelligkeit zu erklären war, mit der Dreyfuss begriff, einen Prinzen aus Kairo vor sich zu haben und die Anrede ›His Highness‹ benutzen zu müssen, das weiß ich so wenig, wie ich es mir erklären kann, woher der Prinz erfahren hatte, daß es für die Versorgung der königlichen Gärten mit edlen Schleierfischen im Vorderen Orient nur eine Quelle gab, nämlich den Aquarienhändler Dreyfuss in Tel Aviv, der mit meinen Fischen und seinen Aquarien große Geschäfte machte.

Die Rückenkrümmung meines Chefs, die er sich als Zeichen seiner Bereitschaft zum Dienst am Kunden angewöhnt hatte, wurde noch devoter, und die blonde Julie, diese Süßspeise aus Himbeersaft und Milch, zupfte nervös an ihrem Ausschnitt, in der Meinung, er sei für einen Prinzen nicht groß genug. Sie zerschnitt in diesem Sinne in den nächsten Tagen einige Kleider und lieferte das I-Tüpfelchen für die Nächte, die Dreyfuss und Frau mit dem Prinzen durchzechten, wobei es sich zeigte, daß für Prinzen das mohammedanische Verbot des Alkoholgenusses keine Geltung hatte. ›His Highness‹ ließ sich nicht lumpen und bezahlte für acht Schleierfische vierundzwanzig palästinensische Pfund, bevor er nach Kairo zurückkehrte. Vierundzwanzig Pfund. Ich erstarrte, als ich von diesem Preis hörte. Ich bekam für acht solche Fische zwei Pfund vierzig, mein Monatsgehalt als Glaser betrug zwanzig Pfund.

Mit vielen Bücklingen empfing Dreyfuss auch einen reichen Araber aus Jaffa, dessen Miene mindestens so finster war wie meine. Ich konnte arabisch weder sprechen noch lesen und mußte mich auf den Bericht von Freunden verlassen, die mir erzählt hatten, daß in arabischen und ägyptischen Zeitungen Tel Aviv bereits aufgeteilt, die jüdischen Männer ins Meer, die jüdischen Frauen in Bordelle und Harems geworfen wurden. Solche Superlative der Freundlichkeit braucht man im Orient nicht ernst zu nehmen. Eines Tages mußte ich den reichen Araber mit Kitt und Werkzeug in der Tasche in Jaffa in seinem Haus am Meer aufsuchen, um ein großes Aquarium zu reparieren, das undicht geworden war. Stumm und finster empfing mich sein Diener, stumm und finster sah er einmal in das schöne orientalische Zimmer hinein, in dem ich arbeitete, ohne zu grüßen. Keine Gesten der berühmten arabischen Gastfreundschaft hellten das Düster auf, in dem ich mich bewegte, und ich war froh, als ich wieder zu Hause in Tel Aviv war.

Meine Begegnung mit zwei jungen fidelen Arabern, die bei Dreyfuss Kunden waren und stets in eleganten europäischen Anzügen zu Besuch kamen, beantwortete die Frage nach den Gründen der schlechten Laune des reichen Mannes in Jaffa. Sie stammten aus herrschenden Familien. Sie erklärten offen, daß sie die Juden nicht leiden konnten und nicht verstanden, was wir hier wollten, warum wir nicht in den Ländern geblieben waren, aus denen wir kamen. Als ich ihnen sagte, daß man uns hinausgeworfen hätte, lachten sie und sagten, das müsse doch Gründe haben, wahrscheinlich hätten wir uns unbeliebt gemacht. Der Kunde hat immer recht. Dreyfuss lachte, hielt den Kopf schräg und den Rücken krumm und strich über sein Zwirbelbärtchen. »Ich habe niemandem etwas zuleide getan«, sagte er. »Und ich auch nicht«, fügte ich hinzu.

»Das ist schon möglich. Ihr seid gute Menschen. Aber vielleicht haben die anderen Juden Fehler gemacht?«

Die Sache war ganz anders. Ein Mensch, der zu einem Volk ohne Land und ohne Staat gehört, wird immer gejagt. »Und die Schwarzen in Amerika?« fragte ich. »Was haben die Böses getan, daß man sie so schlecht behandelt?«

»Und was haben wir Böses getan, daß man euch zu uns schickt?« lautete die verblüffende Gegenfrage. Wir lachten alle, es war ein in aller Freundschaft und mit Heiterkeit geführtes Gespräch. Einmal war ich allein mit den beiden, Dreyfuss war gerade nicht im Laden.

»Ihr habt irgendwie recht«, sagte ich zu ihnen. »Ich verstehe euch sehr gut. Es ist euer Land, ihr seid hier geboren. Ich bin in Berlin geboren und werde vielleicht nach Berlin zurückkehren, wenn der Krieg vorbei ist.«

Darüber freuten sie sich. Sie klopften mir auf die Schulter. »Du bist ein richtiger Mensch. Ein Mensch muß man sein. Wir werden das nicht vergessen, was du jetzt gesagt hast. Wir werden an dich denken.«

Das Lieblingswort Mussahs: ›Ein Mensch muß man sein, ein Mensch.‹ Seltsam. Woher stammte dieser Satz? Stand das in den arabischen Zeitungen, daß die Juden keine Menschen waren? Ich brach das Gespräch ab, starrte auf meine mit Glas und Kitt hantierenden Hände und tat, als vertiefe ich mich in meine Arbeit.

Ja, ich wollte fort, ich wollte wieder nach Berlin zurück, der Gedanke setzte sich immer mehr in meinem Innern fest. Was hatte ich hier verloren! Es war nicht nur die damals meiner Meinung nach bestehende Aussichtslosigkeit der Verständigung mit den Arabern. Sie liebten uns nicht, bestenfalls kauften wir ihre Blumen und ihr Gemüse, wir wußten nichts von ihnen und sie nichts von uns.

Aber es war noch etwas anderes. Ich hatte zuviel geforscht, zuviel Informationen gesammelt, zuviel mit ansehen müssen. Das Negative lag nicht bei mir, wie Katznelson behauptet hatte, es kam von außen. Ich lebte nicht im Elfenbeinturm, ich hatte die Wirklichkeit aufgesucht und ihre Blüten mit den Blüten der Ideologie verglichen. Mit dem schreienden Widerspruch zwischen Ideologie und Praxis wurde ich nicht fertig und dachte an Flucht. Ich wollte fort. Ich wollte meine Kraft nicht an eine aussichtslose Sache verschwenden. Damals hielt ich sie für aussichtslos. Ich schrieb heimlich an dem Buch meines Hasses. Es sollte die Wahrheit von den Wolken heruntertragen auf die Erde wie Blitz und Donner. Ich wollte mit diesem Buch meinem Haß eine klassische Begründung geben.

Im Juli 1944 war Lisa im siebenten Monat schwanger. Man hatte mir gesagt, daß ein Kind wieder zusammenführt, und das wollte ich. Ich wollte meine Ehe wieder in Ordnung bringen und mit all den unheilvollen Entgleisungen der Untreue auf beiden Seiten aufhören, ich war ja allein, erschreckend allein, hatte nicht einmal mehr meine Frau für mich. Es war ein Rückfall in naive Ehrbarkeit, das Bedürfnis nach Ruhe und Frieden in dieser ruh- und friedlosen Welt. Daß es den von mir erträumten Frieden nicht gab, zumindest nicht da, wo ich ihn suchte, das wußte ich noch nicht. Bis zu ihrer Entbindung fuhr Lisa fort, augenblicklich aufzublühen, wenn Josef oder Harrowitz unser Zimmer betraten, fast flog sie ihnen an die Brust. Ich wollte es nicht wahrhaben, ich wollte Vater werden und Familienoberhaupt und meine Ehe wieder in Ordnung bringen.

Ende August mußte Lisa in die Klinik, es war soweit, die Wehen hatten begonnen. Ich gestehe, daß ich nicht nur um *sie* zitterte, ich zitterte auch um mich, die Gerichtssitzung hatte begonnen. War ich innerlich hohl, leer, minderwertig, weil alles schiefging, was ich tat? War ich vielleicht entartet, weil ich meine Art nicht fand? Vielleicht war ich biologisch verdammt, unfähig, gesunde Nachkommen in die Welt zu setzen? Jetzt mußte es sich zeigen. Es konnte ja eine Mißgeburt zur Welt kommen, etwas Krankes, Lebensunfähiges. Und es zeigte sich, wenn man annahm, daß ich der Vater war: Ein wunderbares, gesundes Knäblein wurde geboren, mein Jochanan, ich liebte ihn, er hatte mir bewiesen, daß ich vielleicht so unnormal nicht war, wie mich mein soziales Versagen hatte glauben lassen.

Aber immer noch hatte ich Zweifel: mein Haßbuch, mein Haß. Immer noch, trotz Jochanan, war die Frage nicht beantwortet, ob meine Gedanken nachvollziehbar waren, ob jemand sie mitdenken konnte.

Da kam es auch in dieser Angelegenheit zu einer Entscheidung.

Im September, als Jochanan einen Monat alt war, ging ich eines Tages in Tel Aviv über die Straße, da kam mir im Arm eines Mannes eine wunderschöne junge Frau entgegen. Ich sah immer zuerst die Frauen und dann die Männer an ihrer Seite. Die Leute auf der Straße drehten sich nach dem Paar um, so schön war die Frau und so elegant der Mann. Plötzlich stutzte ich, blieb stehen: Das war ja ›Jud Buchholz‹ aus Leipzig, Jehuda hieß er eigentlich, wir hatten ihn nach seinem Familiennamen Jud Buchholz genannt. Im jüdischen Handwerkerheim in der Elsenstraße, wo ich vor meiner Abreise untergebracht war und jeden Morgen zur Arbeit fuhr, um der zionistischen Organisation meine Eignung für Palästina zu beweisen, hatten wir uns kennengelernt, auch er fuhr jeden Morgen zur Arbeit und kehrte abends zurück, aus demselben Grunde. Wir begrüßten uns erfreut, er stellte mir seine Frau vor, die schöne Johanna. »Wie geht es dir?« wollte einer vom andern wissen. Er war Regierungsbeamter in Jerusalem, eine überzeugende Erklärung für die Tatsache, daß er wie ein Engländer aussah. Damals in Leipzig hatten wir uns als wilde Marxisten gebärdet. Deshalb fragte er mich plötzlich fremd und beobachtend: »Und wo stehst du heute? Politisch?«

Was er meinte, war klar. Wir setzten unsern Weg gemeinsam fort, und er fügte hinzu: »Bist du irgendwie organisiert?« Ich war es in keiner Weise. Er und Johanna, die mir wie ein Licht vorkam und in deren Gesicht ich kaum zu schauen wagte, lächelten schwach. Dann wurde er wieder ernst: »Ja, was mich betrifft: In gewissem Maße bin ich organisiert, weil man ja allein nichts ausrichten kann. Und ich kann dir genau sagen, wo ich stehe: Nämlich da, wo ich stand, als wir uns in Leipzig trennten und du nach Palästina fuhrst.«

»Da stehe ich auch«, sagte ich. Mir wurde plötzlich bewußt, daß dem so war. Aber waren wir nicht in Leipzig Kinder gewesen, die von Arbeiterklasse und Ausbeutung sprachen, ohne Arbeiter zu sein und ohne mit der Ausbeutung Bekanntschaft gemacht zu haben? Wer von uns hatte damals das Recht gehabt, die Faust zu ballen? »Ich mußte allerdings die ganze Praxis durchmachen«, fügte ich hinzu, »um zu den Leipziger Ideen zurückzufinden.«

»Du hattest sie wohl verlassen?« forschte er.

Ich zögerte einen Augenblick, sagte dann: »Ich wollte ihrer würdig werden durch Erleiden der Praxis.«

»Ein Moralist«, sagte die junge Frau leise lächelnd. Und er, sehr ernst: »Kannst du beweisen, wo du stehst? Vielleicht kann ich dir helfen. Aber ich brauche einen Beweis für deinen Standpunkt.«

Das Haßbuch fiel mir ein, ich hatte gerade die letzten Seiten getippt.

»Es ist ganz einfach«, sagte ich. »Ich habe ein Buch geschrieben. Das Buch wurde bisher von niemandem gelesen. Es darf auch von niemandem gelesen werden. Aber dir gebe ich es. Lies es und sag mir, was du denkst. Dann reden wir weiter.«

»Darf ich es auch lesen?« fragte die schöne Johanna.

Sie gaben mir ihre Jerusalemer Adresse. Ich schickte noch am selben Tag das Buch ab.

Ich wollte zu gern erfahren, ob ich verrückt war oder die Welt, die mich umgab. Jud Buchholz sollte diese für mich wichtige Frage entscheiden.

Acht Tage später waren sie in Ramat Gan in der Farm. Jehuda hatte das Manuskript in der Aktentasche. Lisa war sofort gegen Johanna, weil sie merkte, wie bewundernd ich diese junge Frau ansah. Wir gingen zu dritt, Jehuda, Jo und ich, in der Zypressenallee auf und ab und redeten miteinander. »Wir gratulieren«, sagte Jehuda ernst. »Aus dem Buch geht hervor, daß du weit links stehst, in der Nähe der Kommunistischen Partei. Hier ist ein Praktiker zu den gedanklichen Ergebnissen der KP gelangt, ohne vorher mit der KP in Berührung gekommen zu sein. Dieses Zusammentreffen spricht sowohl für den Verfasser wie für die KP. Jetzt will ich dir auch sagen, wo ich stehe, aber du mußt es für dich behalten, ich darf das als englischer Beamter eigentlich nicht sein: Ich bin Kommunist, und Jo ist es auch. Wir sind in Verbindung mit der KP, gehören ihr jedoch nicht an, weil wir mit den

Emigranten arbeiten und nach dem Krieg wieder fortgehen wollen.«

Ich war stolz und glücklich, meine Gedanken waren also denkbar, im Bereich der Ideen war ich nicht allein. Ich war von diesem Gefühl mindestens so verwirrt wie von dem schönen, ernst-klugen Gesicht Johannas. Sie baten mich um die Erlaubnis, das Manuskript dem Prager Dichter Fürnberg zu zeigen, der in Jerusalem lebte und von dem ich bisher nichts gewußt hatte. Fürnberg war mit dem Sekretär der palästinensischen KP eng befreundet. Ich sollte auf Post warten.

Ich schüttelte den Kopf vor Staunen, nachdem Jehuda und Jo gegangen waren, lächelte vor mich hin, der zornige junge Mann hatte es plötzlich gelernt zu lächeln. So sah mich Channah, die mir gerade über den Weg lief. »Nanu, Sie können ja lächeln«, sagte sie verwundert. »Ist es wegen der schönen Frau, die Sie besucht hat?« Ich nickte mit dem Kopf. »Ja, deshalb«, sagte ich. Und dachte: Du hast mich nie verstanden. Als es Zeit gewesen wäre, mich zu verstehen, hast du es nicht gewollt; jetzt sind andere gekommen, die mich verstehen.

Ich lebte in den nächsten Jahren innerlich davon, daß es diese anderen gab.

Noch bevor der große Freundschaftsbrief von Fürnberg kam, besuchten mich in der Farm in Ramat Gan zwei lustige junge Männer.

Sie hießen Bert und Michael, kamen zusammen auf Fahrrädern. Sie radelten die Zypressenallee herauf, hielten vor der Holzhütte und fragten mich, ob ich Carl-Jacob Danziger sei. Bert war der größere von beiden, er hatte helle lustige Augen unter der Bürstenfrisur und ständig Zettel mit Gedichten in der Tasche. Überall, wo er hinkam, zog er die Gedichte heraus und las sie vor, man brauchte ihn nicht zu bitten, er produzierte sich ungebeten. Manche Gedichte waren wie rhythmisierte Leitartikel einer linken Zeitung. Da er immer sehr lustig war und sofort im Anschluß an die Vorlesung zu diskutieren begann, dachte ich mir, es läge ihm weniger an der Literatur als an der politischen Diskussion.

Michael war kleiner, stiller und schwieriger, Spezialist für marxistische Ästhetik und Literatur. Ich werde nie vergessen, wie es still wurde und alle gespannt zuhörten, wenn er das Wort ergriff in einer Sprache, der zu lauschen ein Genuß war. Dieser kleine, stille, kluge Mann kehrte später, nach dem Krieg, nach Deutschland zurück und wurde an einer Hochschule der Bundesrepublik Professor für Literatur.

Bert führte ihn und sich selbst, schalkhaft lachend, bei mir mit den Worten ein: »Du bist Epiker, ich bin Lyriker, und das ist die Literaturkritik auf zwei Beinen. Aufgehetzt wurden wir von Jo Buchholz aus Jerusalem, sie sagte, wir sollten uns um dich kümmern, du hättest ein großartiges Buch geschrieben. Jetzt hör erst mal mein neuestes Gedicht, frisch vom Faß.«

Wir lachten, wurden sofort Freunde und blieben es.

Ich hatte meine Ehe in Ordnung bringen wollen, aber die Ordnung, die ich herstellte, war äußerlich und ohne Dauer. Was mir an meiner Ehe fehlte, merkte ich, als Jo in meinem Leben auftauchte und eine Leidenschaft wie ein Orkan mich nach Jerusalem fortriß: Die Anteilnahme an meinen inneren Dingen fehlte mir, an dem geistigen Weg, den ich ging und dessen Stationen sich in ungedruckten Manuskripten von Buchumfang zu erkennen gaben. Jo hatte Bert und Michael gegenüber mein Buch »großartig« genannt. Lisa lehnte es ab und konnte sowieso mit meiner merkwürdigen und zwecklosen Schreiberei nichts anfangen, wahrscheinlich hätte sie wie Katznelson gesagt, wenn man sie gefragt und sie sich auszudrücken verstanden hätte: Ein Nörgler, ein negatives Auge, das Schöne und Heroische sieht er nicht. Aber es reichte nicht einmal zur Diskussion, meiner Arbeit und meinem Leben gegenüber war *sie* ›Nörgler‹ und ›negatives Auge‹, *sie* hatte keine Möglichkeit zu beurteilen, was ich tat. Jo hatte die Möglichkeit und erkannte in mir und meinem letzten Buch den Gleichgesinnten, der sich durchgerungen hatte durch Nebelschwaden und Labyrinthe der Praxis. Sie stand neben mir, Lisa stand eher neben Horrowitz und dem Witzbold Josef Lazarowitsch.

Dabei hatte ich mir auferlegt, Jo nichts merken zu lassen, nicht herauszutreten aus dem Vorhang, hinter dem ich mich verbarg, weil mir aufgefallen war, daß ich einen verderblichen und verabscheuungswürdigen Hang zu den Frauen meiner Freunde hatte. Schmuel und ich, wir jagten nach Jerusalem, ich an den Haltegriff des Soziussitzes geklammert. Wir verließen Ramat Gan, erreichten in wenigen Minuten Tel Aviv. Kurz vor der Jaffa-Road bogen wir ein in eine nach Osten führende Straße, die uns an dem sich städtebaulich auflösenden Nordrand Jaffas, an Werkstätten, Schuppen, Buden, Lagerplätzen und schmutzigen Kneipen mit herausgestellten und von arabischen Dominospielern besetzten Stühlen vorbei nach Ramleh brachte, eine schöne und reiche arabische Stadt, in der es neben den üblichen Moscheen mit Minaretts sogar eine Kirche gab.

Wir jagten durch Ramleh und erreichten eine sich weit dehnende Ebene, die sich zu den Bergen hinschob. Es war eine strategisch wichtige, von den Engländern gebaute Chaussee, damals der einzige Weg von Tel Aviv nach Jerusalem. Zu Füßen der Berge lag das englische Militärlager Latrun, an dem vorbei sich die asphaltierte Chaussee in tollkühnen Windungen in die Berge hinaufzuschrauben begann. Die vielen Kurven waren schräg angelegt, um zu verhindern, daß man von der Fliehkraft die Abhänge hinuntergeschleudert wurde, die oft sehr steil waren. Vom Rand der Serpentinen sah man unter sich auf den Schleifen, die man soeben noch durchfahren hatte, Autos aller Art den Kurven nachfolgen; man glitt einen Aussichtsturm hinauf, es war wie ein Flug durch die Landschaft.

In diesem ständigen Aufstieg gab es eingesetzte Abschnitte, chausseenahe arabische Dörfer, jüdische Bergsiedlungen, das Castel, die Kneipe Bab El Wad, eine bewaldete Schlucht, eine einsame Polizeifestung, eine einsame Wasserstation, einen Olivenhain mit den typischen verkrüppelten Bäumen, und wieder ging der Aufstieg weiter, bis sich von einer bestimmten Höhe an im Westhimmel Streifen abzeichneten und der Ausblick so gewaltig wurde, daß man den Schimmer des viele Meilen entfernten Meeres sah. Jetzt war es soweit: Hinter einer neuen Kurve tauchte das erste aus festen Steinquadern gefügte Haus auf: Jerusalem.

Jerusalem ist eine der schönsten Städte der Welt. In den glücklichen Tagen des Friedens, des noch geöffneten, pomphaft gewaltigen Jaffatores, das in den lärmenden Bazar schattiger Kreuzgänge, in die historische Altstadt hineinläßt, bin ich einmal mit Frimsche und einem Jerusalemer Rechtsanwalt, der zu ihrem Bekanntenkreis gehörte, auf den meterbreiten Quadern der alten Mauer gewandert. Unter uns lagen in gleißender Sonne antike und neuzeitliche Heiligtümer, die Tempelmauer aus der salomonischen Zeit mit den betenden Juden, die Omar-Moschee, die Kreuzkirche und die vielen andern Mauern und Minaretts und Kirchturmspitzen, das Netz der Dornenpfade und meterbreiten Winkelgassen und die etwas entfernter aufragenden Hochhäuser der Neustadt, das King-David-Hotel und der Palast der Jewish Agency, das kubische Würfelgeröll der über viele Hügel gebreiteten Stadt, steinernes Panorama von über zweitausend Jahren Geschichte. Und welch ein geschäftiges, lebendiges Treiben umspült diese stummen Zeugen der Jahrtausende: Eine Stadt der Heiligen und Narren, der Mönche, Jesuiten, Kapuziner, Studenten und Intellektuellen, der Kupfer- und Silberschmiede und Kunsthandwerker aller Art, der übers Pflaster schlürfenden Karawanen-Kamele und der eleganten lautlos gleitenden Regierungsautos, der Araber, Juden, englischen Beamten und Touristen, der alten Leute, die herkamen, um hier zu sterben, und der jungen, die hier leben wollen.

Schmuel lud mich ab, wir vereinbarten für die Rückfahrt Treffpunkt und Zeit. Zuerst besuchte ich meine Eltern. Sie wohnten in einer kleinen Straße in einem alten Haus. Auf der gegenüberliegenden Straßenseite zogen sich die hohen, stacheldrahtbewehrten Steinmauern eines Gefängnisses hin. Wie schon in Berlin und in Tel Aviv saß auch in Jerusalem mein Vater in der Wohnung, studierte hebräische Grammatiken und alte Literatur und aß dazu dicke Brotstücke, die er in Salz tauchte, während die Mutter in einem nahen Pelzgeschäft elegante Kleider ausstellte und verkaufte. Sie teilte sich mit dem Kürschner die Mietkosten, es war eine Symbiose zwischen Pelz und Textil. Der Vater sprang erfreut auf, wenn ich kam, holte die Mutter aus dem Geschäft, unterwegs kauften sie ein, um dem ›Jungen‹ rasch etwas zum Essen herzurichten. Zwischendurch wurden Ramatganer und Jerusalemer Neuigkeiten ausgetauscht.

Aber ich wollte zu Jo, ich hatte nur eins im Sinn: Jo zu sehen. Wenn es nur einigermaßen schicklich war, ging ich, Geschäfte vorschützend, auf die Straße hinunter und strebte in die Neustadt, wo Jo und Jehuda in einem modernen Hochhaus wohnten. Meistens arbeitete Jehuda noch, wenn Jo mir die Tür öffnete.

Sie freute sich jedesmal, wenn sie mich sah, bat mich, doch bei ihr zu bleiben und auf Jehuda zu warten. Aber ich ging, ich floh wieder auf die Straße hinaus. Ich fürchtete mich davor, mit ihr allein zu sein, was sie kopfschüttelnd zur Kenntnis nahm. Ich war ein Narr, aber wahrscheinlich hatte ich diesmal recht. Abends, wenn Jehuda da war, kam ich wieder. »Er kommt nur zu dir«, sagte sie traurig, »er will von mir nichts wissen.«

Einmal waren wir doch allein. Wir standen an einer Straßenecke und warteten auf Jehuda, der sich vor der Kasse eines Kinos angestellt hatte, um Karten für uns drei zu kaufen.

»Ich werde aus Ihnen nicht klug«, sagte sie plötzlich. »Ich habe das Gefühl, daß Sie mit einer Maske herumlaufen. Ich möchte Sie einmal ohne Maske sehen.«

»Ich kann es nicht ändern«, sagte ich betroffen. Und dachte: Welche Art Maskiertheit meint sie? Die eines Mannes, der sich vor einer Frau verbirgt und verhindern möchte, daß sie ihre verheerende Wirkung auf ihn erkennt? Es ist besser für uns beide, wenn ich die Maske weiter trage. Übrigens glaubte ich nicht, daß sie über meine Eröffnungen sehr erfreut gewesen wäre. Ich paßte nicht zu ihr, ich war provinziell geworden, ein Bauer. Jehuda und Jo waren wandelnde städtische Formvollendung, sie hatten sich nie selbst aufgegeben, um die soziologische Pyramide des jüdischen Volkes, die kopf stand, mit dem eigenen Leben wieder auf die Beine zu stellen. Ich aber hatte es zehn Jahre lang getan oder zu tun versucht, das hinterläßt Spuren im Wesen eines Menschen. Zudem war ich arm, besaß wenig mehr als eine lindgrüne Hose und ein lindgrünes Hemd, und ich bezweifelte es, ob meine Traumfrau, und wenn sie hundertmal Kommunistin war, mit dem Vertreter der Armut so hautnah Kontakt wünschte, wie es praktisch die Geschlechterliebe verlangt.

Der Brief Fürnbergs kam. Es war der Brief eines einsamen Emigranten, so fühlte ich, der seine Hand einer sich nähernden Freundschaft entgegenhielt und dabei wohl ein wenig die wirklichen Werte überschätzte, die sich anboten. Der Brief war voller Freundschaft und Solidarität, sein Verfasser hatte dasselbe erlebt und dasselbe beobachtet wie ich. Es überraschte ihn, das mit Schärfe ausgesprochen zu finden, was er und andere innerlich freie Menschen empfanden. Eingeschlossen im Lob, wie eine Fliege im Bernstein, war der Tadel. Er hatte an der Art, wie ich die Wahrheit vortrug, etwas mich erschreckend Richtiges entdeckt: die Maßlosigkeit in Liebe und Haß. Auch in dem Buch hatte ich meine Leidenschaftlichkeit nicht abzustreifen vermocht. Anscheinend muß man in der Kunst mit kalter Ruhe lieben und hassen können, mit dem ›aufs Eis gelegten Gefühl‹ des großen Thomas Mann. Das konnte ich nicht, die Maßlosigkeit saß tiefer, weit unterhalb der formalen Vernunft. Er nannte es ›Subjektivität‹. Die Subjektivität hätte ich noch zu überwinden, schrieb er, allerdings klang es bei ihm schöner und sprachlich vollkommener.

In der Wohnung von Jos Eltern, die verreist waren, sollte ein Leseabend stattfinden, Jo hatte bereits alles organisiert. Fürnberg bat mich, ihm oder Jo mitzuteilen, ob ein bestimmter Termin, den er vorschlug, meinen Möglichkeiten entspräche. Es sollten noch weitere gleichgesinnte Freunde als Gäste erscheinen und Kostproben aus meinem Buch kennenlernen.

Ich war mit dem vorgeschlagenen Termin einverstanden. Auf Schmuels Motorrad flog ich nach Jerusalem hinauf und sah in der prächtigen Wohnung eines kultivierten deutschen Juden zum ersten Mal Fürnberg. Es war ein großer, hagerer, sich etwas gebückt haltender Mensch, dessen große forschende Augen von Brillengläsern vergrößert wurden und der ein merkwürdig ausdrucksvolles, bewegtes und bewegendes, ein gewissermaßen dramatisches Gesicht hatte. Der erste Eindruck, den mir sein Brief gemacht hatte, wurde durch diese und alle folgenden Begegnungen bestätigt: ein einsamer Emigrant, der die Emigration und das, was sie herbeigeführt hatte, haßte.

Zionismus war nie eine Versuchung für ihn gewesen, seine Heimat war Prag, von diesem Heimweh handelten viele seiner Gedichte, die er nicht wie Bert in der Hosentasche bei sich hatte. Ich mußte ihn erst bitten, mir etwas zuzusenden, bekam nach kurzer Zeit per Post Gedrucktes, broschierte Notausgaben der Emigrantenliteratur aus Prag, Wien, Zürich. Es war echte Lyrik, kein Zeitungspapier wie bei Bert, der Unterschied lag im Subjektiven, das sich bei ihm maßvoll und gebändigt vortrug. Ich brüllte, er dichtete, Bert agitierte.

Unter den Gästen war ein ernster, etwas pedantisch wirkender und zunächst ein wenig steif undurchsichtiger Mann namens Dr. Levin, der für mich immer steif und undurchsichtig blieb. Es war eine wichtige Person der noch illegalen KP, vielleicht war seine Haltung eine Sicherheitsmaßnahme, die man im Zusammenhang mit seiner bedeutenden Funktion verstehen mußte. Jo hatte mir beim Betreten der Wohnung gleich hinter der Korridortür flüsternd zugeraunt, wer Dr. Levin sei.

Nun, ich las, es wurde darüber gesprochen, es war ein hübscher Abend, Jo servierte uns Tee und Gebäck, und ich glaube, sie war stolz darauf, mich zusammen mit Jehuda entdeckt zu haben. Ich übernachtete bei meinen Eltern und fuhr am nächsten Morgen im Bus nach Tel Aviv zurück, zusammen mit Levin, der dort zu tun hatte. Wir hatten schon am Vorabend die gemeinsame Reise verabredet. Ich hatte Angst vor ihm, ich war auf der Hut. Am liebsten wäre es mir gewesen, wenn wir über das Wetter und Jos Teegebäck gesprochen hätten. Ich wußte, daß dieser Mann hart war. Woher ich das wußte, weiß ich nicht, gesagt hatte es mir niemand. Aber ich hatte es deutlich gefühlt, daß er sich nicht bestechen ließ, daß seine Korrektheit die Grenze des Erträglichen überschritt. Übrigens war er hübsch und ziemlich jung, nicht viel älter als ich, und gekleidet war er wie die Regierungsbeamten in Jerusalem, die mit einem Schlips um den Hals und gebügelten Anzugsjacken der erstickenden Hitze zu trotzen wagten.

»Ich wollte Ihnen noch etwas sagen wegen Ihres Buches«, begann er plötzlich, und es zog sich etwas in mir zusammen. »Gestern konnte ich das nicht, weil Fürnberg dabei saß. Ich liebe ihn sehr, ich will nicht, daß er erfährt, was ich denke. Zunächst eins, dabei bleibe ich, ich sagte es schon gestern: Sie haben genau unsere Gedanken zum Ausdruck gebracht. Wir denken dasselbe wie Sie, ja, in mancher Hinsicht könnten wir von Ihnen lernen, uns schärfer auszudrücken. Wissen Sie, für wen ich spreche?«

Ich sagte, ich wüßte es. Wir waren von Reisenden umgeben, die sich eng zusammengedrängt nach Tel Aviv schütteln ließen, man mußte das letzte entscheidende Wort vermeiden. Er sah mich forschend an.

»Ist es Ihnen überhaupt recht, daß ich über Ihr Buch spreche?«

»Ja, natürlich, unbedingt, ich möchte hören, was Sie denken.«

»Gut. Die Kritik, die Sie üben, ist also dieselbe, die wir auch üben, und es ist erstaunlich, wie wir zueinander gefunden haben: Sie über die Praxis und wir über die Theorie. Aber ich komme jetzt zu der Frage, wie Sie es sagen. Das gesellschaftliche Leben unterliegt objektiven Gesetzen. Wenn Sie diese Gesetze kennen, regen Sie sich nicht mehr so auf. Man kann sich doch nicht darüber aufregen, daß die Wirklichkeit die Richtigkeit bestimmter Gesetze bestätigt. Oder ist das ein Grund zur Aufregung? Gut, ich verstehe, ihr wollt fort, Sie, Fürnberg, Buchholz und viele andere. Wir bleiben hier, wir kämpfen hier. Eure Aufregung hilft uns nicht weiter. Nur eins kann uns weiterhelfen: die Erkenntnis der objektiven Gesetze. Ich will ganz grob sein, damit Sie mich besser verstehen. Schreien und davonlaufen, das ist keine Leistung. Aber erkennen, bleiben und für eine bessere Welt kämpfen, das ist es, was wir brauchen.«

Ich sah trübe drein. Hatte er recht? Aber wenn sich keiner mehr aufregte über die Erkenntnis der objektiven Gesetze, wer schrieb dann die Bücher, Gedichte, Dramen? Ich fragte ihn: »Was muß ich tun?«

»Lesen«, sagte er. »Lesen, lesen und nochmals lesen. Sie sehen dann alles objektiver. Es ist der beste Weg, um die Gesetze zu erkennen.«

»Und was muß ich lesen?«

Er zog Papier und Bleistift aus der Tasche und schrieb auf, was ich lesen müßte. Es waren die üblichen bekannten Buchtitel und Autoren, ich pumpte mich aber erst zehn Jahre später voll mit diesem Stoff und begann zwanzig Jahre später, ihn wieder zu erbrechen. »Es kann allerdings passieren«, sagte er, »daß Sie aufhören zu schreiben, wenn Sie das alles gelesen haben. Zumindest für einige Zeit.«

Ich bedankte mich, nahm den Zettel und beschloß, Michael zu konsultieren. Michael war Spezialist, er verstand etwas von diesen Dingen. Er kam ein paar Tage später in die Farm, und ich konnte ihm erzählen, was ich in Jerusalem erlebt hatte. »Soll man sich denn gar nicht mehr aufregen?«

fragte ich ihn. »Was ist die Kunst ohne Aufregung?« Er wollte erst das Buch lesen, um das es ging, ich hatte es aus Jerusalem mitgebracht. Nach wenigen Tagen war er wieder in der Farm. »Ich habe gelesen. Meine Frau und ich, wir haben uns köstlich amüsiert. Sie will dich kennenlernen. Kannst du uns nicht mal besuchen?«

»Und die Hauptsache?« fragte ich unruhig.

»Ja«, sagte er bedächtig und wischte mit dem Zeigefinger hinter den Brillengläsern, »die Wahrheit liegt wie immer in der Mitte. Man darf sich natürlich aufregen in der Kunst, aber es ist gut, wenn man weiß, worüber. Das erfährt man von der theoretischen Seite her, also vom Lesen und nochmals Lesen. Insofern hat Levin nicht ganz Unrecht. Weißt du überhaupt, daß er Kunsthistoriker ist? Er wird kaum die Kunst ausrotten wollen, das glaube ich nicht. Er meint es gut mit dir. Weißt du, dein Zorn ist zu heiß für die Kunst, er möchte ihn abkühlen, und er hat nicht ganz unrecht. Kühler Zorn kann zur Ironie führen, du hast Ansätze zur Ironie, die gut sind. Lies, kühle deinen Zorn und arbeite weiter an dem Buch. Der gute Anfang ist da.«

Dr. Schiller, Theaterwissenschaftler, ehemaliger Mitarbeiter Piscators in Berlin, jetzt Inhaber eines gutgehenden Lampengeschäftes in Tel Aviv, las das Buch auf Anraten Michaels. Er begönnerte die deutsch sprechenden KP-Sympathisanten in Tel Aviv, machte abends Lesungen in seinem Geschäft, galt als reich: ein großer, kräftiger Mann mit einem verwitterten Theatergesicht. Ich lernte es nie, ihn zu lieben, er war mir zu ironisch, gewandt, aalglatt. Unter den von der Decke herabhängenden Lampen hielt er mir eines Tages folgende Rede:

»Sehr gut, wunderbar, äußerste Präzision bei einigen Schwächen im Literarischen. Aber eins müssen Sie sich klarmachen: Das Buch wird niemals gedruckt werden, und zwar aus einem ganz bestimmten Grund. Ihr Zorn kann nämlich von Außenstehenden als Antisemitismus aufgefaßt werden. Mehr als uns erfreuen im internen Kreis wird das Buch niemals, dafür genügt das Manuskript, es braucht nicht vervielfältigt zu werden. Ich hätte genug Geld, um so ein Buch herauszubringen, aber die Juden würden mich totschlagen, und die Nichtjuden würden erklären, ich sei ein jüdischer Antisemit. Wir können nicht einmal einen Leseabend für diese Sache machen, es sind immer Spitzel im Publikum, man würde mir mein Lampengeschäft demolieren. Und von irgend etwas muß man ja leben.«

Mich freute sein Zuspruch, mir lag gar nichts an dem Buch, mir genügte das Manuskript, es hatte mir geholfen, zu erfahren, daß es Leute gab, die so dachten wie ich. Damit waren meine Isolierung, meine Minderwertigkeitsangst aufgehoben. Und auch die Existenz des kleinen blonden Jochanan gab mir neuen Mut.

8

Sommer 1945 schüttelte ich endlich die Knechtschaft ab, die mich der schönen Julie und ihrem Mann zwei Jahre lang unterworfen hatte. Auch das war Jo zu verdanken, deren Nähe ich fühlte und die neben mir stand wie eine gute, bösen Zauber abwehrende Fee. Sie zeterten und beschimpften meine Undankbarkeit, aber ich ließ mich nicht wieder einfangen. Ich setzte ein Inserat in eine Tel Aviver Zeitung, in dem ich mitteilte, daß die Zierfisch-Zuchtanstalt Danziger an private Kunden verkaufe und zum Besuch einlade. Die ersten Kunden kamen aus dem Wadi Muzrara und beschafften sich bei mir Fische und Unterwasserpflanzen, nachdem sie sich vorher im Wadi mit lebendem Fischfutter versorgt hatten.

Aber ich mußte billig sein, um die Reise nach Ramat Gan schmackhaft zu machen. Es kamen im Vergleich zu den steigenden Lebenshaltungskosten nur Pfennige herein, und ich mußte mir weiter im Schlachthaus die Grundlage meiner Existenz erschlafen, damit wir leben konnten und Lisa nicht zu arbeiten brauchte.

Eines Tages blieb ich in Tel Aviv vor einem Haus stehen, an dessen Eingang das Schild prangte: ›Verband der Wächter‹, ›Agudat Schomrim‹. Ich ging nach einigem Zögern hinein und erzählte einem Mann, der hinter einem Schreibtisch saß, von meiner Wachttätigkeit im Ramat Ganer Schlachthaus, von dem Vertrag, den mir Kaplan vor drei Jahren vorgelegt und den ich unterschrieben hatte. Ein zweiter sportlich aussehender Mann und ein dritter kamen hinzu. »Dieser Vertrag ist unmoralisch«, sagte der eine Mann. »Wir hätten dir nie erlaubt, ihn zu unterschreiben, wenn du zu uns gekommen wärst«, sagte der andere Mann. Und der dritte sagte: »Daran siehst du, wie unvorteilhaft es ist, unorganisiert zu sein, jeder Arbeitgeber legt euch rein.« Und alle drei zusammen sagten, daß ich keine Verantwortung trage für eine Wacht, die von vornherein und nahezu offiziell darauf angelegt sei, daß ich nachts schlafe, um am Tag arbeiten zu können. »Von diesem Standpunkt betrachtet ist das Geld, das sie dir zahlen, zum Fenster hinausgeworfen, denn du kannst nicht dafür garantieren, daß nicht nachts, während du schläfst, das ganze Schlachthaus ausgeräumt wird. Wir wundern uns, daß bis heute nichts passiert ist.« So sprachen sie, sie hatten vollkommen recht. Aber etwas tun für mich konnten sie auch nicht. Ich hatte ja unterschrieben, daß ich niemals verlangen würde, das einmal festgelegte Gehalt den sich ändernden Lebensbedingungen anzupassen.

Ich war Dreyfuss gegenüber energisch aufgetreten. Kaplan gegenüber energisch aufzutreten, soweit war ich noch nicht.

»Herr Kaplan«, sagte ich höflich zu dem kleinen häßlichen Schlachthausdirektor, blickte in den wackelnden Goldkneifer auf seiner Nase und setzte eine Miene der Ehrbarkeit auf, deren Anblick Jo dazu gebracht hätte, erneut über meine Verstellungskünste nachzudenken, »ich möchte gern mit Ihnen sprechen, haben Sie einen Augenblick Zeit?«

Es war auf dem Sandweg unten vor unserer Farm. »Bitte sehr, Carl-Jacob, gern«, sagte er ebenso höflich. »Um was handelt es sich?«

Ich fing an zu stottern. »Es ist wegen der Teuerung«, sagte ich. »Das Leben ist in den letzten drei Jahren teurer geworden. Der Krieg ist schuld daran.«

»Gottlob ist er jetzt zu Ende, Carl-Jacob.«

»Ja, er ist nun zu Ende. Aber trotzdem steigen die Preise weiter. Können Sie mir nicht etwas mehr Geld geben?«

»Wofür?« fragte er und lachte, er hatte meine Schwäche längst herausgefühlt. »Das Schlachthaus gehört nicht mir persönlich, ich bin nur angestellt, genau wie du. Ich bin der Ortsverwaltung gegenüber verantwortlich, das Schlachthaus ist ein städtisches Unternehmen. Der Bürgermeister von Ramat Gan kennt den Vertrag, den du unterschrieben hast. Ja, wenn es mein Geschäft wäre.« Er hob die Schultern, lachte gutmütig. »Es hat nicht einmal Zweck, mit dem Bürgermeister darüber zu sprechen. Du mußt dir eins vor Augen halten: Die Ortsverwaltung zahlt an Jizchaks Frau das Gehalt weiter, solange ihr Mann bei der Armee ist. Er ist noch nicht zurückgekehrt, die jüdische Brigade ist in Europa und hilft den Engländern, in Europa wieder Ordnung herzustellen. Wir müssen also das Gehalt weiterzahlen. Wir zahlen zwei Gehälter für die Bewachung des Schlachthauses. Sollen wir drei zahlen? Das geht nicht. Ich habe nichts dagegen, wenn du am Tage arbeitest, solange nachts alles in Ordnung ist.«

»Ja, Herr Kaplan, ich verstehe sehr gut, aber kann ich für die Ordnung nachts im Schlachthaus garantieren, wenn ich von der Arbeit am Tag so müde bin, daß ich nachts einschlafe?«

Er sah mich erstaunt an, merkte, daß ich anfing, Boden zu gewinnen.

»Wenn es so ist, Carl-Jacob, und du nicht mehr dafür garantieren kannst, dann müssen wir uns allerdings nach einem anderen Wächter umsehen. Es täte mir leid. Wir haben genug orientalische Juden von der neuesten Einwanderung, die froh wären, wenn sie so einen Posten bekommen würden. Natürlich ist ihr Lebensstandard nicht so hoch wie deiner, aber das ist uns egal. Hauptsache, sie garantieren uns für ordentliche Arbeit. Also, überleg dir die Sache. Wie gesagt, wir sind immer gut miteinander ausgekommen. Es täte mir leid. Ich bin mit deiner Arbeit zufrieden.«

Ich blieb also weiter im Joch. Zum Glück erschien ein Fischhändler aus Haifa in der Farm, ein gerissener Kerl, dessen Konkurrenz Dreyfuss schon lange fürchtete. Er sagte: »Dreyfuss hat dir fünfzig Pfund gezahlt für tausend Fische, ich zahle dir hundert Pfund für tausend, hier hast du hundert Pfund, ich bestelle zweitausend Fische bei dir, die Sorten sind mir gleichgültig, ich komme in drei Monaten wieder und hole mir die Ware, du bekommst dann noch einmal hundert Pfund. Nun sage mir: Ist das nicht ein Geschäft?«

Ich mußte das Geld nehmen, wir brauchten es. Dreyfuss kam nach einiger Zeit mit einem ähnlichen Angebot und ließ ebenfalls hundert Pfund zurück. Mit diesen Geldern hielten wir uns bis Frühjahr 1946. Wir atmeten auf. Es sah so aus, als seien wir existenzfähig geworden.

Da erwachte ich eines Morgens im Schlachthaus, zählte meine Kühe und stellte fest, daß zwei fehlten. Der lächerliche Zaun zum Wadi hin war nicht einmal aufgeschnitten, er war nur etwas auseinandergebogen, jemand hatte die Drahtenden geöffnet, die ich öfter abends zusammendrehte.

Die zwei Experten der Ramat Ganer Polizei aus der Station zwischen Ramat Gan und Bne B'rak, die man an den Tatort rief, sahen mich mitleidig an. »Poor chap«, murmelte der Sergeant. Sie verfolgten die Spur der zwei entführten Tiere durchs Wadi hindurch bis an die Chaussee, bis klar wurde, daß sie nicht ins nächste arabische Dorf, sondern nach Tel Aviv getrottet waren. An diesem Punkt wurden die Nachforschungen eingestellt. Ich persönlich hatte eine Theorie, die ich nicht beweisen konnte, die aber glänzend dem Geist des Landes entsprach. An zwei Punkten deckte sie sich mit Fakten der Wirklichkeit. Ich hatte im Verband der Wächter genau den Zaun beschrieben, der so elegant geöffnet worden war. Das war eine Übereinstimmung von Phantasie und Wirklichkeit. Zwei Tage nach dem Diebstahl bekam Kaplan eine Offerte vom Verband der Wächter, der einen orientalischen Juden als meinen Nachfolger anbot und tatsächlich auch sein Verbandsmitglied im Ramat Ganer Schlachthaus unterbrachte. Das war die andere Übereinstimmung von Phantasie und Wirklichkeit. Man brauchte nur eine gerade Linie zwischen diesen zwei Punkten zu ziehen und zu berücksichtigen, daß im gegenwärtigen heroischen Abschnitt ein echter Wächter auch ein echter Dieb war, daß Dieb und Wächter die gleichen Qualifikationsmerkmale hatten: das finstere Manipulieren mit der Finsternis. Ich hatte darüber einiges gelernt. Jedenfalls gab es im Schlachthausbüro eine dramatische Szene.

Kaplan verkündete mir nämlich in Gegenwart einiger Schlächter, daß ich die beiden Kühe zu bezahlen hätte, daß man mir zehn Monate lang je Monat zehn Pfund vom Gehalt abziehen wolle, bis die Kühe bezahlt seien. Ich begann zu brüllen und stürzte mich auf Kaplan, um den die Schlächter sofort einen schützenden Ring bildeten. »Würdest du eine deiner Töchter einem Mann geben, der im Monat das verdient, was du mir zahlst?« brüllte ich in unbeschreiblicher Wut. Das war ein gut placierter Tiefschlag, denn es war bekannt, daß Kaplan seine zwei gesichtshäßlichen und körperschönen Töchter, die auf dem Flachdach seines Hauses Sonnenbäder nahmen, was vom Dach des Horrowitzschen Hauses aus deutlich zu beobachten war, nur mit Hilfe schwerer Geldleistungen an die Tel Aviver Schwiegersöhne losgeworden war. Aber manche Leute erheben sich zu majestätischer Größe, obwohl sie soeben noch röchelnd am Boden lagen. So stand er, röchelnd und majestätisch, hinter seiner Schutzgarde und wies mit dem ausgestreckten Zeigefinger zum Ausgang des Schlachthauses.

»Wer ist dieser Mensch?« schrie er in höchster Ekstase. »Ich kenne diesen Menschen nicht. Er hat sofort das Gelände des Schlachthauses zu verlassen, und ich verbiete ihm, es jemals wieder zu betreten.«

Michael und Bert, Jo und Jehuda bekamen Lachkrämpfe, als sie von dieser Geschichte hörten. Auch Fürnberg lachte, er war eines Tages in Ramat Gan und besuchte mich in der Orangenfarm. Er legte den Arm um meine Schulter und ging mit mir in dieser brüderlichen Haltung zwischen den Zypressen auf und ab. Alle Emigranten, sagte er, alle linken Leute hätten hier solche komischen Patente für ihre Lebensführung. Sie lebten alle am Rande, sie konnten und wollten nicht dazugehören, sie waren hier auf Abruf.

Das Komischste jedoch sei meine Nachtwächtertätigkeit und meine Fischzucht, etwas derartig Abwegiges sei ihm noch nicht begegnet. Dann malte er mir aus, wie meine Zukunft in einer sinnvolleren Gesellschaftsordnung aussehen würde, in der man die Menschen nach ihren Leistungen beurteilte und nicht nach ihrem Talent für Gaunereien. Ich hörte zu, schwieg, es war gewiß schön, was er sagte. Aber eins stimmte nicht: Ich hatte dazugehören, hier leben, mich einordnen wollen, deshalb konnte man über meine komischen Jobs gar nicht lachen; ich hatte sie mir nicht ausgedacht, es waren echte Katastrophen.

Ein halbes Jahr lang war ich dann im Zentrum Ramat Gans Wächter eines privaten Parkplatzes, und ich fand die Erwerbspatente des etwas schmierigen national gestimmten Besitzers nicht minder komisch als Fürnberg die Erwerbspatente der linken Emigranten: er verdiente noch einmal soviel wie an den Parkgebühren im Skatklub, wo um Geld gespielt wurde und er nahezu unschlagbar war. Außerdem ließ er mich Autos waschen, deren Besitzer bei ihm abonniert hatten. Seine Begründung für den mir zugedachten und unbezahlten zweiten Job war: Ich brauchte mich dann nachts nicht zu langweilen, ich hätte ja zu tun. Nach einem halben Jahr verließ ich ihn und kehrte zu meinen Fischgeschäften zurück, die neue Ernte schwamm zu Tausenden im Unterwasserdickicht der Zuchtbecken. Ich verschenkte wieder mehr, als ich kassierte, hatte aber einen Kunden, den sympathischen Kinderarzt Dr. Meier aus Bne B'rak, der sich nichts schenken ließ und mir jeden Grashalm, jede Schnecke, jede Fischflosse nach Dreyfuss-Tarif bezahlte, freiwillig, ich wollte gar nicht soviel haben. Er sagte, die große Auswahl sei vorteilhaft genug, und er sei dankbar, so gesunde Ware direkt vom Züchter beziehen zu dürfen. Er war ein Mann von großer kräftiger Statur, mit einem menschenfreundlichen Kindergesicht, der meilenweit entfernt war von der Gepflogenheit vieler Mediziner, sich selbst übermäßig ernst zu nehmen und einen Wall von Feierlichkeit rings um sich zu errichten. Er wurde mir auch deshalb so besonders sympathisch, weil er über die Atmosphäre des Städtchens Bne B'rak klagte, in dem die ›Bne B'rak‹, die ›Söhne des Blitzes‹, mit Kaftan, Filzhüten und großen Schraubenzieherlocken an den Ohren die Macht so an sich gerissen hatten, daß gesteinigt wurde, wer am Schabbat nur eine arbeitsähnliche Handbewegung machte oder etwa sein Auto anließ, um spazierenzufahren.

Eines Vormittags, nach einem Abend, an dem wir angstvoll benachbartem Schußwechsel und den Detonationen explodierender Handgranaten gelauscht hatten, erschien der Kinderarzt Dr. Meier in der Farm. Er brauchte ein paar Fische, ein paar Pflanzen, ein paar Schnecken. Er hatte im Wartezimmer und Behandlungsraum seiner Praxis mehrere schöne Schau-Aquarien aufgestellt, die eine gute psychologische Wirkung auf seine kleinen Patienten ausübten und ihm selbst Freude machten. Aber ich merkte, er wollte noch etwas anderes. Wir verstanden uns gut, und er wußte, daß ich schrieb und Materialien zur Zeitgeschichte immer brauchen konnte.

»Hören Sie«, sagte er plötzlich, »was ich gestern abend erlebt habe. Sie interessieren sich doch für die Vorgänge in diesem Land. Haben Sie die Schießerei gehört? Ich werde wohl als Zeuge in dem kommenden Prozeß vernommen werden, das ist mir unangenehm. Aber ich war der nächste Arzt in der Umgebung, und ich wurde herangerufen, um erste Hilfe zu leisten und einen schwer Verwundeten ins Polizeikrankenhaus zu begleiten. Es war wahrscheinlich der Anführer der

Gruppe, die die Polizeistation erstürmen wollte, um sich Waffen zu verschaffen. Ich werde das nie in meinem Leben vergessen: Obwohl ihm fast die linke Gesichtshälfte abgerissen war und er in den Armen mehrere Einschüsse hatte, obwohl ihm das Blut nur so vom Gesicht lief, hielt er sich stolz und aufrecht, als er abgeführt wurde. Ich stützte ihn beim Gehen, fragte ihn leise auf hebräisch: ›Hat sich das nun gelohnt?‹ ›Es *hat* sich gelohnt‹, antwortete er stolz und hob seinen Kopf noch höher, reckte sich, obwohl er ein halbtoter Mann war. Haben Sie schon die Morgenzeitung gelesen? Er heißt Zwi Leibusch. Ich lehne diesen Terror ab, das wissen Sie, aber ich muß Ihnen gestehen, Herr Danziger: Man kann diesen Menschen die Hochachtung nicht versagen. Ich frage mich nur: Wer inspiriert diese Leute zu solchen Wahnsinnstaten, wer hat diese Macht über die jungen Menschen?«

Ein halbes Jahr später fand vor dem englischen Richter der Prozeß gegen Zwi Leibusch statt, in dem Dr. Meier als Zeuge aufgerufen wurde. Man hatte den Angeklagten mühsam zusammengeflickt, mit einer kosmetischen Operation seine linke Gesichtshälfte zusammengezogen, um ihn jetzt feierlich zum Tode zu verurteilen. Bei dem Kampf um die Ramat Ganer Polizeistation waren zwei englische Polizisten ums Leben gekommen. Mit seinem schief zusammengewachsenen Mund, durch den man ihm künstlich Nahrung einflößen mußte, sagte er röchelnd, mit einer seltsam jenseitigen Stimme, vom Richter nach der Verkündung des Urteils gefragt, ob er noch etwas sagen möchte: »Ich würde diese Tat jederzeit von neuem begehen.« Auch aus dem Gerichtssaal ließ er sich in aufrechter Haltung abführen. Das alles erzählte mir der völlig verstörte Dr. Meier. Die Hinrichtung Zwi Leibuschs kostete nachträglich zwei britischen Offizieren und zwei Sergeanten, die abends in Tel Aviv am Meeresstrand spazierten, das Leben. Sie wurden durch eine explodierende Bombe getötet. Zur Tat bekannte sich in hektografisch hergestellten und im ganzen Land schlagartig an Bäumen und Häusern erscheinenden Flugblättern eine jüdische Terroristenorganisation, von der bekannt war, daß sie ein Herr Begin leitete.

Das war auch die Antwort auf die Frage Dr. Meiers, wer die jungen Leute zu ihren Terrortaten inspirierte: Ein gewisser Herr Begin, bis dahin völlig unbekannt, in dessen Namen im ganzen Land Blut zu fließen begann, englisches und arabisches und manchmal das Blut der jüdischen Angreifer wie in Ramat Gan.

Dreißig Jahre später war derselbe Herr Begin israelischer Ministerpräsident und erhielt den Friedensnobelpreis.

Im Herbst 1946 kam eines Tages Mazliach in die Farm, der schöne, immer vorbildlich gekleidete und gewissermaßen sporenklirrende Korporal, von dem ich bisher den Eindruck gehabt hatte, er lehne mich aus irgendwelchen Gründen ab, wie eben ein Berufssoldat einen Berufszivilisten ablehnt.

»Mister Danziger«, sagte er möglichst schneidig zu mir, »hast du Zeit? Möchtest du eine Arbeit als Hilfspolizist übernehmen? Diesmal nicht nachts, sondern am Tage? Das Konsortium, das drüben die Badeanstalt gebaut hat, sucht einen Hilfspolizisten für die Wache am Tag, sie haben sich an uns gewandt, und wir dachten, das könnte etwas für dich sein. Sie wollen monatlich fünfunddreißig Pfund zahlen.«

Fünfunddreißig Pfund! Im Schlachthaus hatte ich zwanzig bekommen. Ich nahm sofort an. Jeden Sonnabend sollte ich frei haben. Mazliach war auch damit einverstanden, daß ich täglich einmal für eine Viertelstunde in die Farm hinüberging, um eventuelle Fischkunden zu bedienen. Sonnabends versorgte ich meine Fische mit Tubifex und beschäftigte mich mit Zuchtmaßnahmen, außerdem gewöhnten sich Grossisten und Stammkunden daran, mich am Sonnabend zu besuchen, weil ich dann mehr Zeit für sie hatte.

Ich ließ eine vierte Vereidigung auf den englischen König über mich ergehen, bekam meine Lee Enfield und Patronen dazu, die ich abends an die erste Hagannah-Schicht weitergab und morgens vor der letzten Schicht wieder zurückerhielt, wobei der Zustand eintrat, daß die ganze Wacht vierundzwanzig Stunden täglich unter dem Namen ›Danziger‹ ablief. Ich war wer geworden!

Die Badeanstalt lag auf der anderen Seite der Chaussee gegenüber dem Schlachthaus, sie war gerade erst gebaut worden. Es war ein großer Swimmingpool mit angeschlossenem Restaurant und hübschen Terrassen, wo man Wein trinken konnte. Das Wasser wurde abends von Scheinwerfern angestrahlt, und es gab auch eine Tanzkapelle und eine Tanzfläche für Gäste, die im Badeanzug tanzen wollten. Unterhalb der Chaussee war das Wasser, das aus der Pumpe neben dem Schlachthaus kam, auf die andere Seite hinübergeführt worden, es wurde ins Wadi abgelassen, wenn das Schwimmbekken gereinigt wurde. Allabendlich war hier bis nach Mitternacht großer Betrieb, die Tel Aviver kamen in Bussen und Privatautos, um sich zu vergnügen. Am Tage, wenn ich wachte, war die Badeanstalt geschlossen, das Wasser wurde gewechselt, die Becken und sonstigen Anlagen gereinigt. Mittags kam Lisa mit dem kleinen Jochanan an der Hand über die Chaussee und brachte mir in Töpfen warmes Essen. Manchmal besuchten mich Michael oder Bert oder beide zusammen; das war besonders angenehm für mich, die Zeit verging schneller. Ich nehme an, da in dieser Gegend akute Gefahren nicht bestanden, daß die am Tag hier tätigen Reinigungskräfte in völliger Unkenntnis der Lage die Anwesenheit eines Hilfspolizisten verlangt hatten. Aber vielleicht wirkte das Auf- und Abwandern eines uniformierten Trottels, der einen zur Explosion neigenden Holzstock über der Schulter hatte, auf Pläne schmiedende Unterweltgruppen ernüchternd, ich weiß das nicht. Es waren gute, bequeme Monate, und ich dankte Mazliach dafür, daß er an mich gedacht hatte.

Während es in Ramat Gan still blieb, sieht man ab von dem Wahnsinnsunternehmen des Zwi Leibusch und seiner Gruppe, wetzte der Terror im ganzen Land die Messer. Am Ende gab es vier Terrorgruppen in diesem Land, die sich gegenseitig umzubringen versuchten, zwei jüdische, eine arabische und eine englische. Eines Tages, nach einer Reihe antienglischer Mordtaten der beiden jüdischen Terrorgruppen, fuhr ein mit Orangenkisten hochbeladenes Lastauto in die Toreinfahrt des größten jüdischen Hotels in Jerusalem und blieb stehen, Fahrer und Beifahrer stiegen aus und entfernten sich, zehn Minuten später flog mit einer fürchterlichen Detonation das Hotel in die Luft, wobei über fünfzig Personen getötet und mehrere hundert verletzt wurden.

Zeugen sagten aus, daß Fahrer und Beifahrer des Lastautos wie Engländer ausgesehen und hebräisch mit englischem Akzent gesprochen hätten. Es kam eine Zeit, in der die Leute zu rennen begannen, wenn irgendwo ein mit Orangenkisten beladenes Lastauto hielt, denn diese Methode, Höllenmaschinen an den Gegner heranzubringen, wurde von allen Terrorgruppen des Landes übernommen, so daß sich das Blut der Getöteten überall mit Orangensaft zu vermischen begann. Ein herrliches Land! Die Tragödie war: Alle hatten recht, der Mörder und der Ermordete, im flackernden Widerschein der hoch zum Himmel schlagenden Flammen begannen Fürnberg, Jehuda und Jo, ihre Koffer zu packen.

Im Januar 1948 war plötzlich eines Tages Jehuda in der Farm. Lisa brachte ihn zur Badeanstalt herüber, wo ich immer noch mit dem Gewehr stand und auf die Unruhen wartete, die nicht kamen. Er wollte sich von mir verabschieden, Jo lasse grüßen, sie sei mit Reisevorbereitungen beschäftigt. Sie wollten in der nächsten Woche nach Prag fahren und Fürnberg folgen. Ich blieb wie vom Donner gerührt, als er wieder ging. Ich habe Jo nie wiedergesehen, suchte sie später in anderen Frauen.

Das Land entvölkerte sich, freilich merkte es niemand, es waren immer nur kleine Gruppen, die gingen. Frimsche war bereits vor einem Jahr nach London gegangen und hatte dort einen jüdischen Rechtsanwalt geheiratet, den sie während des Krieges in Palästina kennengelernt hatte, als er noch englischer Marine-Offizier war. Mit der Betreuung der Eltern hatte sie einige Freunde beauftragt, die meiner Mutter natürlich keinen Ersatz für die Tochter bieten konnten.

Eines Sonnabends klopft es an die Tür des Holzhauses in Ramat Gan, und Tante Krähenstein kommt ganz in Schwarz herein, leise und niedergeschlagen, was sonst nicht Art der lebhaften Frau war. »Ich wollte euch nur sagen, daß Julius gestorben ist. Ja, nachts, ganz plötzlich. Er piepte nur einmal ganz kurz, ich kümmerte mich nicht darum. Am nächsten Morgen war er steif und kalt. Sonntag wird er in Nachlat Jizchak beerdigt, ich wollte euch das bloß sagen, um zehn Uhr vormittags. Falls ihr hingehen wollt. Das ist alles. Ich fahr jetzt wieder nach Hause. Vielleicht vermiete ich ein Zimmer. Ich bin nun Witwe.« Keine Träne rann über ihr abgehärmtes Gesicht, nur in ihren Augen lag ein Ausdruck von Grauen.

Wir blieben betroffen zurück. Ich hatte Onkel Krähenstein mindestens ein Jahr lang nicht mehr besucht, ich hatte meine eigenen Sorgen und Probleme. Jecke, armer Jecke! Sich einfach zur Wand zu drehen und »Piep« zu sagen, das war auch eine Form der Auswanderung. Ich zürnte Tante Krähenstein, deren Temperament im Alter unerträglich geworden war und sich in bösartige Hysterie verwandelt hatte, sie hatte ihn wahrscheinlich bis zuletzt angeschrien und gekränkt, weil er nichts verdiente und keinen Nutzen brachte. Deshalb ging ich auch nicht zur Beerdigung, ich hatte keine Lust, sie zu trösten.

Eines Tages war Michael an der Badeanstalt. Er lehnte sich auf sein Fahrrad und fragte mich: »Sage mal, willst du nun eigentlich fort, oder willst du hier bleiben?«

»Hier bleiben? Keine Spur. Aber weißt du, Lisa erwartet noch ein Kind, im Juni soll es kommen; wir sind etwas gehbehindert.«

Ich hatte für Jochanan ein Spielzeug besorgen wollen, einen Bruder oder eine Schwester. »Wir haben dann im Alter Verbindung mit der jungen Generation«, hatte ich zu Lisa gesagt, »das kann wichtig sein.« Die stets gehorsame Lisa hatte das auf sich genommen. Große Sorgen um das bevorstehende Ereignis machte ich mir diesmal nicht.

»Sehr schön«, sagte Michael. »Es geht sowieso nicht von heut auf morgen. Aber du mußt langsam anfangen, etwas zu tun in der Sache. Wenn das neue Kind ein Jahr alt ist, sind wir vielleicht soweit.«

»Wer wir?«

»Also, ich lade dich ein, komm heute abend nach Tel Aviv in die Meyerhoffstraße dreizehn, wir treffen uns bei Herbert Swarsenski, das ist ein netter Kerl. Wir wollen alle nach Deutschland zurück, wir sind mit dir und deiner Frau ungefähr ein Dutzend Personen. Natürlich wollen wir in den Osten, in die sowjetische Zone. Walter Hase hat schon für uns vorgearbeitet. Übrigens haben Fürnberg und Jo Buchholz allen von dir erzählt, man erwartet dich.«

Lisa ließ mich allein in die Meyerhoffstraße gehen, aber nicht nur deshalb, weil sie hoch in anderen Umständen war und auch Jochanan nicht allein lassen konnte. Sie wäre auch ohne diesen Ballast nicht mitgekommen, sie wollte nicht nach Deutschland zurück. Sie erklärte mir das, und ich wußte es. Aber trotzdem ging sie später mit, als es so weit war, genauso, wie sie im letzten Augenblick hergekommen war, als ich schon gedacht hatte, sie bliebe in Deutschland. Sie war eine merkwürdige Frau, eine deutsche Christin, die formal seinerzeit zum Judentum übergetreten war, um unsere Mischehe vor den Nazis zu verschleiern.

Hier in Palästina war sie innerlich übergetreten, mit der Sympathie, die sie für die Juden empfand. Es war wohl für sie selbst eine Entdeckung, sie hatte das vorher nicht geahnt. Witz, Humor, Lebensstil der Juden, ihre weise Großzügigkeit, ihr Charme und das Recht der Verfolgten, das auf ihrer Seite war, nahmen Lisa gefangen und zogen sie an. Plötzlich merkte sie, daß sie die Deutschen haßte, Steifheit, Getue, Humorlosigkeit, die Überschätzung des Äußerlichen und die Anbetung militärischer Macht. Sie, die Deutsche, aus einer rheinländischen Handwerkerfamilie stammend, wollte nicht nach Deutschland zurück. Politische Kategorien, Erinnerungen an die Zeit der Weimarer Republik zogen sie nicht. Jüdischer und rheinländischer Charme begegneten einander, hinzu kam die Verachtung der Untaten des mittlerweile besiegten deutschen Regierungssystems. Sie hatte wohl nicht ganz unrecht, wenn sie annahm, daß diese Entgleisung der Menschen zugunsten einer staatlichen Doktrin tief in der Natur der deutschen Menschen ihren Ursprung hatte.

So ging ich allein in die Meyerhoffstraße. Mich zog die Erinnerung an die Weimarer Zeit, an Freiheit der Kunst und Literatur. Freilich war ich zu jung gewesen, um diese Zeit erschöpfend zu erleben. Aber gerade deshalb, weil ich nur den Glanz und nicht das Elend gesehen hatte, bekam meine Rückkehrersehnsucht diese besondere Heftigkeit. Ich traf in der Meyerhoffstraße die kleine Gruppe der linken Tel Aviver Rückkehrer oder eines Teils von ihr in der Swarsenskischen Wohnung bei Tee und Gebäck, wurde von Michael vorgestellt, drückte Hände. Am besten gefiel mir der Sohn des Hauses, Herbert, ein schlanker junger Mann mit einem feinen Gesicht, der sparsam und lakonisch formulierte und etwas Aristokratisches hatte, ein aristokratischer Kommunist.

Sie waren alle politisch viel gebildeter als ich, berufsmäßige Revolutionäre, wie man das früher genannt hatte, ich war in diesem Kreis der einzige Amateur-Sozialist, der sich seine politischen Weisheiten selbst aufgebaut und immer noch nicht mit dem systematischen Lesen begonnen hatte. Besonders Walter Hase, angeblich bester Freund Herberts, ein etwas korpulenter Herr, war Meister der politischen Sprüche und schloß wie ein beleidigter Kunstkenner die Augen, wenn jemand etwas Falsches sagte, um nach ihrer Wiederöffnung richtigzustellen.

Es war auch ein einsames unschönes Mädchen dabei, das sich nach ihrem Jugendfreund sehnte. Sie waren beide in der Zeit der Weimarer Republik Mitglieder der kommunistischen Jugend gewesen. Jetzt wollte sie zurück, um ihren Jugendfreund zu heiraten.

Ich wurde in die Gruppe aufgenommen, Walter Hase versprach, die amtlichen Modalitäten unserer Rückkehr zu klären. Aber er klärte nichts, und zwei Jahre später begannen wir, jeder auf andere Art und auf eigene Faust, die Rückkehr zu planen und durchzuführen. Immerhin, ich war gewissermaßen ›organisiert‹, gehörte einer Gruppe an. Michael fand das wichtig, daß ich in dieser Sache nicht allein war. Er folgte uns nach Deutschland als letzter, in der Mitte der fünfziger Jahre, während am Ende der vierziger Jahre Walter Hase als erster ging, zusammen mit seiner Frau, er hatte wohl mehr für die eigene Person Modalitäten geklärt. Es war wieder mal Kol-Nidre-Zeit, als ich das erstemal in die Meyerhoffstraße kam. Der oberste Richter des Universums hielt Gericht und fällte die Urteile, wer den Kopf, wer den Arm, wer das Auge und wer das Leben verlor. Was ich heute weiß, konnte ich damals nicht wissen, und das war gut so. Denn nur zwei Personen der Gruppe und ihre Frauen wurden im Traumland des deutschen Ostens aufgenommen und durften bleiben: Walter Hase und ich. Uns schützte die Mitarbeit an der Zeitung der sowjetischen Militäradministration, schließlich konnten die deutschen Genossen nicht den sowjetischen, die die Zeitung leiteten, ihre Mitarbeiter wegnehmen und über die Grenze jagen. Von den anderen kam einer für anderthalb Jahre in finstere Kerkerhaft, unter dem Verdacht, ein Spion zu sein. Die anderen Rückkehrer wurden ausgewiesen. Und das unschöne Mädchen, das ihren Freund aus der kommunistischen Jugend heiratete, ließ sich bald wieder von ihm scheiden, denn er war ein Ekel geworden, ein Stricke für die Mitmenschen drehender Sicherheitsoffizier.

Kol Nidre: Es war beschlossen, daß wir unsere Ziele nicht erreichen und daß unsere Träume nasse Handtücher werden, die sauer riechen. Nur der dicke Walter Hase schreibt noch heute die Großmuttergeschichten aus dem braven Reich der Gerechten, er wurde Journalist.

Ich hatte mein Schicksal zu tragen. Es begann mit der Gegenwart, auf seine Vollendung konnte ich nicht warten, und es verlangte auch nicht, daß ich wartete. Hätte ich nur auf Lisa gehört!

Eines Sonnabends saß ich im Zimmer und war gerade mit der warmen Suppe beschäftigt, da sah ich durch das Fenster Nachmann den Farmweg heraufkommen.

Ich hatte in letzter Zeit zweimal mit Nachmann zu tun gehabt. Er kam zur Badeanstalt und brachte Gotschewski mit, der sein eigenes Gewehr hatte, so daß ich mit meinem Gewehr Nachmann auf seinem Kontrollgang begleiten konnte, während Gotschewski, übrigens einer der ersten Hilfspolizisten in Ramat Gan, an der Badeanstalt blieb. Nachmann gefiel mir: Ein großer, kräftiger, auf stille Art gescheiter Mann, der zwar die Pistole des Kommandeurs trug, aber deutlich fühlbar die militärische Konzeption der ›Noar owed‹, der Arbeiterjugend, vertrat. Es waren Ideen einer kollegialen Armee, die weniger von Vorgesetztenangst und Formalkram zusammengehalten wurde als von vernünftiger Einsicht in das Notwendige. Das merkte ich bei diesen Kontrollgängen, in deren Verlauf er mir keinen einzigen Befehl gab, kein überflüssiges Wort sprach und es mir überließ, ihn mit dem Gewehr in der Hand im Abstand von zwanzig bis dreißig Metern zu folgen und ohne zu feuern Feuerschutz zu geben. Meiner Meinung nach war er mindestens fünfzehn Jahre jünger als ich. Da ich Ende 1947 achtunddreißig Jahre alt war, hielt ich ihn für höchstens dreiundzwanzig. Er repräsentierte die neue Hagannah-Generation, die von links kam und dem altehrwürdigen und etwas schwerfällig gewordenen Verteidigungsverband der Juden neues Blut brachte.

Übrigens gelangte ich auf diesen Kontrollgängen zu einer merkwürdigen Feststellung. Sie führten in ein Gebiet zwischen dem Napoleonsberg und dem Jarkon-Fluß, in dem noch vor einem Jahr Zitrusbäume gestanden hatten, die jetzt abgeholzt waren. Bäume und Boden hatten Arabern gehört, sie waren Teil jenes Wäldchens an der Nordchaussee, aus dem heraus an jenem Kol-Nidre-Abend vor zehn Jahren auf unsere Farm geschossen worden war. Was ging eigentlich in diesem Land vor sich, daß an gewissen Punkten die Araber sich zurückzogen und ihnen gehörende Gebiete aufgaben?

Ich weiß es nicht. Ich war nur ein kleiner Soldat im Schützengraben, dem die Übersicht fehlte. Ich hätte meine neuen Freunde fragen müssen, vielleicht wußten sie darüber besser Bescheid. Aber ich tat es nicht, aus verschiedenen Gründen. Einer der Gründe war: Ich schämte mich, ihnen zu zeigen, daß ich, um meine Familie zu ernähren, an einem geheimen unterirdischen Krieg teilnahm, von dem öffentlich noch nicht gesprochen wurde. Sicher war dieser Krieg von zweifelhafter moralischer Qualität, es war kein notwendiger Krieg. Aber irgend etwas lag in der Luft, das Nachmann und mich und viele andere Krieg spielen ließ.

Auf diesen Kontrollgängen, die man auch Patrouillen nennen konnte, geschah nur einmal etwas Irreguläres. Wir waren in der Nähe jener undefinierbaren Mauerwerke, Ruinen der Geschichte, mit denen das ganze Land übersät war, als wir plötzlich ein merkwürdiges, uns wohl bekanntes Geräusch hörten. Es war das Geräusch, das entsteht, wenn ein Gewehr geladen wird.

Wir gingen sofort in Deckung, wurden aber nicht beschossen, sondern anscheinend nur beobachtet. Nach einer Weile erhob sich Nachmann, ich folgte seinem Beispiel. Er winkte mit der Hand, in der er die Pistole hielt, in eine dem Mauerwerk entgegengesetzte Richtung. Das bedeutete: wir ziehen uns zurück. Beiläufig, ohne Aufregung, sagte er später zu mir: »Wir vermuten in diesem Gebiet Lechi- oder Etzelleute.« Es waren die Namen der zwei jüdischen Terrororganisationen. Was wollten sie im Bereich der ehrwürdigen Hagannah?

Auch das wußte ich nicht, stellte aber keine Fragen. Es stärkte sich in mir der Verdacht, daß hier mehr Kindereien im Gange waren als ein Krieg. Die Juden suchten ihr Gesicht. Sie waren zu Waffen gelangt und probierten sie aus. Immerhin konnte das eines Tages gefährlich werden.

Jetzt war also Nachmann in der Farm, ich freute mich, ihn zu sehen. Vielleicht wollte er endlich einmal persönlich und gewissermaßen ›außerdienstlich‹ mit mir sprechen und mir Antworten geben auf meine Fragen?

Irrtum, das wollte er nicht. Er kam wie damals Mazliach mit einem Auftrag. Sie wußten, wo ich wohnte, sie machten Gebrauch von ihrer Kenntnis. Übrigens freute sich Horrowitz, daß ich ein Krieger geworden war; ein Arbeiter war ich nicht geworden, auch kein Schriftsteller; aber ich brachte militärischen Schutz in seine einsame Farm, das gefiel ihm um so mehr, als es ihn nichts kostete. Mit Lisa trank er immer noch abends, wenn ich nicht da war, den unbeschreiblich köstlichen Tee.

»Hör zu«, begann Nachmann, »ich bin hier nicht zufällig. Ich habe dir Folgendes mitzuteilen. Die Wacht an der Badeanstalt übernimmt der alte Gotschewski. Wir wollen eine Patrouille auf der Chedera-Chaussee einrichten, und zwar sollst du zusammen mit Meir Veilchenbaum, du kennst ihn ja, tagsüber den nördlichen Teil der Chaussee entlangpatrouillieren. Für den südlichen Teil bis zur Badeanstalt setzen wir zwei andere Hilfspolizisten ein, so daß wir die ganze Strecke unter Kontrolle halten können. Vorläufig unterstehst du mir, ich bin verantwortlich für die Chaussee. Dafür bekommst du fünf Pfund mehr als bisher.«

Ich staunte. »Das sind ja vierzig Pfund«, rief ich verwundert. »Davon kann man ja beinahe leben. Seit wann hat die Hagannah so viel Geld?«

»Mach dir keine Sorgen. Die Zeiten sind ernst. Wir wissen nicht, was kommt. Das Geld stammt von Scheinmann und anderen Industriellen. Du hast nichts zu verlieren, aber sie.« Er sprach wie ein Arbeiter, er wurde mir immer sympathischer. Sein Gesicht war groß und kräftig, die Augen blickten ruhig, wenn er sprach.

»Wenn Scheinmann Geld für die Wacht gibt, dann muß es schon wirklich sehr ernst sein. Als ich Givat Rambam bewachte, hatte er kein Geld für die Wacht. Und was ist unsere Aufgabe auf der Chaussee? Worauf sollen wir achten?«

»Abgesehen von der allgemeinen Sicherheit auf etwas ganz Bestimmtes«, sagte er. »Es gibt doch diesen Boykott jüdischer Waren. Wir haben als Antwort darauf den Boykott arabischer Waren beschlossen, aber niemand hält sich daran. Immer noch fahren jüdische Händler heimlich in die arabischen Dörfer und kaufen ein, weil ihre Verdienstspanne dann höher ist. Wir wollen diesen Leuten ein bißchen auf die Finger klopfen, sie verkehren vor allen Dingen auf der Chedera-Chaussee. Arabische Händler werden nicht angehalten, aber jüdische. Wenn ihr sicher seid, daß es sich um Waren aus den arabischen Dörfern handelt, dürft ihr sie beschlagnahmen. Am besten, ihr steigt auf und zwingt die Leute, ihre Ware nach Ramat Gan zu bringen, zum Kofer Hajischuw. Zu diesem Zweck dürft ihr die Chaussee verlassen. Wir werden in der Zentrale sehen, was wir mit diesen Leuten machen.«

Am nächsten Morgen um sieben Uhr sollte es losgehen. Treffpunkt war ein leeres arabisches Steinhaus, das in der Mitte der zu kontrollierenden Strecke an der Chaussee liegt. In der nächsten Zeit wurde das Haus als Hagannah-Quartier eingerichtet und bekam Telefonanschluß.

Ich war ein verdammter Moralist. Jo, der ich immer noch nachtrauerte, hatte das gleich in den ersten Minuten unserer Bekanntschaft richtig festgestellt. Was wollte ich nur von dem armen Meir Veilchenbaum! Er war arm wie ich, wohnte wie ich mit Frau und Kindern in einer baufälligen Holzhütte, die jemand vor dreißig Jahren irgendwo in Ramat Gan in den Sand gestellt hatte. Er hatte vieles halb gelernt und nichts ganz, wie ich, stammte aus einer galizischen Schule wie ich aus einer Berliner. Theoretisch war er religiös gestimmt und ich theoretisch ungläubig, aber kam ich in Not, betete ich heimlich, und kam er in Not, packten ihn heimlich Zweifel an Gott. Er war so lange in der Hagannah wie ich, und da es ihm schlecht ging, hatte man beschlossen, ihn auf den englischen König zu vereidigen, damit er zu seinem Gehalt als Hilfspolizist gelangen konnte.

Militaristen waren wir beide nicht, wir taten nur so, um unsern Arbeitgebern angenehm zu sein. Ich tat nur etwas kräftiger so, es waren kleine Gradunterschiede, Nuancen. Er kam mit einem fertigen Gaunerprojekt zu der Aufgabe, die man uns beiden übertragen hatte, und als linker Mann und seinem Herzen nach überzeugter Zivilist hätte ich lachend mitmachen müssen. Aber die Nuancen, die kleinen Gradunterschiede machten sich plötzlich bemerkbar und erzeugten jenen moralischen Widerstand in mir, der mich schon damals in meiner Erzählung über die jüdische Wacht zur Verurteilung der Brüder Metzger gebracht hatte.

Wir begannen zu patrouillieren und auf jüdische Händler zu achten, die auf ihren Wagen oder Autos arabische Waren hatten. Meistens waren es solche armen, heruntergewirtschafteten Juden wie wir selbst, die sich trotz der unruhigen Zeiten in die arabischen Dörfer wagten, um billig für den Weitervertrieb auf dem Tel Aviver Markt einzukaufen. Sie taten es nicht aus Bosheit, sondern für ihre Familien, die essen wollten. Aber auch Meirs Familie wollte essen, deshalb trat er an die erschrockenen Händler heran, die meist zwischen Körben und hochgetürmten Kisten auf ihren von Eseln gezogenen Karren saßen, und sagte zu ihnen in saftigem Jiddisch: »Holt! Her sech ein, Reb Jied. Es decht sech mir, daß ihr arabische S'cheuris[1]) führt. Wir hobben die P'kude[2]), solche S'cheuris unverzieglich zi beschlagnahmen und hereinzifiehren gen Ramat Gan. Also steigt arup von euerm Sitz und heibt un, gen Ramat Gan zi geihen[3]).«

Das Gewehr auf seiner Schulter, das braune Polizeibarett mit der englischen Polizeikokarde verfehlten nicht ihren Eindruck zu machen. Der Händler begann zu jammern und zu klagen und bat im Namen der kleinen Kinder, die er zu Hause hatte, ihn heute noch einmal, zum letztenmal, durchzulassen.

Das gute jüdische Herz Meir Veilchenbaums ließ sich jetzt erweichen, was folgendermaßen klang: »Gut, her sech ein. Wir lossen mit uns reden. Aber es hängt ab von einem Papierlech. Efschar[4]) hot ihr ein kleines Papierlech bei euch in der Keschenne[5])?« Und um nun Mißverständnisse von vornherein auszuschließen, rieb er Daumen und Zeigefinger der rechten Hand.

Man kann darüber lachen, es klingt wie eine Geschichte aus einem Buch über jüdischen Humor. Meir bekam immer sein Geld. In der ersten Zeit wollte er es mit mir teilen, gab aber die Versuche, es mir aufzudrängen, auf, als er sah, mit welchem Entsetzen ich ablehnte. Ich wollte damit nichts zu tun haben. Es stellten sich übrigens bei mir neben den moralischen Bedenken sehr schnell praktische ein, denn die geschröpften Händler hatten ja auf dem Südabschnitt der Chaussee ein

---

[1]) Waren, [2]) Befehl, [3]) gehen, [4]) vielleicht, [5]) Tasche

zweites Hilfspolizistenpaar zu passieren, das nicht eingeweiht war, und es konnte passieren, daß Nachmann etwas von diesen Piratenstücken erfuhr, wenn sich die Händler auf ihr bei uns gekauftes Passierrecht beriefen. Schließlich war ich der Verantwortliche der Nordpatrouille. Nachmann würde mich fragen, warum ich diese Schweinerei dulde und mit wieviel Prozent ich an ihr beteiligt sei. Meir machte nebenbei bis zu zwei Pfund täglich mit diesen Geschichten.

Dann bekamen wir einen neuen Kommandeur. Nachmann kam eines Tages im Auto die Chaussee herunter, und neben ihm saß ein junger Mann, der so groß, so kräftig und so alt wie Nachmann war, nur nicht so sympathisch. Er hatte kleine listige Schweinsäuglein in einem kugelrunden Kopf, der wie Meirs Kopf mit rötlichem Haar besetzt war. Als Nachmann uns sah, hielt er das Auto an und stieg aus, Joschua folgte ihm.

»Das ist euer neuer Kommandeur«, sagte Nachmann, »ich übernehme andere Aufgaben.«

Joschua begrüßte uns leutselig, aber er hatte irgend etwas Unangenehmes an sich, ich konnte mir dieses Gefühl nicht erklären. Sie fuhren wieder davon. Ohne zu wissen, warum, vermutete ich, daß man mit Joschua im Notfall weniger über Meirs Schweinereien reden konnte als mit Nachmann, und zwar deshalb, weil Joschua an Meirs Stelle dasselbe getan hätte und deshalb offiziell so tun mußte, als sei er besonders sittenstreng.

In der dritten Woche sagte ich daher zu Meir: »Mit diesen Sachen ist jetzt Schluß. Ich trage hier die Verantwortung, und wenn wir in Zukunft irgendeinen Händler durchlassen, dann braucht er dafür nicht zu bezahlen. Verstehst du mich?«

Er sah mich erstaunt an, glaubte dann zu verstehen. Er merke schon, meinte er, ich hätte mir die Sache überlegt, ich wollte nun doch mit fünfzig Prozent beteiligt werden. Bitte sehr. Er sei jederzeit bereit dazu. In saftigem Jiddisch klang das wunderschön. Aber ich wollte nicht fünfzig Prozent, sondern das Ende dieser Piratenstücke. Ich sagte auf hebräisch, und das klang amtlich: »Diese Sache hört auf, hast du mich nicht verstanden? Wenn es dir nicht paßt, werde ich mit Joschua reden.«

Wieder sah er mich erstaunt an, aber er schien endlich zu begreifen. Das konnte man an der Heftigkeit ablesen, mit der er mich zu beschimpfen begann. Ich wollte einmal diesem Schurken zeigen, was Recht und Unrecht war, deshalb sagte ich zu Joschua, als er uns noch an demselben Tag besuchte, daß ich die Einberufung eines Ehrengerichts verlange, wie es damals in der Hagannah möglich war.

Joschua wurde ernst, er nahm mich auf die Seite. »Was ist geschehen? Deinem Vorgesetzten mußt du die Gründe für deine Forderung darlegen.«

Die Blicke seiner kleinen Schweineäuglein stachen wichtigtuerisch in mich hinein. Ich berichtete ihm in wenigen Worten von den Nebeneinnahmen Meirs. »Ich weiß«, antwortete er. »Die Händler, die er durchgelassen hat, haben mir das bereits erzählt. Na und? Sollen sie doch blechen. Das ist gut, daß sie blechen. Ihr bewacht die Chaussee, damit sie krumme Geschäfte machen können? Was? Aber immerhin, du bist der Verantwortliche, du kannst es ihm verbieten, wenn es dir nicht gefällt. Hast du das getan?«

Seine Logik überraschte mich. Ich hatte mir seine Reaktionen anders vorgestellt. »Ja«, sagte ich, »ich habe es ihm verboten. Er wird frech und beschimpft mich.«

»Das ist allerdings eine ganz andere Frage. Befehlsverweigerung. Wenn du willst, hau ihm eins in die Fresse. Ich steh daneben und passe auf. Bitte sehr, aber nicht in die Augen, das erlaube ich nicht. So ein bißchen in die Zähne, soll er ein oder zwei Zähne verlieren, ich sage zu deinen Gunsten aus, du bist im Recht.«

Ich war sprachlos. Ich stand vor einem Ranger-Offizier, einem Kerl der Formationen ›zur besonderen Verwendung‹. Die Pistole hatte er in der Gesäßtasche, man sah deutlich, wie sie sich auf seinem fetten Hintern abzeichnete. Armer Judenstaat! Wenn das deine Schutztruppen sind, dachte ich, kann man sich nach innen und nach außen auf etwas gefaßt machen.

»Ich möchte diese Fragen vor einem größeren Gremium behandeln«, sagte ich. »Ich habe doch ein Recht dazu, nicht wahr? Für mich stehen prinzipielle Dinge auf dem Spiel.« Er piekte mich wieder mit den Blicken seiner zusammengekniffenen Augen, richtete sich auf, ging zu seinem Wagen, öffnete die Tür. Erst jetzt drehte er sich nach mir um und rief mir zu: »Ich regle das für dich. Okay.«

Bis zum Abend schimpfte Meir auf die deutschen Juden. Ich hörte nicht mehr hin. Ich war ganz benommen von Joschuas Art zu urteilen. Wirklich, ich hatte kein Talent für dieses Land. Ich verstand das alles nicht, es war mir völlig rätselhaft, wie solche Leute Offiziere und Kommandeure der Hagannah wurden, wer sie einsetzte.

Vom nächsten Morgen an spazierte Meir auf dem Südabschnitt, während ich für den Nordabschnitt einen anderen Partner bekam. Walter hieß er. Er war ein netter deutscher Jude. Was wir miteinander sprachen, weiß ich nicht mehr. Ich weiß nur, daß wir uns gut verstanden und in vielen Angelegenheiten gleicher Meinung waren. Eines Tages fiel mir etwas auf. Ich blieb stehen und fragte ihn: »Walter, du bist KP-Mitglied, du kommst aus der KP, stimmt's?«

Er lachte, aber etwas verstohlen. »Und du?« fragte er. »Bist du denn nicht auch aus der KP?« »Ich leider nicht. Ich betone: leider. Aber du? Gestehe es. Der neue Kurs in der KP hat dich hergebracht.«

Wieder lachte er geheimnisvoll. »Ich bin schon lange in der Hagannah, sonst wäre ich ja heute nicht Hilfspolizist. Aber ich hatte immer Schwierigkeiten deshalb. Erst jetzt entspreche ich der aktuellen Linie.« Also war er KP-Mitglied. Die KP hatte damals einen neuen Kurs, den man vielleicht so zusammenfassen konnte: Näher heran an die jüdischen Massen! Von Zeit zu Zeit verliert diese Partei in den verschiedenen Ländern die Verbindung mit dem Volk, die ihr angeblich so wichtig ist. Das kommt daher, daß sie die Nase mehr in den Büchern als in der Praxis hat.

Ich fragte Walter eines Tages, was er über den Warenboykott denke. »Eine englische Intrige, auf die man nicht reinfallen sollte«, sagte er.

Wir ließen die kleinen Händler, die aus den arabischen Dörfern kamen, passieren, ohne daß sie zahlen mußten. Freilich hatten sie noch eine zweite Hürde zu passieren, Meirs Patrouille auf dem Südabschnitt, und es bestand die Gefahr, daß Meir, um sich an mir zu rächen, die Waren mit viel Lärm beschlagnahmte, weil er damit Joschuas Aufmerksamkeit auf unsere Loyalität lenken konnte.

Ein armer orientalischer Jude, den ich schon kannte und mit dem Meir immer hebräisch hatte sprechen müssen, um zu seinen Papierlech zu gelangen, weil er Jiddisch nicht verstand, kam eines Tages zum viertenmal mit seinem voll beladenen Wägelchen auf uns zugefahren, als plötzlich Joschuas Auto um die Ecke bog. Jetzt mußte ich zum erstenmal arabische Waren beschlagnahmen. Joschua befahl dem Händler, zu dem alten arabischen Haus, das an der Chaussee stand, zu fahren, dort in die Einfahrt einzubiegen und auf einem freien Platz hinter dem Haus zu halten.

Eine ganze Gruppe von Hagannah-Leuten trat heraus, die neuerdings in dem Haus ihr Quartier hatten. Sie waren verschieden gekleidet und bewaffnet und sahen aus wie eine Räuberbande. »Zum wievieltenmal, seitdem die Patrouillen auf der Chaussee sind, fährst du hier mit arabischen Waren?« fragte Joschua streng den kleinen zitternden Mann. »Ich habe jedesmal ein halbes Pfund dafür bezahlt«, schrie er verzweifelt. Joschua sah mich kurz an, wandte sich dann wieder dem Händler zu. Er steigerte die Schärfe seiner Stimme. »Und was hast du jedesmal versprochen?« fragte er. »Versprochen? Ich habe gar nichts versprochen.«

Schwupp, er hatte den ersten Faustschlag Joschuas im Gesicht, dabei brüllte Joschua: »Jedesmal hast du versprochen, es sei das letzte Mal. Hast du das versprochen oder nicht?« »Ich habe es nicht versprochen«, wimmerte der arme Kerl.

Schwupp, hatte er den zweiten Faustschlag im Gesicht, aus seinem Mund trat Blut, er hielt die Hand vor den Mund, Tränen liefen ihm aus den Augen. »Erbarmen, wir sind doch alle Juden«, winselte er.

Und schon hatte er den dritten Schlag im Gesicht und spuckte sich einen Zahn in die Hand. »Du bist kein Jude«, schrie Joschua. »Räumt die Waren vom Wagen weg und nehmt euch, was hier noch nicht stinkt«, sagte er, zu der Hagannah-Bande gewandt, die sofort den Befehl ausführte. Dann wandte sich Joschua an mich, ruhig geworden: »Ich will dir mal was sagen, Danziger. Du bist ein guter Hagannah-Mann, nur hast du einen Fehler: Du bist ein Kommunist. Denke aber daran, daß die Kommunisten jetzt mit uns zusammenarbeiten. Paß auf, daß sie dir keine Vorwürfe machen. Heute abend ist im Kofer Hajischuw dein Ehrengericht. Sei um acht Uhr da.«

Ich kam pünktlich, war auf das Schlimmste gefaßt. In einem großen Zimmer erwartete man mich. Auch Meir wurde hereingebracht. Es waren lauter Oberkommandierende des Bezirks, die ich nicht kannte. Auch Joschua war zugegen, ich warf ihm einen raschen Blick zu und dachte: Es wird sich ja nun alles gegen mich wenden. Unter den Vorsitzenden des Gerichts fiel mir ein großer, blonder kräftiger Mann auf. Später erfuhr ich, daß es Felixsohn war, der aus Deutschland stammende Ingenieur, dem die Palalum-Fabrik gehörte und der so gern mit Krementschugski verhandelte. Er war unser Hauptgeldgeber, der Mann, dem wir in erster Linie die vierzig Pfund im Monat zu verdanken hatten. Im Verlauf der Verhandlung zeigte es sich, daß er der einzige war, der mich verstand.

»Du hast das Wort, Genosse Danziger«, sagte einer der Männer an dem großen langen Tisch, vor dem ich stand. »Erzähl uns mal, um was es sich handelt.«

Ich hatte mir vorgenommen, möglichst prinzipiell zu sprechen, begann meine Rede mit der Feststellung, daß die jüdische Bevölkerung des Landes, der sogenannte ›Jischuw‹, vor einer politischen Wende stehe und alles, was wir jetzt täten, einen Zusammenhang mit dieser bevorstehenden Wende habe. Gleichviel, wie sie aussehen möge, es müsse schon jetzt vermieden werden, daß sich Korruption und Bestechung, eine unsaubere Handhabung unserer Angelegenheiten breitmache und zur Gewohnheit werde.

Ich schilderte dann meine Erlebnisse mit Meir Veilchenbaum, der andauernd wütende Zwischenrufe machte und nur mit Mühe zum Schweigen gebracht werden konnte. Als ich zu dem Punkt der Befehlsverweigerung kam, brüllte er: »Er wollte ja nur beteiligt werden!« Auch das wurde von mir richtiggestellt. Ich schloß mit den Worten: »Ich protestiere außerdem dagegen, dauernd als ›Jecke‹ beschimpft zu werden.

Ich bin seit elf Jahren Hagannah-Mitglied und habe mehr getan als mancher Nichtjecke.«

Joschua meldete sich zu Wort.

Ich dachte, jetzt geht es los, jetzt kommt die große Umkehrung.

Aber Joschua sagte, und das überraschte mich: »Genosse Danziger ist ein ausgezeichnetes Hagannah-Mitglied. Ich bin mit seiner Arbeit sehr zufrieden. Ich habe auch seine Haltung in der Vergangenheit erforscht. Es ist nicht das erste Mal, daß er gegen unsaubere Genossen zu Felde zieht. Ich erinnere an seine literarische Arbeit im ›Dawar‹, die damals viel Staub aufwirbelte. Er meldete sich während des Krieges als Freiwilliger zur englischen Armee, diente später in verschiedenen Formationen der Polizei, so im Eisenbahnregiment in Lud. Ich bin der Meinung, daß er im Fall Meir Veilchenbaum etwas übertreibt, aber in guter Absicht.«

Es wurde still. Felixsohn sagte plötzlich und spielte dabei mit dem Bleistift, der vor ihm lag: »Er übertreibt nicht. Wir dürfen uns solche Dinge nicht leisten. Es wirft einen schmutzigen Schatten auf unsere Arbeit. Ich schlage Folgendes vor. Der Genosse Veilchenbaum wird aus der Arbeit als Hilfspolizist vorläufig herausgenommen. Ich habe den Eindruck, daß er für diese Arbeit nicht geeignet ist.«

Veilchenbaum begann wieder zu schreien.

»Dieser Jecke. Dieser verdammte Jecke. Ich habe Kinder zu Hause. Wovon sollen sie leben?«

»Paß mal auf, Veilchenbaum«, sagte Felixsohn ruhig. »Komm zu mir in die Fabrik. Weißt du, wer ich bin?«

»Ja, ich weiß es«, brummte der Gefragte.

»Gut, ich werde für dich etwas finden. Du sollst nicht geschädigt werden. Sei morgen früh um sieben Uhr im Palalum-Büro. Ich erwarte dich. Ich brauche einen Lagerverwalter. Das ist keine schwere Arbeit, und du wirst so bezahlt, wie du bisher bezahlt wurdest. Einverstanden?«

Er war einverstanden. Ich glaube, er machte keinen schlechten Tausch. Aber als wir das Haus des Kofer Hajischuw verließen, konnte er es sich nicht verkneifen, wortlos dicht vor meine Schuhe auf den Erdboden zu spucken. Im Dunkeln, auf dem Weg in die Farm, holte mich Joschua ein.

»Und doch bist du ein Jecke«, sagte er leise zu mir und lachte. »Auch Felixsohn ist ein Jecke, deshalb haltet Ihr zusammen. Wir leben aber im Orient, verstehst du? Man muß auf der einen Seite elastischer, auf der anderen Seite härter sein. Wie siehst du überhaupt die arabische Frage? Du bist doch Kommunist. Mich interessiert das. Nun, wie siehst du die Araber?«

Dieser Joschua! Hatte ich mich geirrt? War er vielleicht doch ein anständiger Kerl? Interessierte er sich wirklich für meine Meinung in dieser Sache?

»Sie sind doch auch Menschen«, sagte ich. »Man muß versuchen, sie zu verstehen. Man kann von ihnen nicht verlangen, uns zu verstehen, wenn wir sie nicht verstehen.«

Er lachte.

»Das habe ich mir gedacht, daß du das sagen wirst. Weißt du, wie ich die arabische Frage sehe? Über Kimme und Korn des Gewehrs. Und es ist mir vollkommen schnuppe, ob sie mich verstehen oder nicht. Gute Nacht, ich muß hier abbiegen, ich wohne da unten. Ja, noch etwas. Ich nehme dich ab morgen von der Chaussee herunter. Dich und deinen Genossen Walter. Komm morgen früh in das arabische Haus an der Chaussee, wo wir heute waren. Das Geld bleibt dasselbe, vierzig Pfund im Monat. Du wirst mit dem Aufklärerzug arbeiten, der in dem Haus stationiert ist.«

Walter und ich wurden also der Bande zugeteilt, die in dem

arabischen Haus untergebracht war. Wir waren etwa acht Mann. Liebling Joschuas und Anführer der Bande war ein junger Jude namens David Gold, der aus Rumänien stammte. Wenn er seine gezielten und witzigen Bemerkungen machte, blitzte immer ein Goldzahn in seinem lachenden Gesicht. Dabei hatte er ein gutes Herz für die Menschen und interessierte sich für ihre privaten Angelegenheiten, machte auch aus seinen eigenen privaten Angelegenheiten kein Geheimnis. Wir hatten ihn gern. Ich merkte bald, daß er mit den jüdischen Terroristen sympathisierte und die Etzel- und Lechi-Gruppen bewunderte, was zu seiner Freundschaft mit Joschua paßte, der das Faustrecht liebte. Später, als die Israel-Armee gegründet wurde, traf ich ihn in Jaffa als Offizier. Er kam gerade von der Front und begrüßte mich freudestrahlend. Vor allen Dingen hatte er *einen* entscheidenden Vorzug: Er war ein perfekter Hebräer, sogar Joschua ließ sich seine Berichte von ihm anfertigen.

Die Arbeitsbedingungen des Aufklärerzuges, wie Joschua die Bande tönend nannte, waren besser als die der Hilfspolizisten auf der Chaussee. Wir arbeiteten nur fünf Tage in der Woche, hatten zwei freie Tage, Freitag und Sonnabend. Wir bekamen sogar Essen aus Ramat Gan. Offenbar wurde unsere Tätigkeit für wichtig gehalten. Felixsohn sorgte dafür, daß wir zufrieden waren. Wir wurden pünktlich am Monatsende bezahlt, meistens brachte Joschua das Geld und hakte die Namen auf einer Liste ab. In Regalen an der Wand standen englische, kanadische und italienische Gewehre sowie englische und deutsche Maschinenpistolen. Auch Mauserpistolen waren vorhanden und Kisten mit Munition. In einer besonderen Kiste lagen Eierhandgranaten.

Unsere Tätigkeit bestand darin, daß wir einen Zug bildeten, in dem einer vom andern etwa fünf Meter Abstand hatte.

Dieser Zug durchstreifte vom Morgen bis zum Abend die Umgebung Ramat Gans. David Gold ging voran, die Pistole in der Hand. Ihm folgten einige Leute mit Maschinenpistolen, denen sich Träger von Infanteriegewehren anschlossen. Ich bildete den Schluß, und es war meine Aufgabe, jedesmal, wenn der Zug lauschend und beobachtend stehenblieb, auf dem Stiefelabsatz kehrtzumachen und den Rücken des Zuges zu decken.

Wir spielten Krieg, ohne daß sich irgendein Gegner zeigte. Arabische Häuser, arabische Farmen in der Umgebung Ramat Gans waren längst geräumt, nur das Dorf ›Sieben Mühlen‹ und das jenseits des Jarkonflusses auf einem Hügel gelegene reiche arabische Dorf Scheich Munis waren noch von Arabern bewohnt.

9

Im Juni kam pünktlich Elijahu zur Welt. Joschua gab mir zusätzlich zu den zwei freien Tagen einen dritten und setzte ans Ende des Zuges einen anderen Gewehrträger. Nach einer jüdischen Legende muß eines Tages der Prophet Elijahu wieder erscheinen, als Messias, der die Welt von allem Übel erlöst. Damals erreichte mich ein Brief aus Deutschland, der mir Freude machte, es war wie ein Geschenk zu Ehren der Geburt Elijahus. Ein großer Verlag aus der sowjetischen Besatzungszone, aus Ostberlin, teilte mir mit, daß er mein Buch über die Air Force herausbringen wollte. Fürnberg hatte das Manuskript nach Europa mitgenommen. Es war aber kein gewöhnlicher trockener Geschäftsbrief, es war ein messianischer Brief, ein Elijahu-Brief.

Der Cheflektor des Verlages, ein mir unbekannter Genosse der ostdeutschen Arbeiterpartei, ermutigte mich mit rührenden und freundschaftlichen Worten und sprach die Hoffnung aus, daß wir uns eines Tages persönlich kennenlernen würden. Wie mit dem Honorar zu verfahren sei, wüßten sie noch nicht. Das beste sei, wenn ich nach Berlin käme, um es dort aufzubrauchen. Man arbeite bereits am Manuskript und richte es ein für die Setzmaschine. Ich würde in nächster Zeit weiter von ihm hören, und er danke sehr im Namen des Verlages für die Überlassung des Manuskriptes. Elijahu, der kleine, dicke, kräftig krähende Prophet, schien mir Glück zu bringen.

Als er vier Monate alt war und zu lachen begann, geschahen in Jerusalem böse Dinge.

Die Stadt sah aus wie im Krieg erobert und vom Feind besetzt. Sie war mittels auseinandergezogener und von Bajonetträgern bewachter Stacheldrahtrollen in vier Sektoren zerschnitten, die die Hauptstraßen für den Verkehr unbrauchbar machten. Für das Betreten der Sektoren wurden Pässe ausgestellt, auf denen die Rasse des Paßbesitzers vermerkt war, wie bei den Nazis mit einem ›J‹ für jüdische Paßbesitzer.

Hunderte von Familien wurden aus ihren Wohnungen vertrieben, sie bekamen achtundvierzig Stunden Frist, um ihre Habseligkeiten zu packen und die Häuser zu räumen, die für die Errichtung befestigter britischer Militärlager gebraucht wurden. In gewissen Vierteln wurde als kollektive Strafe vorübergehend der Ausnahmezustand verhängt, dann fuhren ohne genügende Vorankündigung Lautsprecher auf Panzerwagen durch die Straßen, forderten die sofortige Straßenräumung und trieben Herden flüchtender Bürger vor sich her, auf die Mündungen von Maschinengewehren gerichtet wurden. Aber auch abgesehen davon liefen die Passanten an jeder

Straßenecke vor die Mündungen dort stehender Maschinengewehre.

Dem Terror der Regierungstruppen stand der Terror der Etzel- und Lechibanden gegenüber. Täglich waren Gewehrschüsse und Detonationen zu hören. Eines Nachts versuchten die Terroristen das Gefängnis anzugreifen, dessen Mauer sich gegenüber der Wohnung meiner Eltern hinzog. Sie legten Leitern an und stiegen hinauf, beantworteten das Gewehrfeuer, das sie aus dem Hof des Gefängnisses heraus empfing, mit einem Hagel laut explodierender Handgranaten. Sie wollten eingesperrte Mitglieder ihrer Organisation befreien, was ihnen nicht gelang.

Das spielte sich vor den Fenstern des Schlafzimmers meiner Eltern ab. Das ganze Haus bebte, die Fensterscheiben platzten klirrend. Sie sprangen entsetzt aus den Betten, glaubten, das Haus fliege in die Luft. Sie flüchteten in den hinteren Teil der Wohnung, in den Schutz der dicken Mauern des Korridors. Im Oktober sind die Nächte in der Bergstadt Jerusalem kalt, und meine Mutter war nur notdürftig bekleidet. Sie erkältete sich. Am nächsten Morgen brachte mein Vater sie ins Krankenhaus, weil sie andauernd bewußtlos wurde und nur für kurze Zeit die Augen wieder aufschlug. Der Arzt hatte ihre Einlieferung angeordnet.

An einem Freitagvormittag, meinem freien Tag, kam das Telegramm. Es war das übliche Telegramm, das alle Menschen eines Tages erreicht, wenn sie nicht zufällig mit ihren Eltern in einem Haus wohnen. »Komm sofort. Mutter schwer erkrankt. Vater.«

Es war bereits nicht ungefährlich, nach Jerusalem zu fahren. Trotzdem war der Omnibus mit Reisenden voll besetzt. Und nicht nur der Omnibus, in dem ich saß, sondern auch die beiden andern Omnibusse waren mit Passagieren vollgestopft. Neuerdings fuhren immer drei Omnibusse hintereinander mit je zwei Hilfspolizisten unter den Reisenden, es waren auch Hagannah-Leute mit Pistolen in der Tasche dabei. Die Wände der Omnibusse waren von innen mit Stahlplatten verkleidet, die man aus Zeitmangel noch nicht angestrichen hatte. So sah im Oktober 1947 die Fahrt nach Jerusalem aus.

In einem großen Krankenhaussaal mit vielen Betten lag nahe der Tür der Meningitis-Fall: meine Mutter. Sie war mit dem Allheilmittel Penicillin behandelt worden, schlief den ganzen Tag und die ganze Nacht, nur selten wachte sie auf. Es wurde uns gesagt, daß sich »die Sache« in den nächsten achtundvierzig Stunden entscheiden muß, »so oder so«. Wir konnten gehen.

Wir waren arme Leute. Frimsche war in London, sie konnte aus dieser Entfernung so schnell kein Geld mobilisieren, das Telegramm an sie war schon abgegangen. Es hieß, daß es ein besonderes amerikanisches Wundermittel gebe, ›Goldwasser‹ genannt, aber es sollte sehr teuer sein, und niemand wußte, wo es aufgetrieben werden konnte.

Mit dem Hinweis auf meinen Dienst in Ramat Gan ging ich zum Omnibus-Bahnhof und fuhr noch am selben Tag zurück. Wir hatten ausgemacht, daß ich ein neues Telegramm bekommen sollte, wenn es ernst würde.

Während der Fahrt nach Tel Aviv kam mir zum Bewußtsein, daß ich wieder mal ein schlechter Sohn war. Ich hätte zwei Tage lang bei meinem Vater bleiben und ihn beruhigen müssen. Aber ich hatte schon in normalen Zeiten seine Nähe nicht ertragen. Wie ein Rabbi aus einem alten polnischen Judenstädtchen saß er Tag und Nacht über hebräische Bücher gebeugt und hatte immer die Frau für sich arbeiten lassen, die nach alter Tradition den gelehrten Rabbi ernähren mußte, damit er sich der Heiligen Schrift und der heiligen Sprache widmen konnte. Dabei war er nicht einmal fromm, zumindest nicht im traditionellen Sinne, er war ein äußerst weltlicher Rabbi mit großem Interesse für junge Frauen und gutes Essen. Wenn meine Mutter starb, mußte er endlich arbeiten gehen und sich selbst ernähren. Hätte er das etwas früher getan und meine Mutter geschont, dann hätte sie jetzt vielleicht etwas mehr Widerstandskraft gehabt und dem Ansturm der Krankheit standgehalten. So jedenfalls flüsterten es mir böse innere Stimmen zu.

Im übrigen hoffte ich, daß alles noch einmal gut vorbeigehen würde. Ich klammerte mich an diesen Gedanken. Ich hing an meiner Mutter, konnte mir nicht vorstellen, daß sie mich und uns alle verließ.

Da plötzlich, Montag früh, noch bevor ich zum Dienst ging, kam das zweite Telegramm. »Komm sofort. Vater«. Ich erschrak. Ich wußte, daß es soweit war. Bisher hatte mich das Leben verschont, entscheidende Schrecken von mir ferngehalten. Jetzt war es soweit. Kein Ausweichen, keine intellektuelle Schutzbrille würde mir helfen. Jetzt hieß es: Aushalten, in irgendeiner Form durchstehen und überleben. Ich bat Lisa, zum Kofer Hajischuw zu gehen und zu veranlassen, daß Joschua informiert werde. Dann fuhr ich nach Jerusalem. Es gab keine Ausflüchte mehr und kein Pardon.

In der Wohnung in Jerusalem traf ich Esther, die Nichte meines Vaters, sie war merkwürdig geschäftig, rollte gerade einen kleinen Teppich zusammen, als ich eintrat. »Der Onkel ist im Krankenhaus«, sagte sie und war froh, mich wieder abschieben zu können.

Im Krankenhaus in dem Korridor, an dem der große Saal mit den vielen kranken Frauen lag, kam mir schon mein Vater entgegen, er wischte wieder Tränen mit den Handrücken, mal mit dem linken, mal mit dem rechten, und verschmierte die Feuchtigkeit durch Waschbewegungen der Hände. »Komm«, jammerte er in seiner furchtbaren Art, »du mußt deine Mutter sehen, meine Jetty, du mußt dich an ihr Bett stellen als einziger Sohn und mit ihr sprechen, komm.« Und er schluchzte und schob mich vorwärts in den Krankensaal.

Zwei Schwestern und ein junger Arzt standen in der Nähe des Schirmes, den man um das Bett herum aufgestellt hatte. »Wir geben kein Penicillin mehr, es hat keinen Zweck«, sagte die ältere der beiden Schwestern zu meinem Vater leise. Noch bevor ich meine Mutter sah und hinter den Schirm trat, hörte ich ihren lauten, krachenden Atem, die rhythmischen Stöße, die wie Schnarchen klangen. Sie lag mit geschlossenen Augen, den Kopf zur Seite gedreht. Ihr Mund stand halb offen, der rechte Mundwinkel war gräßlich nach unten gezogen. Ich stand reglos, versteint. »Sprich mit ihr«, raunte mir mein Vater zu und gab mir einen Stoß. Ich versuchte es. »Muttchen, Mutti«, rief ich halblaut wie vor drei Tagen. »Hörst du mich? Ich bin gekommen.« Sie schien mich tatsächlich zu hören. Das geheime Band zwischen Mutter und Kind, ich sandte ihr in die Tiefen, in die sie bereits versank, eine Botschaft zu, so daß sie noch einmal hochkam, mir den Kopf zuwandte und langsam die großen braunen Augen aufschlug. »Mutti«, sagte ich, »es wird alles gut werden. Du besuchst uns dann in Ramat Gan, der Kleine lacht schon, stell dir vor, er lacht bereits.« Ich sprach gequält, mit einem so entsetzten Gesichtsausdruck, daß sie merken mußte, wenn sie überhaupt noch etwas merkte, wie ich log, wie es in Wirklichkeit um sie bestellt war. Mein Gesichtsausdruck, ich fühlte es, stand im Widerspruch zu meinen Worten, groß und deutlich konnte man ihm ablesen, daß sie zum Tode verurteilt war. Sie sagte nichts, sah mich nur an, röchelte weiter. Dann schüttelte sie zweimal deutlich und langsam den Kopf, legte ihn wieder auf die Seite und fuhr fort, laut zu röcheln. Warum hatte sie den Kopf geschüttelt? Ich denke mein Leben lang darüber nach, noch heute packt mich das Grauen, wenn ich an dieses langsame Kopfschütteln denke. War es ihr Staunen über die Tatsache, daß der Kleine bereits lachte? Oder ihr Wissen, daß sie dieses Lachen niemals sehen würde?

Ich ging rasch hinaus. Der Korridor lag an einer großen breiten Glastür, die hinaus auf eine Art Dachgarten führte. Ich setzte mich auf eine Bank des Dachgartens und begann zu schluchzen, wie ich nie wieder in meinem Leben schluchzte, ich verbarg das Gesicht in den Händen. Warum hatte sie den Kopf geschüttelt? Hatte sie verstanden, was ich ihr gesagt? Ich sprach, das Gesicht in den Händen, mit meinem privaten lieben Gott: ›Warum tust du mir das an?‹ Er antwortete: ›Damit du ein erwachsener Mann wirst.‹ ›Aber ich bin es schon, ich bin Vater von zwei kleinen Jungen.‹ Er sagte: ›Du bist selbst noch ein kleiner Junge, aber nun wirst du erwachsen werden. Wolltest du nicht dieses Land verlassen?‹ ›Ja, ich wollte es, bist du damit nicht einverstanden?‹ ›Doch, ich bin damit einverstanden, ich will, daß du gehst. Deshalb nehme ich dir die Mutter, damit dich nichts mehr festhalten kann.‹ ›Hat sie mich denn festgehalten?‹ ›Du weißt es bloß nicht, aber sie würde dich nicht gehen lassen, und du würdest es nicht wagen zu gehen, wenn sie am Leben wäre. Ich muß dieses Land für dich leer machen, damit du gehen kannst.‹ ‹Mach es kurz, quäl mich nicht‹, sagte ich schluchzend. ›Ich habe dich die ganzen Jahre behütet, du jämmerlicher Atheist. Keine Kugel, keine Krankheit, kein ernst zu nehmendes Unglück hat dich getroffen, deshalb hast du dir Unglück ausgedacht, weil du anscheinend nicht glücklich sein willst.

Jetzt mußt du einmal durch die wirkliche wahrhaftige Hölle hindurch.‹

Und er verschwand und hörte auf, mit mir zu sprechen.

Da stand schon der Höllenmeister neben mir, mein Vater, er war mir auf den Dachgarten hinaus gefolgt und sah zu, wie ich heulte und schluchzte. Zur Gesellschaft wischte er wieder mit den Handrücken die Augen. »Ich sehe«, sagte dieser Mensch, dessen Pathos, dessen gesamtes Benehmen mir unerträglich waren, »du bist doch ein guter Sohn, ich habe nicht geglaubt, daß du imstande bist, für deine Mutter eine Träne zu vergießen.« Als ob man für die Sterbenden weint! Man weint für sich, wegen des Zurückbleibens, wegen der Entleerung der Welt. Und man weint aus Angst vor dem Tag, da man selbst die Welt verlassen muß.

Draußen rannte die Oberschwester durch den Korridor, sie suchte uns, erblickte uns auf dem Dachgarten. »Kommen Sie«, sagte sie leise, »kommen Sie rasch.«

Es war soweit. Das Äußerste und Letzte stand bevor.

Mit fürchterlicher Brutalität schob mich mein Vater vor das Bett der sterbenden Mutter. Er hatte den Auftrag, mich durch die Hölle zu führen. Er zwang mich zuzusehen, wie sie den Kopf mit den geschlossenen Augen immer weiter fortdrehte. Ihr Röcheln wurde lauter, verlangsamte aber seinen Rhythmus, die Stöße kamen in immer größer werdenden Abständen, und plötzlich hörten sie auf. Es wurde still, ohne daß die Mutter sich bewegt hätte. Ich dachte zuerst: Das Röcheln hat aufgehört, vielleicht atmet sie wieder leise und wird gesund. Aber sie atmete nicht mehr. Sie war tot. In dieser Sekunde war es geschehen. Die Uhr stand. Dem rasselnden Atem folgte nichts mehr, das Leben war entflohen. Der Arzt prüfte ihren Puls, ließ die Hände der Toten wieder fallen, hob die Schultern und ging hinaus.

Wir folgten ihm. Ich weiß nicht mehr, wie ich auf die Straße hinausgelangte. Die Welt war nun leer, ausgeräumt. Es gab kein Band mehr, das mich in diesem Land hielt. Ich war allein. Ich mußte mich daran gewöhnen, allein zu sein.

Ich weiß auch nicht, wann ich den Vater fragte, warum denn ihr rechter Mundwinkel so heruntergezogen sei. Ich erfuhr es. Es war ein Schlaganfall hinzugekommen. Sie war siebenundsechzig Jahre alt. Sie hätte vielleicht nicht zu sterben brauchen, wenn nicht vor ihrem Fenster Bomben geworfen worden wären.

Die nächsten zwei Tage durchlebte ich wie in einem Trance-Zustand, so daß ich die Hölle leichter ertrug, durch die mich mein Vater schleifte. Denn es wurde nun alles noch schlimmer. Ich sehe nur einzelne Szenen, einzelne Situationen vor mir.

Ich sehe meinen Vater in die Inseratenannahme einer Zeitung stürmen. Überhaupt ging er nicht mehr wie ein normaler Mensch, er rannte und stolperte dabei, man hätte ihn für betrunken halten können, wenn man ihn beobachtete. Er konnte nicht sprechen, ich mußte vermitteln, um dem Mann hinter dem Schalter der Inseratenannahme klarzumachen, was wir wollten. »Eine Traueranzeige«, sagte ich. »Und der Text?« wollte er wissen. Den Text gab ihm mein Vater: »Meine Jetty ist nicht mehr«, schrie er und wischte Tränen. Ich konnte das nicht mit ansehen und ging hinaus. Irgendwie wurde das Inserat formuliert.

Aus der Wohnung hatte Esther, die Nichte, bereits Läufer und kleine Teppiche entfernt. Ich sehe mich mit meinem Vater in einem kahlen Zimmer an einem kahlen Tisch sitzen. Vor mir liegt ein hebräisches Gebetbuch. Ich habe einen alten Hut meines Vaters auf dem Kopf und übe mit ihm die Aussprache eines alten aramäischen Totengebetes, das ich als Sohn aus mir herauszuleiern gezwungen bin. Dieses Aramäische ist eine uralte Abart des Hebräischen, von dem ich nichts weiß und das ich nicht verstehe; nur die Tatsache, daß es so etwas gibt, ist mir bekannt. Schließlich bin ich kein hebräischer Schriftgelehrter wie mein Vater. Aber gerade die Unverständlichkeit dieser fremden Worte gibt ihnen für mein Gefühl etwas Grauenhaftes und macht sie zu einem mystischen Hexengebet, das die Verbindung zum Reich der Toten herstellt.

Dann sehe ich einen Kellerraum des Krankenhauses vor mir und alte fromme Weiber, die einen wächsern weißen, nackten, kleinen Leichnam vor sich auf dem Tisch haben und waschen; meine Mutter war ja klein. Mein Vater schiebt mich in diesen Raum hinein und sagt: »Hier ist deine Mutter, sieh sie dir noch einmal an, zum letztenmal, meine Jetty, meine Jetty.«

Er hatte eine ganz orthodoxe, ganz fromme Judengruppe für die Abwicklung der Beerdigungszeremonie bestellt. Schlanke junge Männer, die ihren sündigen Leib unter einem schwarzen Kaftan, unter schwarzen langen Hosen, ihre Gesichter unter riesigen schwarzen Pelzhüten verbargen und lange Schraubenzieherlocken an den Schläfen hatten, umwimmelten uns wie schaurige Lemuren. Der gewaschene Leichnam lag in weiße Laken gehüllt auf einer Bahre, etwas zusammengekrümmt, und wurde von den frommen jungen Männern in schneller Gangart durch die Straßen Jerusalems getragen. Ich sehe mich hinter der Bahre gehen und den Kopf senken, um nicht beobachten zu müssen, wie sich die Straßenpassanten nach diesem makabren Aufzug umdrehen. An jeder Straßenecke macht der Zug Halt. Ich habe den alten Hut auf dem Kopf und das Gebetsbuch in der Hand und verlese das aramäische Totengebet, das ich eingeübt habe, ohne es zu verstehen. Diese Vorlesung an jeder Straßenecke gehört zu meinen Pflichten als Sohn. Dabei entsetzt mich meine eigene Stimme, sie kommt aus schauerlichen Tiefen des Grauens. Ich leiere so schnell wie möglich den Text herunter, die Begegnung mit dem Tod erzeugt unwillkürlich den pathetischen Ton des Leierns. Gott im Himmel, der du die Seelen aufnimmst und ihnen verzeihst!

Eine einzige Qual, ein Spießrutenlaufen durch die Jerusalemer Straßen! Ich befehle mir auszuhalten, mich an den steinernen Panzer zu klammern, der mich im Griff hat. Nach unendlich vielen Straßenecken und Wiederholungen des aramäischen Gebetes ist der Stadtrand erreicht. Endlich wird die Bahre mit der gekrümmt liegenden, weiß eingehüllten Leiche auf ein Auto gehoben, im zweiten Auto folgen der Vater, ich und die schwarzen Totengräber. Wir fahren hinaus, eine Bergstraße hoch. Mein geliebtes Jerusalem breitet sich glitzernd unter mir. Wir fahren zum Ölberg hinauf, auf dem ein großer jüdischer Friedhof liegt.

Oben am Eingang zum Friedhof ist es still. Keine Menschen sind zu sehen. Die Bahre wird vom Auto genommen. Wieder muß ich das schaurige Totengebet verlesen, an einem von Friedhofsarbeitern mit Spitzhacken aus dem steinigen Grund ausgehobenen Loch ein zweitesmal. Dann nehmen die Pelzhüte tragenden Lemuren auf zwei weißen zusammengedrehten Tüchern, die als Tragseile dienen, die Tote von der Bahre und halten sie schwebend über dem Loch.

Sie benehmen sich eigentlich nicht sehr pietätvoll. Es gibt schwierige Ritual-Probleme. Offenbar sind die Ritual-Probleme wichtiger als die menschlichen Probleme. Sie diskutieren laut in jiddischer Sprache, zitieren Schriftstellen und gelehrte Autoren, es bestehen Meinungsverschiedenheiten darüber, wie die Zeremonie weitergehen soll, nach welcher Seite der Kopf der Toten und nach welcher ihre Beine liegen sollen.

Verschiedene berühmte Rabbis haben darüber verschiedene berühmte Ansichten. Dann einigen sie sich. Ein kurzer Gebetsspruch, und sie senken die Tote ohne Sarg ins Innere der Grube.

Noch einmal das Totengebet. Dann wieder ein schnatterndes Fachgespräch der jungen Männer. Der Kopf soll erhöht liegen. Ein besonders langer Kaftanträger legt sich auf den Boden und schiebt einen Stein unter den Kopf der Toten. Weitere Steine werden ringsum behutsam aufgelegt, man mauert die Leiche ein, bedeckt sie von oben mit Steinplatten, wahrscheinlich zum Schutz gegen Tiere. Es gibt in diesem Land nicht nur Schakale, sondern auch Geier, ich kenne sie von meiner Kibbuz-Zeit her, sie sind auf dem Lande die Gesundheitspolizei. Jetzt sehe ich sie über dem Ölberg kreisen, sie werden angezogen von dem Inhalt der mit Steinen abgedeckten Gruben, ohne ihres Amtes walten zu können.

Mein Vater sagt etwas zu den frommen Totengräbern, er bittet um die Erlaubnis, ein bestimmtes Spezialgebet sprechen zu dürfen. Oh, sieh da, es erfreut sie, soviel wissenschaftliche Kenntnis der Tradition hatten sie nicht erwartet, sie nikken freundlich mit dem Kopf: Bitte sehr. Und mein Vater singt. Er steht theatralisch an dem Grab, die ausgebreiteten Arme zum Himmel erhoben, als segne er die unter uns liegende Stadt, sein Kopf ist zurückgeworfen, und wie in Verzückung singt er das Abschiedsgebet, langsam, deutlich und pathetisch, seine Stimme ist überraschend schön. Wie fremd, wie unheimlich fremd ist mir dieser Mann!

Über dieses Solo sind die geschwätzigen Lemuren erfreut, sie wackeln anerkennend mit den Köpfen, sie legen den Arm um die Schulter meines Vaters und gehen mit ihm voran zum Tor des Friedhofes. Dabei bereden sie mit ihm eine weitere, die letzte Zeremonie. In unserm Rücken schippen die Friedhofsarbeiter Erde und leichtes Geröll auf den improvisierten Steinsarg, in dem die Tote liegt.

Ich sehe uns außerhalb des Friedhofes auf der Straße vor dem Tor haltmachen. Mein Vater befiehlt mir die Schuhe auszuziehen, auch er zieht seine Schuhe aus. Seine Strümpfe sind völlig zerfetzt, die Füsse stecken nahezu nackt im Schuh. Gehört dieser Zustand der Strümpfe zur Trauerzeremonie? Ich weiß es nicht. Ich bin peinlich berührt über diese Entdekkung. Auf Strümpfen müssen wir durch ein Spalier gehen, das die frommen jungen Männer bilden, dabei haben sie die erhobenen Arme über uns zusammengelegt und leiern monoton, mit derselben Eile und in demselben schauerlichen Ton, in dem ich das aramäische Gebet aufsagte, einen hebräischen Text, dessen Sinn ich nicht verstehe.

Wir dürfen uns wieder die Schuhe anziehen. Wir besteigen das Auto und fahren in die Stadt zurück. Mit den jungen Männern hat mein Vater noch unterwegs ein angeregtes Gespräch, das von Sitten und Gebräuchen handelt, von Ursprung und Bedeutung der Riten. Er weist sich als Gelehrter aus. Sie klopfen ihm unablässig anerkennend auf die Schulter. Ich wußte es, daß er ein verkappter Rabbi ist. Aber es fehlt in seinem System das Entscheidende: Die Existenz Gottes. Er ist ein Rabbi ohne Gott.

Langsam befreite ich mich von den Schrecken dieser Tage.

Als wir zurück in die Wohnung kamen, hatten sich Verwandte aus Tel Aviv und Haifa eingefunden, die mein Vater telegrafisch herbeigerufen hatte. Auch Tante Krähenstein war dabei, die ihren Julius weniger zeremoniell beerdigt hatte. Das Wort ›Familienrat‹ machte die Runde, es sollte beraten werden, was nun mit meinem Vater weiter geschieht. Dabei saßen alle männlichen Familienmitglieder und auch ich auf niedrigen Hockern und Kisten, Hüte auf dem Kopf, und erfüllten das Gebot des ›Schiwe-Sitzens‹, einer letzten Trauerzeremonie. Eigentlich sollten die Männer in dieser Weise drei Tage lang auf der Erde sitzen und möglichst viel beten, aber sogar mein zeremonienfreudiger Vater war völlig erschöpft und akzeptierte das laut und zeternd, mit begleitenden wegwerfenden Handbewegungen vorgetragene Argument der ›aufgeklärten‹ Tante Krähenstein, wir seien doch moderne Menschen. So saßen wir nur bis zum Abend auf der Erde, bis der letzte Omnibuskonvoy nach Tel Aviv ging, verzichteten auf das Beten und berieten, was mit dem Vater und den Möbeln und Geräten seines Haushalts geschehen sollte. Er forderte mich auf: »Nimm dir zum Andenken mit, was du brauchst.« Aber ich wollte kein Andenken, ich würde auch so diese schrecklichen zwei Tage nie wieder vergessen.

Die Erbschleicherin Esther und ihr Mann waren auch zugegen. So konnte gleich alles ›gerecht‹ aufgeteilt werden, denn von vornherein stand es fest, daß mein Vater nicht in Jerusalem bleiben würde. Die häßliche Esther und ihr dummer Mann, dem Zusammentreffen dieser beiden Eigenschaften war übrigens ihre Ehe zu verdanken, hatten Teppiche und Läufer schon an sich genommen, jetzt suchten sie sich noch aus den Möbeln heraus, was sie brauchen konnten. Der Rest sollte an einen Trödler verkauft werden. Die Haifaer Schwester meines Vaters lud ihn für vier Wochen zur Erholung nach Haifa ein, dann sollte er zu seiner Tel Aviver Schwester übersiedeln, zu Tante Krähenstein, bei der ja ein Bett frei war. Man beriet, trank Tee, aß Kuchen. Mittendrin kam ein Telegramm aus London, in dem trauernde Teilnahme und eine Tel Aviver Adresse mitgeteilt wurden. Es war eine einflußreiche Person der besseren Tel Aviver Gesellschaft, ein Freund Frimsches, der dem Vater weiterhelfen und ihn beruflich beraten sollte.

So war alles in bester Ordnung. Es wurde alles geregelt und organisiert. Für den Grabstein gab jeder einen Zehnpfundschein; er wurde am nächsten Tag, als ich schon in Ramat Gan war, in Auftrag gegeben und vier Wochen später auf dem Ölberg aufgestellt. Abends betrat ich wieder die Orangenfarm, mit fröhlichem Gesicht.

»Und?« fragte Lisa. »Du bist ja so gut gelaunt?« Was sollte ich ihr sagen! Ich hatte alle Qualen hinter mir. Das Land war leer. Ich konnte hinaus, weit hinaus. Sämtliche Bänder, auch das letzte, waren durchschnitten. Ich küßte meinen Jochanan, kitzelte meinen Elijahu, der fröhlich krähte. Leben, nur leben! Die Hölle verlassen! Alles in diesem Land war Hölle geworden. Sie kamen aus der Hölle und gingen in eine Hölle. Diese theatralische Frömmigkeit, dieser theatralische Nationalismus! Kein Schritt in diesem Land ohne Theater. Lisa sah mich von der Seite an. »Ich wußte es, du bist herzlos. Du hast kein Herz in der Brust, sondern einen Eisklumpen.«

Natürlich, ich hatte kein Herz. Ich hatte mich vor Jo versteckt, versteckte mich jetzt vor dem Tod.

Nur ein halbes Jahr verging, da wurde der Grabstein meiner Mutter auf dem Ölberg in Jerusalem zusammen mit den anderen Grabsteinen wieder abgenommen und auf der Chaussee heruntergetragen bis an den Rand der Stadt. Dort wurden die Grabsteine aufeinandergeschichtet und dienten der transjordanischen arabischen Legion als Feuerstellung. Der Irrsinn dieses Landes hatte meine Mutter getötet und zerstörte auch ihr Grab.

Es floß Blut, das ganze Jahr über war Blut geflossen. Allein bei den Engländern waren vierzig Offiziere und fünfhundertdreiundvierzig Unteroffiziere und Soldaten getötet oder verwundet worden. Im Sommer des Jahres war zum erstenmal eine nichtbritische UNO-Kommission in das brennende Land geschickt worden, nachdem dreißig Jahre lang nur britisch geleitete Kommissionen nach Palästina gekommen waren, um die Ursachen der Unruhen zu erforschen. Die von Briten unbeeinflußte UNO-Kommission des Jahres 1947, von der alle eine Lösung des Palästina-Konfliktes erhofften, lud Vertreter arabischer und jüdischer Parteien und Organisationen des Landes sowie prominente Persönlichkeiten und Politiker beider Völker ein, vor ihrem Forum zu erscheinen, auszusagen und Vorschläge zur Lösung des Konfliktes zu unterbreiten. Es wurde eine wahre Sisyphosarbeit geleistet. Nach Rückkehr zum Sitz der Vereinten Nationen und gründlicher Beratung legte die Kommission der Hauptversammlung einen Plan zur Aufhebung der britischen Mandatsherrschaft und Aufteilung des Landes vor.

Der Plan sah die Gründung eines jüdischen Staates und eines arabischen Staates vor und wurde mit überwältigender Stimmenmehrheit von der Hauptversammlung der Vereinten Nationen angenommen, wobei der seltene Fall zu verzeichnen war, daß die Repräsentanten der USA und der Sowjetunion gleich stimmten, nämlich positiv. Der UNO-Bevollmächtigte der Sowjetunion, Gromyko, führte in seiner Begründung sinngemäß aus, daß man den überall in der Welt verfolgten Juden Gelegenheit geben müsse, sich zu sammeln und einen eigenen Staat aufzubauen.

Die Juden tanzten vor Freude über den UNO-Beschluß, der am neunundzwanzigsten November zustande kam, auf den Straßen. Von den Arabern Palästinas wurde der Beschluß kategorisch abgelehnt, sie riefen zum Zeichen des Protestes einen viertägigen Generalstreik aus, der wie alle arabischen Generalstreiks der Vergangenheit den Beginn blutiger

Unruhen ankündigte. Zu diesem Zeitpunkt war die militärische und politische Lage der Juden trotz ihrer Freudentänze miserabel, besonders angesichts der Tatsache, daß die Briten trotz ihrer Erklärung, bis zu ihrem auf den fünfzehnten Mai 1948 festgesetzten Abzug aus Palästina ›weiter‹ für Ruhe und Ordnung sorgen zu wollen, die Tore heimlich öffneten für die Infiltration regulärer Einheiten aus den arabischen Nachbarländern. Und diese setzten sich dann auch sofort in den ihnen zukünftig gehörenden Gebieten fest, um am fünfzehnten Mai sprungbereit vor den Grenzen des jungen Israel-Staates aufmarschieren zu können.

Unten auf dem Feld vor der Farm brannte es. Wir liefen hinunter, um zu sehen, was geschehen war. Es war abends, deshalb war ich zu Hause. Jemand hatte Ibrahims Hütte angezündet. Teufelsgestalten hüpften auf seinem Blumenfeld herum, rissen die Pflanzen aus dem Boden und zertrampelten sie. Es sollte die Rache sein für die Brände an der Jaffa-Tel-Aviv-Grenze, wo Araber längst evakuierte Holzhütten orientalischer Juden, der Ärmsten der Armen, in Brand gesteckt hatten. Zwanzig Augen für ein Auge, hundert Zähne für einen Zahn, immer rundherum lief der Irrsinn im Teufelskreis der Blutrache, ohne daß ihn jemand aufhalten konnte. Dann merkte ich, daß Mussah nicht mehr kam, unser Gemüseangebote singender Mussah. Wo blieb er jetzt, wer kaufte ihm seine Waren ab?

Unser Aufklärerzug wurde eines Tages von einem besonders widerlichen Hagannah-Kommandeur abgeholt, einem gewissen Lewandowski, der aus Deutschland stammte und auf der Linie zwischen Tel Aviv und Ramat Gan Bus-Chauffeur war. Er war jünger als ich, ein Albino-Typ, bei dem Kopfhaar, Wimpern und Brauen weißblond waren und dessen glattes rotwangiges Gesicht so fröhlich-dumm war wie das einer Holzpuppe. Wir sollten mitkommen, sagte er und spielte mit dem Revolver in seiner Hand. David telefonierte kurz mit Joschua, es hatte seine Richtigkeit.

Also gingen wir mit unseren Waffen mit, wie bei einer Patrouille in Kolonne hinter ihm. Er betrat die schöne große Orangenfarm hinter Ibrahims Feld, die Arabern gehörte und seit einem halben Jahr verlassen war. Nachmann hatte das Gebiet seinerzeit mit mir zusammen inspiziert. Aber Lewandowski fühlte sich nun bemüßigt, die Farm auch noch zu durchsuchen, gedeckt von acht schwerbewaffneten Leuten.

Er benahm sich wie ein Schwein, riß Apfelsinen von den Bäumen, fraß oder zertrampelte sie. Schließlich stieß er die Tür zu dem einsam stehenden Pumpenhaus auf, immer mit der Pistole herumfuchtelnd, und begann lachend und höchst animiert die Dieselmaschine mit einer Eisenstange zu demolieren. Ich sah David an, David sah mich an. Er nahm mich auf die Seite und sagte zu mir leise auf deutsch: »Du, ich glaube, der ist ein bißchen bekloppt.« Nachdem Lewandowski genug auf die Dieselmaschine eingeschlagen hatte, wandte er sich den Fensterscheiben zu und begann sie systematisch mit dem Pistolengriff zu zertrümmern. Er ging von Fenster zu Fenster und freute sich an dem klirrenden Glas, dabei lachte er und sagte: »Man muß hier Luft schaffen, es stinkt.« Ich hätte den Kerl erschlagen können, aber ich schwieg. Ich gab David einen Wink, er verstand mich sofort. Er ließ einen scharfen Befehl an die Aufklärer-Gruppe ertönen, die sich sofort draußen vor der Hütte aufbaute. Wir marschierten ab, ließen Lewandowski allein weitertoben. Er wollte uns zurückhalten, er rief uns hinterher, wohin wir gingen. Aber wir kümmerten uns nicht um ihn und kehrten, ohne uns umzusehen, zu unserer Basis zurück. David telefonierte sofort mit Joschua und schilderte ihm, was geschehen war. »Dazu sind wir nicht da, Joschua. Danziger ist derselben Meinung, der Mann ist verrückt.« Joschua schien nicht zu widersprechen.

Sie waren alle verrückt, Juden und Araber. Am fünfzehnten Dezember erschien eine Bilanz der jüdischen Verluste in der Presse. In vierzehn Tagen waren vierundachtzig Juden getötet und hunderfünfundfünfzig verwundet worden. Wahrscheinlich sahen die arabischen Verluste ähnlich aus. Man schlug aufeinander ein, demolierte in sinnloser Wut verlassene Häuser und Maschinen.

Ich machte mir Sorgen um Abraham, Leckers Freund. Ich hatte ihn vor etwa vier Wochen das letztemal gesehen, damals ahnte noch keiner etwas von dem bevorstehenden UNO-Beschluß, der uns alle überraschte. Er saß damals in dem Restaurant, in dem Leckers Frau arbeitete und das den Brüdern Metzger gehörte. Das Restaurant war leer, es war ein Freitagabend, an dem sich die Juden mit dem Empfang der ›Braut Schabbat‹ beschäftigen. Er hatte eine Flasche billigen Rotwein vor sich stehen, rauchte Zigaretten und starrte durch das Fenster auf die Straße hinaus.

Ich setzte mich zu ihm an den Tisch.

»Was ist los mit dir, Abraham?«

Auf einem dritten Stuhl, der am Tisch stand, lag ein großer, in Seidenpapier gehüllter Blumenstrauß.

»Mohammed hat uns verboten, Wein zu trinken«, sagte er in vollendetem Hebräisch. »Hier darf ich es, hier sieht mich keiner. Sie würden mich in meinem Dorf totschlagen, wenn sie mich sehen würden.«

Die Küchentür öffnete sich, Frau Lecker sah herein.

»Frau Lecker«, rief er, »noch ein Glas für Carl-Jacob.«

Soviel wußte ich schon, daß man so etwas nicht ablehnen darf. Ich trank also ein Glas mit ihm, und wir sprachen über verschiedenes, über die Arbeit, die Ernteaussichten, über die Behandlung der Farmarbeiter und ähnliches.

Plötzlich ging draußen Rifka vorüber. Sie hatte sich in den letzten Jahren etwas zivilisiert, arbeitete als Kindergärtnerin in einem benachbarten Kindergarten. Immer noch blühte ihr Körper, war ihre Haut wie Porzellan, immer noch hatte sie exzentrische Ansichten, die sie originell und überzeugend begründete. Auch die schwarzen Haare hatten sich nicht verändert, sie hingen ihr immer noch struppig ins Gesicht. Aber wir lachten über sie schon etwas weniger als vor sechs Jahren, wir hatten uns an dieses eigenwillige Mädchen gewöhnt. Ich sah erstaunt, daß Abraham aufstand, die Blumen nahm und hinausging, um sie einzuholen und ihr den Blumenstrauß zu überreichen. Das war bei Abraham nichts Besonderes, er schenkte allen unseren Frauen Blumen, aber ich fand es merkwürdig, daß er nicht zurückkehrte, obwohl ein Rest Wein in der Flasche war. So erhob ich mich und verließ ebenfalls das Lokal.

Später erzählte mir jemand: »Weißt du nicht, daß Abraham Jude werden will? Er will zum Judentum übertreten und ein jüdisches Mädchen heiraten. Er nimmt Unterricht bei einem Studenten.«

Seitdem machte ich mir Sorgen um Abraham. Ich glaubte nicht daran, daß die Sache gut ausgehen könnte.

Es war kurze Zeit nach Lewandowskis Entgleisungen. An einem Sonnabend nach dem Mittagessen war plötzlich Schlomo in der Farm, mein früherer Instrukteur. Ich freute mich, ihn wiederzusehen; es war so, als ob man einen geliebten Lehrer trifft, der einen als Kind unterrichtete. Ich erzählte ihm von meinen verschiedenen Erfahrungen und Tätigkeiten, er hatte danach gefragt. Allerdings wußte er das meiste, er schien seit Jahren meinen Weg von weitem zu beobachten.

Während wir uns unterhielten, gingen wir in der Zypressenallee auf und ab. Das hatte den Vorteil, daß unser Gespräch von niemandem mitgehört wurde. Er hatte etwas Besonderes, umsonst war er nicht in die Farm gekommen.

»Hast du Lust, nach Jaffa zu gehen?« fragte er mich plötzlich.

Ich sah ihn an. Von Lust konnte keine Rede sein. Andererseits interessierten mich aus literarischen Gründen Abenteuer, am besten solche, die ich selbst erlebte.

»Allein?« fragte ich ihn. »Oder in Begleitung?«

»Allein.«

Das war ein Schlag! Hagannah-Kommandeure wie Schlomo kleideten ihre Befehle in Form einer Frage. Ich sollte also allein nach Jaffa gehen.

»Gut«, sagte ich nach einigem Nachdenken. Schlomo war nicht der Mann, der mich ins Verderben schicken würde. »Ich bin bereit.«

»Der Auftrag ist geheim.«

»Ich verstehe.«

»Du darfst mit niemandem darüber sprechen.«

»Klar.«

»Daß der Auftrag gefährlich ist, weißt du.«

»Ich kann es mir denken.«

»Paß auf. Wahrscheinlich kennst du Ibrahim Sahib. Den schönen alten Araber, der unten an der Chaussee Blumen züchtete.«

»Und dessen Hütte man verbrannt, dessen Feld man zerstört hat«, fügte ich erbittert hinzu.

»Ja, den meine ich. Über all diese Ausschreitungen denke ich wie du, das weißt du vielleicht.«

»Ich kann es mir denken.«

»Danke.« Er lächelte, wurde dann wieder ernst. »Wußtest

du, daß dieser Ibrahim in Jaffa ein Blumengeschäft hat, zusammen mit deinem Nachbarn Lecker?«

Ich blieb erstaunt stehen.

»Nein, das wußte ich nicht.«

»Komm, bleib nicht stehen. Es wird noch besser. Wußtest du, daß dieser Ibrahim für uns arbeitet und ein Freund der Juden ist?«

Ich schüttelte den Kopf.

»Es ist unglaublich«, sagte ich.

»Deshalb hat ihm auch die Ortsverwaltung das Feld verpachtet. Wir haben uns für ihn eingesetzt.«

»Und konntet Ihr seine Blumen nicht beschützen?«

Wir waren unten am Tor angelangt und wollten gerade kehrtmachen, um wieder hinaufzugehen, da kam ein Telegrammbote auf dem Sandweg angeradelt. Er fragte uns: »Wo wohnt hier Frau Lecker?«

Ich zeigte ihm das Haus. Er setzte seinen Weg fort und wir auch.

»Versuche heute abend im Dunkeln nach Jaffa durchzukommen. Hier ist eine Zeichnung der Lage des Blumengeschäftes. Du siehst, das Geschäft liegt direkt an der Jaffa Road, zwei Querstraßen hinter der Maschinenfabrik Wagner. Im Hof, der sich dem Blumengeschäft anschließt, wohnt er. Am besten gehst du den Strand entlang. Wenn du die Schornsteine von Wagner siehst, zählst du zwei Querstraßen und gehst da hinein. Am Ende der Querstraße findest du Sahib. Du übergibst ihm diesen Zettel, aber so, daß niemand etwas merkt. Er spricht übrigens deutsch.«

»Ich weiß, ich hab mit ihm öfter gesprochen. Er hat früher in Saronah gearbeitet, bei den Deutschen, da hat er es gelernt.«

»Ja, er kennt auch den alten Wagner gut. Damit du weißt,

um was es sich handelt: Er soll sich morgen unten im Süden Jaffas an der Grenze nach Bath Jam mit einem unserer Leute treffen, der wie ein Araber gekleidet ist. Er soll die Verbindung nach Bath Jam aufnehmen. Bath Jam ist von uns abgeschnitten. Wir müssen unbedingt eine Verbindung mit der Hagannah in Bath Jam herstellen. Wie sie funktionieren wird, wissen wir noch nicht.«

»Gibt es keine Funkgeräte?« fragte ich erstaunt.

»Eben, darum handelt es sich. Der letzte Funkspruch vor drei Tagen besagte, daß morgen ein arabisch gekleideter Genosse an einem bestimmten Punkt zu gegebener Zeit an der Straße nach Bath Jam stehen wird. Seitdem gibt es keine Funksprüche mehr.«

Ich überlegte einen Augenblick. Die Situation schien ernst zu sein. »Ist der Strand abgesperrt?« fragte ich. »Die Jaffa-Road ist doch bestimmt abgesperrt.«

»Du sollst das auskundschaften. Wir wissen es nicht genau. Sahib muß spätestens heute abend unsere Botschaft bekommen.«

»Und wie geht der Kontakt weiter? Wie benachrichtigt uns Sahib?«

»Er wird einen Weg finden. Vielleicht kommt er selbst, oder er schickt jemanden.«

Ich grübelte. Es war eine verdammte Geschichte. Ich konnte mich da schwer drücken.

»Bekomme ich eine Waffe?« fragte ich nach einigem Nachdenken.

Wir waren an dem Haus angelangt, in dem Frau Schnabel wohnte, und wollten gerade umkehren, da kam völlig aufgelöst Leckers Frau durch die Bäume gelaufen, das geöffnete Telegramm in der Hand. Sie sah mich und fing gleich an zu zetern.

»Carl-Jacob«, jammerte sie, »hier lies, ich bin eine alte Frau, Herr im Himmel, was wollen die Menschen von mir, was habe ich gesündigt!«

Es war ein Telegramm ihres Sohnes aus Haifa. Ich las: ›Erbitte Besuch, liege verwundet im Hadassah-Krankenhaus. Ephraim.‹

»Sie nehmen mir auch noch mein einziges Kind«, schrie sie, als sie sah, daß ich zu Ende gelesen hatte. »Moscheh ist nach Jaffa gegangen, in dieser verrückten Zeit, und Ephraim spielt in Haifa den Helden. Wozu brauche ich das alles? Was soll ich tun, Herr im Himmel? Moscheh muß sofort nach Haifa fahren ins Hadassah-Krankenhaus. Aber wo steckt er? Er ist verrückt, in solchen Zeiten nach Jaffa zu gehen.«

Ich sah Schlomo an und Schlomo mich. Moscheh war bei Ibrahim, seinem Kompagnon. Aber durfte ich sagen, daß ich ihn eventuell heute abend sehen würde? Schlomo verstand meinen Blick. Er mischte sich ein.

»Carl-Jacob wird heute abend Herrn Lecker sehen«, sagte er fest.

»Ich werde ihm von dem Telegramm erzählen und ihn mitbringen.«

Sie sah mich fassungslos an. »Tausend Dank, Carl-Jacob«, rief sie, »tausend Dank, du rettest mich, du rettest eine alte Frau. Bitte, vergiß es nicht, du hast es versprochen, bitte.« Sie griff nach meiner Hand, drückte sie. Sie war so durcheinander, daß sie nicht einmal fragte, wie ich denn Lecker heute abend sehen wollte.

»Sie dürfen aber niemandem davon etwas erzählen«, sagte Schlomo streng. »Wenn Sie nicht schweigen, sehen Sie Ihren Mann nie wieder.«

»Oh Gott, oh Gott«, jammerte sie und sah uns nach, denn wir setzten unseren Spaziergang zwischen den Zypressen fort. Dann machte sie kehrt und huschte in ihre Hütte zurück.

»Was ist also, Schlomo?« wiederholte ich meine letzte Frage. »Bekomme ich eine Waffe?«

»Eine Waffe ist nicht gut. Du könntest von Engländern durchsucht werden. Ich hab dir was Besseres mitgebracht: Zigaretten.« Er schmunzelte und holte eine Zigarettenschachtel aus der Tasche.

»Zigaretten?« fragte ich enttäuscht.

»Na, öffne die Schachtel, nimm mal eine Zigarette heraus, aber laß sie nicht fallen, sie ist nämlich aus Glas.«

»Aus Glas?« Tatsächlich, man hatte Zigarettenpapier um kleine Glasröhrchen gewickelt, die genau die Größe von Zigaretten hatten. »Und was ist in den Glasröhrchen?«

»Tränengas«, sagte er. »Es entfaltet sich mit Macht, wenn du die Zigarette auf einen Stein wirfst oder zertrampelst. In den Ampullen ist eine Flüssigkeit, die sich bei der Berührung mit Sauerstoff in Gas verwandelt. Im Schutz der Gaswolke kannst du entkommen. Dann noch etwas.« Er zog einen Zettel aus der Tasche. »Der Fehler ist natürlich, daß du nicht arabisch kannst. Wir haben dir hier mit lateinischen Buchstaben zwei Sprüche aus dem Koran aufgeschrieben. Es hat viel Mühe gemacht, die richtige Transskription zu finden. Die Silbe, über der ein Häkchen ist, trägt die Betonung. Du mußt möglichst hinten im Kehlkopf sprechen, auch wenn es dir komisch vorkommt. Lies mal vor, ich korrigiere dich. Wir müssen das üben. Es ist deine Waffe. Du schleuderst Arabern, die dir den Weg vertreten und dich aufhalten wollen, diese Sprüche entgegen. Sie werden dich dann ehrfurchtsvoll durchlassen, in dem Glauben, du gehörst zu ihnen. Los, fang an. Üben wir.«

Was die Sprüche im einzelnen besagten, wußte er nicht. Er

konnte sie nicht übersetzen, da sie in einem schwierigen Literatur-Arabisch abgefaßt waren. Er kannte nur ihre allgemeine Bedeutung: Eine Verurteilung aller Propheten außer Mohammed und die mystische Verherrlichung des ihm von Gott gegebenen Insigniums, des Schwertes. Eine halbe Stunde lang gingen wir auf und ab und übten die Aussprache der Sätze, von denen offenbar angenommen wurde, daß sie niemals über die Lippen eines Ungläubigen kommen könnten. Am Ende der Lektion zog Schlomo ein weißes Tuch mit einer dicken schwarzen Kordel aus der Tasche. Wir gingen tiefer in den Zitruswald hinein, damit uns niemand sah, und probierten meine arabische Kopfbedeckung.

Schlomo riet mir, einen alten, ausgebleichten Popeline-Mantel mitzunehmen. Diese Mäntel verlieren in der Sonne Palästinas ihre Farbe und werden nahezu weiß. Im Dunkeln am Strand in der Höhe Wagners sollte ich mich rasch kostümieren und meinen Weg fortsetzen, als Araber verkleidet. Auch lange, möglichst dunkle Hosen waren erforderlich, am besten Trainingshosen, weil sie nach arabischem Brauch unten zugebunden waren.

»Noch etwas«, sagte er. »Wenn du in Gefahr kommst, mußt den den für Sahib bestimmten Zettel verschlucken. Wir verlassen uns auf deine Intelligenz. Geht es nicht, dann läßt du die Finger davon. Du sollst dich unter keinen Umständen opfern. Auch wenn du Angst bekommst, machst du kehrt. Angst würde dich gefährden. Was auf dem Spiel steht, weißt du: Bath Jam und in gewissem Maße Lecker. Andererseits hast du zwei Kinder. Es muß also alles etwas witzig ablaufen, wie ein Studentenulk. Blut darf nicht vergossen werden. Fahr nach Tel Aviv und sieh dir die Situation an der Grenze an. Danach entscheidest du. Ich warte hier auf dich in der Farm. Zwischen den Bäumen. Erschrick also nicht, wenn plötzlich im Dunkeln jemand auf dich zukommt. Das bedeutet gleichzeitig, daß du hier unten durch den Farmeingang gehen mußt, damit wir uns treffen. Viel Glück, Carl-Jacob, Friede und Segen.« Er ging, es war noch heller Tag.

Abends fuhr ich nach Tel Aviv. Ich hatte den ganzen Nachmittag die kriegerischen Sprüche gepaukt, war fast sicher, daß der Strand von Engländern gesperrt war und ich mit ruhigem Gewissen umkehren konnte. Zu Lisa hatte ich nur gesagt, es handle sich um eine Hagannah-Sache, wenn irgend etwas passiere und ich bis zum Morgen nicht zurück sei, solle sie sich an den Kofer Hajischuw wenden. Aber wahrscheinlich sei ich bald wieder da. In dieser Stimmung, nichts zu riskieren, fuhr ich am Abend los. In der Allenby-Straße brannten wie immer die Straßenlaternen, und Passanten und Autos bewegten sich, als sei nichts geschehen. Es war ein milder Dezemberabend, so mild, wie ein Dezemberabend nur in Palästina sein kann, und meine schwarzen Trainingshosen und der ausgeblichene Mantel darüber waren gerade noch erträglich.

Am Anfang der Jaffa Road sah ich von weitem, daß zwei Schlangen von Menschen in gewisser Entfernung die Straße überschritten: Englische Soldaten mit Stahlhelmen auf den Köpfen, die hinter spanischen Reitern auf- und abgingen, und in respektvollem Abstand eine dünne Reihe neugieriger Zivilisten. Das sah um so bedrohlicher aus, als weiter südlich in der Jaffa Road die Laternen nicht mehr brannten und offensichtlich demoliert worden waren. Ich blieb eine Weile stehen, aber in größerer Entfernung, und starrte in die finstere Leere des abgeriegelten Jaffa hinunter. Jaffa war ja eine arabische Stadt und nur von Arabern bewohnt. Ich fand es bedenklich, daß die Hüter der Ordnung im Licht standen und die Seite, von der vermutet wurde, daß sie die Gefahr barg, von völliger Finsternis gedeckt wurde. Wahrscheinlich war die Gefahr nicht sehr groß, sonst wären die Jonnies nicht im Licht der Laternen auf und abgegangen, ohne an Sichtdeckung zu denken.

Ich wollte mich nicht in Gefahr begeben, fühlte aber doch den leisen Kitzel kommender Ereignisse, als ich die Straße, die zum Meer führt, hinunterging. Die Straße wurde immer stiller, immer menschenleerer, das gleichmäßige Rauschen des Meeres lauter. An der letzten Straßenlaterne blieb ich stehen und zog meinen Zettel mit den Koransprüchen aus der Tasche, um die während der Fahrt nach Tel Aviv betriebene Lektion wieder aufzunehmen. Dabei lief es mir eiskalt über den Rücken, besonders wegen des Insigniums Mohammeds, und ich überlegte, ob ich Angst hätte. Aber konnte ich nach Ramat Gan zurückkehren und Schlomo sagen, ich hätte plötzlich Angst bekommen?

So trat ich aus der letzten Häuserzeile heraus, halblaut arabische Worte sprechend, die ich nicht verstand, die eine Hand in der Tasche tastete nach dem Zettel für Sahib, mit der anderen Hand hielt ich die Zigarettenschachtel, deren Inhalt meine einzige Waffe war. Ich ging dem Meer entgegen, den gleichmäßig aus der Nacht heranrollenden Wellen, und blieb wieder stehen. Es war keine Menschenseele zu sehen. Nach Süden schoben sich dunkel kauernde Umrisse der Häuser gegen den Himmel. In der Krone des ruhenden Löwen, der aufs Meer hinaussah, kreisten die Lichtschwerter des Leuchtturmes im Hafen von Jaffa.

Ich ging langsam nach links den Strand hinunter, Schritt für Schritt, in der Hoffnung, bald von Engländern angehalten und wieder zurückgeschickt zu werden. Die Sterne beleuchteten meinen Weg, unter meinen Füßen knirschten die Muscheln. Ich redete mir ein, spazierenzugehen. Manchmal erwischten die heranrollenden leckenden Wellen meine Schuhe. Ich spielte mit mir selbst und mit der Gefahr. Noch erkannte ich die Umrisse der Bauten am Ende des Strandes und hielt sie für europäische Wohnhäuser Tel Avivs, aber das konnte ein Irrtum sein. Die Häuser schliefen, kein Licht war in den Fenstern zu sehen. Unangenehm waren nur die großen Felsbrocken, die sich in der Mitte des Strandes zu häufen begannen und hinter denen Menschen hocken konnten, die mich beobachteten.

Natürlich war alles Einbildung. Die irritierende Wirkung der Dunkelheit; es hockte niemand hinter den Felsen. Ich wußte auch, wie man mit sich selbst umgehen muß in solchen Situationen, ich konnte mich selbst hart anfahren, und der Nachtschreck war dann wie fortgeblasen. Ich verstand es auch, mich zu überlisten, ich ging der englischen Sperre entgegen und schob sie immer weiter nach dem Süden, obwohl ich wußte, daß sie gar nicht existierte und die Engländer aus Ortsunkenntnis vergessen hatten, den Strand abzusperren.

Plötzlich blieb ich erschrocken stehen: Zur linken Hand ragten Silhouetten von Schornsteinen in den Himmel, ich befand mich bereits auf der Höhe von Wagner.

Noch konnte ich umkehren. Niemand hatte mich gesehen. Niemand konnte mir widersprechen, wenn ich behauptete, der Strand sei gesperrt gewesen. Aber es erwachte plötzlich der Trotz in mir. Warum denn der Feigheit nachgeben. Es war doch alles höchst ungefährlich, ein Studentenulk, wie Schlomo gesagt hatte. Niemand hinderte mich daran, langsam weiterzugehen, Schritt für Schritt, und es fiel mir ein, daß die Araber die Nächte nicht lieben und um diese Zeit möglichst ihre Häuser und Stellungen nicht verlassen. Es war ganz einfach. Ich beschloß, den doch offenbar bequemen Weg zu Sahib fortzusetzen. Auch Lecker war zu Sahib gegangen, und es mußte doch schön sein, zurückzukommen und sich als Held feiern zu lassen; weil niemand wußte, wie wenig Mühe die Heldentat gekostet hatte. Ich band rasch mein Kopftuch mit der schwarzen Kordel um, huschte an den dunklen bebauten Rand des Strandes und ging weiter. Ich suchte die zweite Querstraße.

Es war eine Straße mit einem halb zerfallenen Stufenaufgang, der zu den Häusern hinaufführte. Das erste Haus hatte einen Balkon, der auf Säulen stand. Rechtzeitig kam mir zum Bewußtsein, daß in Jaffa ›curfew‹ war, der von den Engländern ausgerufene Ausnahmezustand. Schon aus diesem Grunde war niemand auf der Straße. Ich huschte im Schatten die Gasse hinauf, ohne mein Herzklopfen zu beachten, das immer stärker wurde, sah von weitem die Jaffa Road, die nur von Sternenlicht sanft bestrahlt wurde. Kein Mensch war zu sehen. Vor der Eingangstür zum letzten Hof blieb ich stehen. Ich tastete nach meinen ›Zigaretten‹. Ich überlegte: Wenn ich jetzt in das falsche Haus eintrat, war alles verloren, dann half mir nur Tränengas und Flucht. Ich hätte mich bis zur Ecke der Jaffa Road vortasten müssen und zusehen, ob hier ein Blumengeschäft war. Aber ich wagte mich nicht aus der kleinen Gasse heraus, vielleicht waren englische Polizisten oder arabische Patrouillen auf der Hauptstraße. Bereit, sofort zurückzuspringen und davonzulaufen, zum Strand zurück, stieß ich deshalb kurz entschlossen die Tür auf.

Keine Bewegung im Hof, kein Mensch. Eine Katze strich über das grobe Pflaster. Aber ich sah in den Fenstern eines niedrigen Hauses Licht brennen, schlich im Schatten näher und erkannte plötzlich im Innern des großen Zimmers meinen Freund Lecker.

Ich atmete auf. Ich hatte es geschafft. Ich nahm meine Kopfbedeckung ab, stopfte sie in die Manteltasche und öffnete die Tür, um einzutreten.

Eine große arabische Familie mit Frauen, Kindern und Männern hockte auf der Erde. Die Männer hatten es sich gemütlich gemacht, sogen an langen Wasserpfeifen, deren Schläuche in einer dicken, gemeinsam benutzten Wasserflasche zusammenliefen. Auch Lecker saß so, mit übereinandergekreuzten Knien und eine Wasserpfeife im Mund, er fiel in diesem Kreis überhaupt nicht auf. Als ich eintrat, erschraken sie, sie sprangen alle auf und schrien durcheinander, als sei ich eine Erscheinung aus dem Jenseits. Ich ging rasch auf Lecker zu.

»Moscheh, du mußt sofort nach Hause kommen«, sagte ich, »dein Junge liegt im Krankenhaus in Haifa, es ist ein Telegramm gekommen.«

Dann ging ich auf Ibrahim zu. Ich drückte ihm die Hand. Dabei glitt der Zettel aus meiner Hand in seine. Er verstand, steckte die Hand in seine Tasche, wo sie sich des Zettels entledigte.

»Ich freue mich, dich zu sehen, Ibrahim«, sagte ich auf deutsch. »Gottes Segen sei mit dir. Sie haben deine Hütte verbrannt und dein Feld verwüstet, die Narren, ich schäme mich ihretwegen.«

Er war weise, wie ich es mir gedacht hatte, er antwortete mit Weisheit und Würde, dabei zeigte es sich, daß er meinen Namen kannte: »Es gibt viele verschiedene Menschen, Carl-Jacob, Gott sei auch mit dir. Die Guten werden eines Tages siegen, mehr weiß ich nicht. Komm, nimm in unserer Mitte Platz und trink mit uns einen Mokka.«

Er klatschte in die Hände und sagte etwas auf arabisch, sie beruhigten sich und setzten sich wieder, ein altes Mütterchen lief hinaus, um den Mokka zuzubereiten. Ibrahim und Lecker gaben an die übrigen Familienmitglieder auf arabisch Erklärungen ab, dann wandte sich Lecker an mich und fragte hebräisch: »Wann ist das Telegramm gekommen?«

Ich setzte mich auf einen geflochtetenen Hocker, den mir Ibrahim hinschob, weil er taktvoll annahm, daß ich es nicht gelernt hatte, mit gekreuzten Beinen auf dem Erdboden Platz zu nehmen.

»Heute nachmittag«, sagte ich. »Deine Frau ist völlig verzweifelt. Sie weiß nicht, was sie tun soll.«

Lecker übersetzte den andern ins Arabische, was ich gesagt hatte, fuhr dann hebräisch fort: »Und deshalb bist du nach Jaffa gekommen?«

Zögernd sagte ich: »Ja, deshalb. Weil es so wichtig ist.«

Er schüttelte ungläubig den Kopf.

»Carl-Jacob, wie kannst du dich nur so in Gefahr bringen. Was mach ich jetzt mit dir? Wie kommst du nur wieder zurück?«

»Ganz einfach, mit dir zusammen.«

»Ich kann nicht, ich habe hier zu tun, ich habe ein Geschäft. Mein ganzes Geld liegt in diesem Blumengeschäft. In ein paar Tagen, wenn es wieder still ist, komme ich nach Haus. Sag meiner Frau, sie soll an meiner Stelle nach Haifa fahren. Horowitz schuldet mir noch Geld von meiner letzten Arbeit, sie soll sich das Geld geben lassen und morgen früh fahren.« Und wieder übersetzte er, was er mit mir sprach, damit die andern es verstanden und nicht mißtrauisch wurden. Ich bekam meinen Mokka und trank ihn langsam, in kleinen Zügen, er war sehr heiß.

»All das, unser ganzes Unglück, kommt von den Engländern«, sagte Ibrahim auf deutsch zu mir. »Aber es scheint, daß alle Völker auf der Welt Fehler machen. Es gibt kein Volk ohne Fehler.«

Plötzlich, in diesem Augenblick, ging die Tür auf, und zwei junge Araber kamen herein, die mich an die zwei jungen Araber erinnerten, mit denen ich bei Dreyfuss diskutiert hatte. Sie waren europäisch gekleidet, in schwarzen Anzügen, und machten einen verwöhnten Eindruck.

Ibrahim schien sie zu kennen. Er eilte ihnen entgegen und begrüßte sie auf überschwängliche orientalische Weise, mit großem Wortschwall und großen Gebärden. Dabei führte er die rechte Hand zum Herzen, um sein Entzücken zu unterstreichen, und verneigte sich tief und ehrfurchtsvoll.

»Kunden«, sagte Lecker leise zu mir. Wenn sie meinetwegen kommen, dachte ich rasch, stehe ich unter dem Schutz der Gastfreundschaft Ibrahims. »Es sind die Söhne eines reichen Mannes. Sie geben ein Fest und machen eine große Blumenbestellung.«

Sie hockten, von Ibrahim eingeladen, auf dem Teppich nieder, Ibrahim notierte eine Bestellung auf einem Zettel. Wieder klatschte er in die Hände und bestellte bei dem Mütterchen Mokka für die Gäste. Plötzlich sprachen sie etwas und sahen dabei zu mir herüber.

»Kommen Sie doch mal her, Carl-Jacob«, sagte Ibrahim freundlich auf deutsch. »Die Herren haben in Deutschland studiert und sprechen gut Ihre Sprache, besser als ich.«

Die Gäste erhoben sich lächelnd und gaben mir die Hand.

»Sie sind ein Deutscher?« fragte der Ältere.

Ich verstand sofort, daß sie mich für einen deutschen Christen hielten, und beschloß, ihnen keinen Anlaß zu der Vermutung zu geben, ich sei ein Jude. Von Lecker nahmen sie wenig Notiz, er verbeugte sich von weitem etwas steif, und es schien mir, sie kannten ihn und hatten sich mit dem Kompagnon Ibrahims abgefunden.

»Ja«, antwortete ich, »ich habe in Berlin studiert.«

»Was waren Ihre Studienfächer, wenn es erlaubt ist zu fragen?«

»Philosophie, Literatur, Geschichte«, antwortete ich.

»Wir sind Kommilitonen. Wir haben allerdings nicht in Berlin, sondern in Heidelberg studiert. Ähnliche Fächer. Bei wem haben Sie gehört?«

Wir unterhielten uns über unsere Professoren, und da die Großmutter den Mokka brachte, setzten wir uns alle hin und begannen, gemütlich zu schlürfen. Es war aber nur für die andern gemütlich. Ich mußte höllisch aufpassen, mich nicht zu verraten, besonders, als sie mich fragten, wie ich denn in den Orient gekommen sei. Zum Glück fiel mir die Geschichte eines deutschen Christen ein, den ich in Tel Aviv kennengelernt hatte und der im Zoologischen Garten arbeitete.

Ibrahim starrte mich an, als ich dieses Märchen erzählte, sagte aber kein Wort, er war klug, und Lecker war sowieso halb abwesend und hörte nicht hin, er dachte an seinen Sohn.

»Wie beurteilen Sie als Ausländer die Situation?« wollte der jüngere der beiden wissen. »Gehört dieses Land den Arabern oder den Juden?«

Ich beeilte mich, zu versichern, daß es den Arabern gehöre und die Juden hier nichts zu suchen hätten, und verstand, daß ich gut nach Jaffa gekommen war, daß aber die Schwierigkeit darin bestand, wieder gut aus Jaffa herauszukommen. Mit den Söhnen reicher Araber war nicht zu spaßen.

Zum Glück erhoben sich die illustren Gäste, um zu gehen. Ibrahim geleitete sie dienernd, unterwürfig, die rechte Hand auf dem Herzen hinaus.

»Komm zurück«, sagte ich auf hebräisch zu Lecker, während Ibrahim mit den Gästen draußen war. »Deine Frau macht sich Sorgen um dich. Sie überlebt das alles nicht. Bis du zurückkommst, so, wie du dir das vorstellst, ist sie vor Angst gestorben.«

Plötzlich hörten wir den fürchterlichen gellenden Aufschrei eines Mannes.

10

Die Frauen und Kinder, die sich bisher als unbedeutende Personen im Hintergrund gehalten hatten, begannen wild zu lärmen, die Hände zu ringen und Allah anzurufen. Ich griff instinktiv nach der einzigen Waffe, die ich bei mir hatte, meinen Tränengasampullen, und lief mit Lecker hinaus, um zu sehen, was geschehen war.

Der Hof war leer. Aber die Tür nach außen, die auf die Straße führte, stand offen, und als wir hinaustraten, stolperten wir über einen Körper, der auf dem Boden lag. Es war Ibrahim, er hatte ein langes Messer im Rücken.

In der Ferne sahen wir zwei Schatten fliehen, wahrscheinlich waren es die beiden jungen Leute, die in Heidelberg studiert hatten. Es war ein Fememord, das war mir sofort klar. Ibrahim war, vom arabischen Standpunkt betrachtet, ein Verräter.

Und Moscheh? Ich nahm ihn bei der Hand, zog ihn gewaltsam fort.

»Komm«, sagte ich. »Wir laufen in die andere Richtung, zum Meer hinunter. Rasch, rasch. Hier hast du nichts mehr zu suchen.«

Er lief ein paar Schritte mit, dann riß er sich los.

»Und mein Geld?« jammerte er. »Ich muß zurück. Er ist mein Freund. Vielleicht ist er nur verletzt und kommt ins

Krankenhaus. Wer soll das Geschäft weiterführen? Hab keine Angst um mich, Carl-Jacob. Ich bin selbst ein halber Araber. Mir tun sie nichts.«

»Aber es steckt doch etwas dahinter«, schrie ich.

Er verstand nicht, was ich meinte. Wie sollte er auch.

»Was soll dahinterstecken?«

Er lief zurück zu dem Toten, der auf der Straße lag. Ich war überzeugt davon, daß Ibrahim tot war. Mit so einem Messer im Rücken, nach einem derartigen Aufschrei wird man nicht wieder lebendig. Ich konnte Moscheh nicht halten. Der Zettel in Ibrahims rechter Tasche fiel mir ein. Eigentlich hätte ich ihn wieder an mich nehmen müssen, aber ich hatte nicht die Kraft, an einem Toten herumzuhantieren. Ich wollte fort, im Gegensatz zu Moscheh. Schlomos Auftrag hatte ich ausgeführt, allerdings vergeblich, der Verbindungsmann Ibrahim mußte gestrichen werden. Moscheh wußte, daß sein Sohn in Haifa verwundet war und seine Frau ihn dringend brauchte. Mehr konnte ich nicht tun. Meine Mission war beendet. Ich verzichtete auf den Zettel. Ich mußte nach Tel Aviv zurück, zumal sich von allen Seiten Türen öffneten und Menschen auf die Straße traten, die das Geschrei gehört hatten und seine Fortsetzung hörten, denn die Frauen Ibrahims schrien immer lauter, wahrscheinlich hatten sie inzwischen den Toten gefunden.

Ich lief rasch zum Meer hinunter, aber ich merkte, daß ich verfolgt wurde, daß man mir nachlief, daß Näherkommende Zurufe in dem mir unverständlichen Arabisch wechselten. Wahrscheinlich hielten sie mich für den Mörder Ibrahims, weil ich floh, das war die Logik der Dinge.

Plötzlich überkam mich die mir bekannte Nüchternheit, mit der ich auf Gefahr zu reagieren pflege. Es ging jetzt um mich, alles andere war von zweitrangiger Bedeutung. Ich war kein Held, der sterben wollte. Ich wollte leben. Sie verfolgten mich, und ich wußte, daß sie die besseren Läufer waren. Ich mußte sie abwimmeln, um einen Vorsprung zu gewinnen. Angstgefühl war jetzt hinderlich, Panik und Unvernunft brachten das sichere Ende. Ich mußte meinen Witz gebrauchen, nur geistige Überlegenheit konnte mich retten, da von körperlicher keine Rede sein konnte.

Ich preßte mich in eine Mauernische und ließ sie herankommen. Sie sahen mich nicht. Es waren drei Männer. Ich hatte das Zigarettenpapier von einigen Glasampullen abgestreift und schleuderte ihnen aus meinem Versteck die erste Ampulle entgegen und gleich noch eine. Natürlich hätte es passieren können, daß die Ampullen nichts taugten, ich hatte sie nicht ausprobiert. Das war eine echte Gefahr für mich. Aber sie funktionierten. Die Männer blieben stehen, schimpften, husteten, rieben sich die Augen.

Mit Riesensprüngen entfernte ich mich, während sie gegen die Wirkung des Tränengases kämpften. Gelobt sei Schlomo und sein kluger Einfall, mich mit derartigen Ampullen auszurüsten.

So erreichte ich das Meer, ohne weiter verfolgt zu werden. Ich rannte wie gehetzt, im Schatten des Ufers, zwei neue Ampullen in der Hand.

Ich lief auf die Lichter Tel Avivs zu, wo für mich Rettung und Sicherheit war, als plötzlich in der Mitte des Weges die Nacht von einem mächtigen Scheinwerfer zerrissen wurde, der sich auf mich richtete, während eine Stimme englisch rief: »Halt, wer ist da, Freund oder Feind?«

Es war der traditionelle Anruf der englischen Armee, den ich von meiner Dienstzeit bei der Achten Armee her kannte. Ich ließ die Ampullen in weichen Sand fallen, wo sie liegenblieben, ohne zu platzen, verlangsamte meinen Gang, hob die

Hände hoch und rief auf englisch zurück: »Freund, Freund, natürlich Freund.«

»Komm näher, Freund, damit wir dich erkennen«, ging das traditionelle Wachtgespräch weiter. Sie hatten also inzwischen den Strand abgesperrt, und ich war zufrieden mit dieser Tatsache. Aber was sollte mit den drei Ampullen geschehen, die noch in der Schachtel waren? Das erste, was englische Wachtposten tun, ist Leibesvisitation, einer hält das Gewehr auf den Verdächtigen gerichtet, und der andere tastet ihn ab. Eine schöne Bescherung! Ich stand unter Scheinwerferbeleuchtung und konnte mich nicht dadurch verdächtig machen, daß ich einen Gegenstand aus der Tasche zog und fortwarf. Aber mir fiel ein, daß die Ampullen unbeschriftet waren, und ich beschloß, sie als Chininampullen und mich also als jüdischen Krankenhelfer aus dem Krankenhaus in Jaffa auszugeben, der zusammen mit seinem Leben diese Ampullen gerettet hatte.

So ging ich mit erhobenen Händen auf den Posten zu, fest entschlossen, dieses letzte Hindernis mit Witz und Elan auch noch zu nehmen. Hinter der Sperre lag die Freiheit. Ich konnte noch etwas Englisch aus meiner Militärzeit und wollte das benutzen, um mich durchzuschwindeln.

Es kam alles so, wie ich erwartet hatte. Spanische Reiter quer über den Strand, drei Tommies, ein Maschinengewehr und ein Sergeant nahmen mich in Empfang. Ich wurde abgetastet.

»Fuck me gently«, sagte der eine nach der befriedigenden Untersuchung, bei der ihm die Zigarettenschachtel nicht aufgefallen war, denn ein Mann hat nun einmal das Recht, Zigaretten bei sich zu führen. »Wo kommst du her? Wo willst du hin?«

»Ich komme aus dem Krankenhaus in Jaffa«, sagte ich.

»Ich bin der letzte jüdische Krankenhaushelfer, der dort noch gearbeitet hat. Ich will nach Hause zu meiner Frau in Tel Aviv.«

»Fuck me«, sagte der andere. »Das sind lausige Zeiten für euch Juden. Was sollen wir mit ihm tun, Sergeant?«

»Let him go«, sagte der Sergeant. »Wo hast du Englisch gelernt, boy?«

Ich antwortete militärisch, und das gefiel ihm: »Ich habe in der Achten Armee gedient, Sir. 772942 Lance-Corporal Danziger vom 92. RAC-Squadron Middle-East.« Es stimmte nicht ganz, aber klang besser als meine schäbige Air Force-Signatur.

»Sehr gut, boy«, brummte der Sergeant. »Du kannst nach Hause gehen.«

Ich war gerettet. Ich hatte alles hinter mir. Ich war zu Haus. In Tel Aviv empfingen mich Lichter in den Straßen und lachende Menschen, die spazierengingen. Die Spannung ließ nach. Aber im Bus nach Ramat Gan fiel mir wieder der Zettel in Ibrahims rechter Tasche ein, ich hatte an den Inhalt des Zettels nicht mehr gedacht, nur an meine Flucht, meine Heimkehr in das sichere Tel Aviv. Wenn der Zettel in falsche Hände geriet, wurde das ganze Unternehmen nicht nur sinnlos, sondern für die Genossen in Bath Jam sogar gefährlich.

Deshalb stürzte ich mich auf Schlomo, der hinter dem Toreingang der Farm zwischen den Bäumen gewartet hatte, und erklärte ihm das ganze Unglück. Ich war gerettet, aber waren es auch die Genossen in Bath Jam?

»Der erste, den es trifft, ist der als Araber verkleidete Jude, der morgen an der Grenze Ibrahim erwartet. Was kann man nur tun, Schlomo?«

»Mach dir keine Sorgen«, sagte er. »Wir haben seit heute nachmittag wieder Funkkontakt mit Bath Jam. Gut, daß wir deinen Bericht haben. Ich werde sofort veranlassen, daß die Genossen in Bath Jam erfahren, was geschehen ist.« Er beeilte sich und ging, drüben an der Chaussee stand sein kleines Auto, mit dem er davonfuhr. Ich atmete auf. Erst jetzt war meine Mission wirklich beendet.

Ich ging dann zu Frau Lecker hinüber, aber ich kam nicht weit, der Hund hatte eine zu lange Kette. Immerhin, die Alarmanlage erfüllte ihren Zweck. Frau Lecker kam aus dem Haus und rief: »Wer ist da?«

»Ich, Carl-Jacob.«

Sie gab dem Hund einen Fußtritt, er fuhr winselnd zurück und hörte auf zu bellen, auf diese Weise wurde bei Leckers die Alarmanlage abgestellt. Sie kam näher zu mir heran, damit ich nicht mehr zu schreien brauchte. »Und?« fragte sie. »Wo ist Moscheh?«

»Er kommt in den nächsten Tagen, er hat noch Geschäfte abzuwickeln«, sagte ich ihr und bestellte ihr, daß sie sich morgen früh bei Horrowitz Geld holen und nach Haifa fahren sollte. Natürlich sagte ich ihr nichts von den anderen Vorgängen und von Ibrahims Tod.

Lisa stand schon in der Veranda, um mich zu empfangen. Sie hatte den Lärm gehört, vielleicht auch meine Stimme erkannt. Sie wußte, wo ich gewesen war, überschüttete mich mit Vorwürfen. Frau Lecker war abends noch zu Horrowitz gegangen und hatte ihm das Telegramm gezeigt, um auch *seinen* Rat einzuholen. Dabei war es unvermeidlich gewesen, zu erwähnen, daß ich unterwegs nach Jaffa war und Moscheh aufsuchen wollte. Horrowitz hatte sofort Lisa unterrichtet und auch seine Nichte und ihren Mann, meinen alten Motorrad-Captain für die Fahrten nach Jerusalem, und es hatte einige Aufregung gegeben. Ihr Schlomo gegebenes Versprechen, Stillschweigen zu bewahren, hatte Frau Lecker schon beim nächsten Nachbarn vergessen. Jetzt kamen alle aus ihren Häusern, um zu sehen, ob ich noch lebte.

Schmuel sagte zufrieden: »Das ist ein Bursche, der Carl-Jacob! Wenn es brennt, er behält den Kopf.«

Ich schlief in dieser Nacht wie ein Toter. Gegen Morgen begann ich zu träumen. Ich rannte durch dunkle Straßen, und Araber mit langen Messern verfolgten mich.

Am Morgen wollte ich zum Dienst gehen, zu meinem Aufklärerzug, da kreuzte Lewandowski meinen Weg, der Kerl mit dem Holzpuppengesicht. Er hatte seinen Chauffeuranzug an und die Schirmmütze auf dem Kopf, über seiner Schulter hing an einem Riemen die Ledertasche mit Fahrscheinen und Wechselgeld. Er stand an der Bus-Haltestelle nach Tel Aviv und winkte mich heran.

»He, Carl-Jacob, komm mal her.« Ich ging zu ihm hinüber, warum auch nicht. »Aus welchem Grund seid Ihr neulich fortgelaufen?« fragte er mich. »Weißt du, daß ich euch alle dafür einsperren kann?«

»Kann schon sein«, sagte ich.

»Was kann schon sein?«

»Daß du das kannst.« Wir sprachen deutsch miteinander, ich war aber nicht sehr gesprächig, ich haßte diesen Burschen.

»Ihr seid alle solche linken Banditen«, fuhr er fort. Er wollte mich irgendwie provozieren.

»Banditen schon«, sagte ich. »Aber leider keine linken.«

»Leider?« Langsam steigerte er sich. »Nun will ich dir mal was sagen. Meinst du, ich kenne nicht eure Schliche? Wo ist Abraham?«

»Welcher Abraham?«

»Der Schwarze. Du weißt ganz gut, wen ich meine. Der Freund deines Nachbarn Lecker. Der Abessinier. Heraus mit der Sprache. Wo habt Ihr ihn versteckt?«

Ich erschrak. Ich überlegte seit Wochen, wo Abraham war, ob er so klug gewesen war, rechtzeitig in sein Dorf zurückzugehen. Dieser Lewandowski wußte etwas. Er suchte Abraham. Es waren höllische Zeiten, mit langen Messern rannten sie durch die Straßen.

»Ich hab ihn nicht versteckt.«

»Aber du weißt, wer ihn versteckt hat«, brüllte er plötzlich.

»Keine Ahnung. Drück dich etwas deutlicher aus.«

»Dann will ich es dir sagen«, brüllte er weiter. »Eure Rifka. Du siehst, ich weiß Bescheid. Sie hat ihn versteckt. Sie hat was mit ihm. Wir werden diesen Abraham finden und Rifka in die Suppe spucken. Das heißt: ins Bett spucken. Hast du mich verstanden? Jetzt geh und warne sie. Sie soll sich in acht nehmen. Ich habe sie auf dem Korn.«

Sein Bus war gekommen. Er schwang sich hinauf und fuhr zum Tel Aviver Bus-Bahnhof, wo er eingesetzt wurde.

Umlegen müßte man sowas, dachte ich. Glatt abknallen. Was mach ich jetzt?

Ich ging erst mal ins Haus an der Chaussee zu meiner Truppe. Abraham war noch in Ramat Gan. Er mußte geschützt werden. Ich mußte sowohl Schlomo erreichen als auch Rifka.

»Kennst du Schlomo?« fragte ich David. »Den kleinen, netten Instrukteur, er gehört zur Bezirksleitung. Du kennst ihn nicht? Läßt du mich mal mit Joschua telefonieren?«

»Bitte sehr, du tust immer so, als ob ich dein Vorgesetzter bin. Ich bin es aber nicht, wir haben alle gleiche Rechte. Wenn du willst, verbinde ich dich mit Joschua.« Er kurbelte, wählte eine Nummer und sagte: »Du, Joschua, der Genosse Danziger will dich sprechen. Ich übergebe.«

Joschua war besonders freundlich zu mir an diesem Morgen. »Danziger? Verstehst du mich gut? Ich freue mich, dir als erster nach Schlomo gratulieren zu können. Du hast eine sehr gute Sache gemacht, wie ich höre. Man spricht von dir. Was kann ich für dich tun?«

»Ist Schlomo bei Euch? Kannst du mir Schlomo geben?«

»Er steht neben mir. Bitte, ich übergebe.«

Ich sagte Schlomo, ich müßte ihn sofort sprechen. Ich hätte etwas Wichtiges erfahren. Ich könnte das aber nur mit ihm besprechen.

Zehn Minuten später war er da. Ich nahm ihn auf die Seite und erzählte ihm von unseren Erfahrungen mit Lewandowski und meiner Begegnung mit ihm heute früh an der Bushaltestelle.

»Wir müssen mit Rifka sprechen und Abraham sofort in Sicherheit bringen«, sagte ich zu ihm. Er verstand. Er sah die arabische Frage nicht über Kimme und Korn wie Joschua und Lewandowski; er sah sie, wie ein anständiger Mensch sie sehen mußte. Damit hatte ich gerechnet.

»Weißt du, wo wir Rifka finden können?«

»Ganz einfach: im Kindergarten. Sie ist Kindergärtnerin.«

David bekam einen Wink, und Schlomo und ich fuhren los. Ich hatte ihm beschrieben, wo der Kindergarten lag. Unterwegs fragte ich ihn: »Sage mir eins, Schlomo, für wen arbeitet Lewandowski? Welche Interessen verfolgt er?«

»Wir wissen es nicht genau«, lautete die Antwort. »Es besteht der Verdacht, daß er heimlich ein Etzel-Mann ist. Irgend jemand schlägt in Ramat Gan und Umgebung die Bekanntmachungen des Etzel an Mauern und Bäume. Wir können ihm nichts beweisen, wir haben ihn noch nicht ertappt.«

»Was ist sein Vater?«

»Besitzer einer Schuhfabrik in Tel Aviv. Der größten des Landes. Mit dem Geld des Vaters konnte er Mitglied bei der Bus-Gesellschaft werden.«

»Und dieser Schuhfabrikant Lewandowski, was ist das für ein Mann?«

»Spendet Geld für Etzel. Ultranational. Verzehrt Kommunisten zum Frühstück. Wie der Vater, so der Sohn. Oder: wie der Sohn, so der Vater.«

Wir waren inzwischen an dem Kindergarten angelangt, hielten. Ich ging hinein.

»Carl-Jacob«, schrie Rifka, »du hier, was um Gottes Willen führt dich zu mir?«

Ich ging mit ihr in einen stillen Winkel des Korridors, sagte leise: »Rifka, sei jetzt mal ausnahmsweise ganz vernünftig und mach keine großen Schwierigkeiten. Nimm dich zusammen. Etzel-Leute jagen Abraham, sie scheinen zu wissen, wo er ist. Wir müssen ihnen zuvorkommen und Abraham in Sicherheit bringen. Führe uns zu ihm hin. Du weißt, wo er ist.«

Sie sah mich plötzlich böse an, wurde heftig. Aber ich kannte sie ja, es störte mich nicht, ich hatte es sogar erwartet.

»Und wer garantiert mir dafür, daß du nicht ein Etzel-Mann bist?« fragte sie.

»Die sechs Jahre, die du mich kennst«, lautete meine Antwort.

Sie überlegte kurz.

»Was ist das für ein Auto da draußen?«

»Ein Auto der Hagannah.«

»Die Etzels sind aus der Hagannah hervorgegangen. Woher weiß ich, daß das Auto nicht einer Hagannah-Gruppe gehört, die mit dem Etzel zusammenarbeitet?«

»Gerade solche Hagannah-Leute mit doppelter Buchführung suchen wir, Rifka. Einen haben wir schon, er heißt Lewandowski.« Sie erschrak. »Kennst du ihn? Den Bus-Chauffeur? Er benimmt sich wie ein Faschist. Er will Abraham finden und ihm etwas tun, das hat er mir wütend an den Kopf geschleudert. Du wüßtest, wo er ist, hat er gesagt.«

Rifka starrte mich mit aufgerissenen Augen und aufgerissenem Mund an. »Er hat mich einmal umarmen wollen, hier im Korridor, wo wir jetzt stehen«, sagte sie leise und betroffen. »Sein kleiner Junge ist bei uns.«

Sie suchte etwas in ihrer Tasche, fand es, übergab mir einen Schlüssel. Sie hob den Arm und zeigte in eine bestimmte Richtung: »Auf dieser Seite vom Kindergarten liegt eine verlassene Orangenfarm. Ihr seid an ihr vorbeigefahren. Wir pflücken alljährlich die Früchte, aber sie werden immer kleiner, weil die Bäume kein Wasser bekommen. In dieser Farm steht eine verschlossene Holzhütte, ein ehemaliges Verpackungshaus. Da ist er, und das ist der Schlüssel. Ich tue immer so, als ob ich Orangen pflücken gehe. Ich habe aber in meinem Körbchen unter den Orangen Essen für ihn. Die Hütte ist von Bäumen verdeckt, man sieht sie nicht von außen. Wenn Lewandowski das herausbekommt, steckt er sie in Brand. Beeilt euch. Ihr könnt den Farmweg hineinfahren.«

Ich lief hinaus. Schlomo lenkte den Wagen in die verlassene Farm. Vor der Hütte hielt er. Ich ging hinein, nachdem ich die Tür aufgeschlossen hatte.

Innen war es halbdunkel, und es standen Verpackungskisten herum, die zum Teil bis zum Dach gestapelt waren. Solche Hütten sind ungesunde Wohnungen, sie ziehen Schlangen und Skorpione an, die gern unter Holzplatten kriechen und sich da am wohlsten fühlen.

Hinter einer Mauer von Kisten hockte Abraham auf einer Strohmatte und drückte sich wie ein Tier mit angsterfüllten Augen an die Wand, weil er Schritte von Männern gehört hatte. Als er mich sah, wurde er ruhiger, stand auf und kam mir entgegen.

»Carl-Jacob«, sagte er fast tonlos, »kommst du zu mir? Woher weißt du, daß ich hier bin?«

»Du machst Dummheiten, Abraham«, antwortete ich. »Du weißt, es sind böse Zeiten. Was machst du hier?«

»Ich warte«, sagte er zerknirscht.

»Auf was wartest du?«

»Auf das Essen, das mir Rifka bringt«, lautete die naive Antwort.

»Warum bist du nicht in dein Dorf gegangen, als es losging? Warum bist du hier geblieben?«

»Weil ich nicht in den Sudan zurück will«, sagte er. »Ich bin aus dem Sudan zu euch gekommen, bei euch geht es mir gut. Ich will Jude werden. Wenn ich in meinem Dorf bleibe, muß ich eines Tages wieder in den Sudan zurück.«

Ich sah Schlomo an. Schlomo fragte ihn: »Glaubst du wirklich, daß es so kommt?«

»Ich weiß es, oh mein Gott, ich weiß es, Allah will es so. Es wird ein Krieg kommen, und wir werden ihn verlieren. Ich will aber nicht zurück in das alte Leben.«

Wir schwiegen betroffen. Wenn es so kam, wie er prophezeite, handelte er von seinem Standpunkt aus richtig. Aber es war ein gefährliches Unternehmen.

»Du mußt hier fort. Böse Menschen haben herausbekommen, daß du hier bist. Sie wollen dir etwas antun, Abraham. Sei vernünftig und komm mit. Wir haben draußen einen Wagen. Wir bringen dich in Sicherheit, damit dir nichts passiert.«

»Oh mein Gott«, jammerte er. »Du bist mein Bruder, Carl-Jacob, du bist ein Mensch. Ich werde das nie vergessen, was du für mich tust. Wenn alle so wären wie du, dann wäre die Welt ein Paradies.«

»Und? Kommst du oder redest du?« fragte ich ungeduldig.

Schlomo hörte staunend diesem Gespräch zu und schüttelte leise den Kopf. In diesem Augenblick erschien Rifka in der Tür.

Ich werde es nie in meinem Leben vergessen, wie sie dastand, mit einem Ausdruck, der zugleich verzweifelt war und verklärt. Das struppige widerspenstige Köpfchen hielt sie schräg, sah niemandem in die Augen, blickte zum Fenster hin, als ob sie allein sei.

»Was kann ich tun«, sagte sie. »Er ist ein Kind. Er liebt mich, und ich verteidige sein Recht zu leben. Mehr ist es nicht. Er hat mir erzählt, daß die Menschen im Sudan wie die Tiere leben. Er weiß nicht, daß es auch bei uns Tiere in Menschengestalt gibt. Ich habe nichts dagegen, wenn ihr ihm helfen könnt und einen sicheren Ort für ihn habt. Niemand weiß, daß er sich hier versteckt hat; ich habe es heimlich getan.«

Ich fand Rifka großartig.

»Fahren wir los, Abraham«, sagte ich.

Schwermütig sah er Rifka an.

»Kannst du mir verzeihen?« fragte er und reichte ihr seine schwarze Hand mit den weißen Nägeln, die sie mit beiden Händen ergriff.

»Abraham«, sagte sie, »merke dir eins: Kein Volk ist an sich gut oder böse. Die Umstände machen es dazu, also muß man die Umstände verändern. Hast du mich verstanden?«

»Ja, Rifka«, antwortete er feierlich. »Ich danke dir für alles Gute. Du bist ein großer Mensch.«

Es war ein offenes Auto, er legte sich auf den Boden. Rifka hatte eine Decke mitgebracht, die wir über ihn breiteten, so daß man ihn von außen nicht sehen konnte. Wir fuhren los.

Schlomos Schuppen in Nachlat Jizchak war besser als die Verpackungshütte. Es war ein betonierter ehemaliger Hühnerstall wie der, in dem Miss Raincoat und Rifka wohnten. Ein altes eisernes Bettgestell war auch vorhanden. Bis halb zwölf hatten wir alles hergerichtet, Abraham beruhigt und ihm Decken für die Nacht besorgt. Ich wollte schon Schlomos Haus verlassen und zurück zu meiner Arbeit gehen, da flitzte plötzlich ein schwarzer Pkw um die Ecke und hielt vor Schlomos Grundstück.

Ihm entstiegen drei Kerle in lindgrünem Sportdress, wie ihn Hagannah-Leute auf dem Exerzierfeld tragen. Auf ihren dicken Hintern baumelten Pistolentaschen mit herausschauenden Griffen. Einer dieser Kerle war Lewandowski, er schien die beiden andern zu führen. Er nahm den Revolver heraus, lud ihn durch und schlenderte, den Hintern herausschiebend und von den andern beiden gefolgt, auf Schlomos Haus zu. Es war ein Bild wie aus einem Film, in dem amerikanische Südstaatengangster in Aktion gezeigt werden.

Schlomo und ich versperrten ihm den Weg.

»Gib den Schwarzen heraus, Schlomo«, brüllte Lewandowski und hob seine Pistole. »Du hast ihn versteckt. Gib den Schwarzen heraus, oder du warst die längste Zeit Hausbesitzer in Nachlat Jizchak.«

»Was könnte ich denn sonst noch werden?« fragte Schlomo ruhig.

»Hände hoch«, brüllte Lewandowski. Und zu den anderen: »In dem Schuppen hinten im Hof haben sie ihn versteckt.« Seine Helfer zogen nun ebenfalls ihre Pistolen und gingen zu dem Hühnerstall. »Zu der Frage, was du sonst noch werden könntest«, fuhr er zynisch fort. »Es gibt einen schönen Friedhof in Nachlat Jizchak, da kannst du noch Grundbesitzer werden. Du nimmst da nicht soviel Raum weg wie hier. Bleibt beide stehen und hebt die Hände hoch, sonst knallt's.«

Ich mußte zusehen, wie sie Abraham herausführten und in

den Wagen stießen. Er schwitzte, er hatte wieder diesen dunklen blutenden Blick. Einen Augenblick lang sah er mich an und sah rasch wieder fort. Wir standen mit erhobenen Händen vor Lewandowskis Pistole, wir konnten nichts machen. Sie setzten sich mit Abraham in den Pkw, ohne sich zu beeilen, offenbar fürchteten sie uns nicht. Sie glitten davon, aus dem hinteren Fenster winkte Lewandowski mit dem Pistolengriff. Wahrscheinlich hatte er sich in Tel Aviv freigeben lassen, weil ihm plötzlich zum Bewußtsein gekommen war, daß ich nun Bescheid wußte.

Ich habe Abraham nie wiedergesehen und auch nicht erfahren, was aus ihm wurde. Bald danach wurde Schlomo in den Norden des Landes abkommandiert, wo schwere Kämpfe tobten. Auch von ihm habe ich nichts mehr gehört. Lewandowski war eine Zeitlang unsichtbar, später sah ich ihn einmal von weitem, er war Offizier geworden.

Zwei Tage später hielt am Morgen unten vor dem Eingang zur Farm ein Auto des Roten Davidsterns.

Ein Mann im weißen Kittel kam den Weg herauf und fragte mich: »Hat hier ein gewisser Moscheh Lecker gewohnt?«

»Hat ist gut«, antwortete ich. »Er wohnt noch hier.«

»Ist er zu Haus?«

»Wir wollen mal sehen. Ich schlage vor, daß wir zusammen hingehen.«

So geschah es. Aber es war niemand zu Haus außer dem Hund, der sich fast an der Kette erwürgte, so tobte und zerrte er, als er uns sah.

»Er ist nicht da. Aber die Frau arbeitet nebenan in einem Restaurant.«

»Fahren wir hin.«

Ich setzte mich zu dem Sanitäter in den Wagen, und wir fuhren zu dem Restaurant hinüber. Das Ergebnis: Seine Frau war nicht zur Arbeit erschienen, also war sie noch nicht aus Haifa zurück.

So kam es, daß ich zwanzig Minuten später im Hof des Städtischen Krankenhauses vor einer Bahre stand und einen mit einem langen Messer erstochenen Mann zu identifizieren hatte, den englische Polizei am Morgen aus Jaffa gebracht hatte und der Moscheh Lecker war. Er sah gräßlich aus. Seine Wangen, schon im Leben eingefallen, bildeten tiefe Löcher in seinem Gesicht. Der Kopf schien geschrumpft, man erkannte unter der gelben knitterigen Haut deutlich die Form des Schädelknochens.

Ich bekam zwar keinen Nervenzusammenbruch. Aber Frau Lecker etwas zu sagen, die am nächsten Tag aus Haifa kam, dazu hatte ich keinen Mut. Sollten andere sie informieren, Horrowitz zum Beispiel, der ein so weltgewandter und kluger Mann war und von dem man erwarten konnte, daß er so etwas taktvoll tat.

Es ertönte ein fürchterliches Geschrei, als Frau Lecker von Horrowitz erfuhr, was geschehen war. Sie schrie stundenlang, es erleichterte sie, zu schreien. Wir hörten ihre schauerlichen Schreie und stopften uns die Ohren zu oder gingen fort, weil ein Mensch leben will und alle Belastungen ihre Erträglichkeitsgrenze haben.

Dann, nach Wochen, sah ich Ephraim. Er hatte nur noch ein Bein, das andere war ihm amputiert worden. Er humpelte auf Krücken durch die Farm, zur Hütte seiner Mutter hinüber. Seine großen dunklen Augen waren noch ernster als sonst. Wir hatten die friedliche Föderation gewollt, und der blutige Chauvinismus kam.

Was war aus meinen friedlichen Erlebnissen um Orangenbäume, Frauenliebe, Nachbarschaftsklatsch geworden! Es war, als sollte ich dafür bestraft werden, daß ich mich zur Waffe gedrängt hatte. Und doch hatte die Waffe einen zentralen Sinnbezug auf alle weiteren Ereignisse in diesem Land, die in dem Augenblick die Welt so erregten, als die Juden siegten und nicht besiegt wurden. Ich war mit meinem törichten Hang zur Waffe an die Schalthebel der großen Ereignisse herangekommen, nicht sehr nah, aber näher als die Leute, die diesen Hang nicht hatten.

Joschua hatte von Nachmann erfahren, wie geeignet ich sei als Begleitschutz für die persönlichen Patrouillengänge der Kommandeure. Im Grunde ein närrisches Treiben: Ich hüpfte im Zwanzigmeterabstand meinem Kommandeur hinterher, das Gewehr im Anschlag, gab ihm ›Feuerdeckung‹ und benahm mich, als seien wir bedroht. Bei einer solchen Gelegenheit erstieg Joschua, immer von mir gefolgt, den Napoleonsberg und begann die arabischen Frauen zu beschießen, die unten in Sieben Mühlen Wäsche aufhängten. Zum Glück konnte oder wollte er nicht treffen, aber seine Betrachtung der arabischen Frage über Kimme und Korn des Gewehrs hatte zur Folge, daß die gesamte Bevölkerung des als judenfreundlich geltenden Dorfes nur wenige Tage später das Dorf verließ.

Vielleicht hatte der Bürgermeister sie dazu veranlaßt, einem Befehl gehorchend, der aus Jaffa kam. Diesseits des Jarkonflusses war jetzt im Ramat Ganer Gebiet alles in jüdischen Händen, die Strategen nannten das: Gerade Linie.

Sieben Mühlen war ein armes Dorf, viele Hütten waren kaum stabiler als Zelte. Stabil war nur das Steinhaus des Bürgermeisters, in dem es ein mit Jaffa verbundenes, über den Jarkon hinweg zum Bürgermeister von Scheich Munis führendes Telefon gab. In dem Zimmer, in dem dieses Telefon stand, war mein Hauptquartier.

Ja, ich war wer geworden, auf Betreiben Joschuas. Ich befehligte das von Hagannahleuten besetzte Sieben Mühlen. Es war lächerlich, daß mich das mit relativem Stolz erfüllte. Fast der ganze Aufklärerzug saß hier am Tage in vorbereiteten Stellungen gegenüber dem Jarkon, hinter Sandsäcken, wurde abends von unbezahlten und wechselnden Hagannahleuten aus dem Ort abgelöst, die auf Wacht gingen wie ich früher, neben ihrer beruflichen Tätigkeit. Ein Auto brachte uns Essen, und ich bestimmte, wer von den gerade unbeschäftigten Besatzern des Dorfes die Rationen in die Stellungen hinauszutragen habe. Nebenbei ließ ich Telefongespräche abhören, die zwischen Jaffa und dem Bürgermeister von Scheich Munis geführt wurden.

Dabei gab es Überraschungen. Offenbar ahnten sie nicht, daß wir mithörten. Joschua ließ einmal die Chederah-Chaussee absperren, weil aus Jaffa telefonisch ein polnischer Instrukteur für die Wehrfähigen von Scheich Munis angekündigt wurde, der auf der Chederah-Chaussee im schwarzen Mercedes unterwegs sei. Aber wir konnten den polnischen Instrukteur nicht fassen, möglicherweise hatte er einen anderen Weg genommen. An den Exerzierübungen, die von jetzt ab jeden Morgen am Abhang des Scheich-Munis-Hügels stattfanden, erkannten wir, daß er das Dorf erreicht hatte.

Wir hörten auch deutsche Stimmen im Telefon von Sieben Mühlen. Ein Herr von Tattenbaum sagte einem andern Deutschen, der offenbar in Jaffa saß, daß die Stimmung hier oben in Scheich Munis »mau« sei und »die Kerle keinen Mumm in den Knochen« hätten. Es war im Frühjahr 1948, und die Landsknechte des Weltkrieges, die sich zu Hause nicht mehr sehen lassen durften, verdingten sich überall da, wo mit dem Feuer gespielt wurde.

Schließlich kam das dritte telefonische Erlebnis, es war das traurigste: Jemand bedrohte den Bürgermeister von Scheich Munis, daß er aus Jaffa keine Lebensmittel mehr für das Dorf bekäme, wenn seine Bewohner nicht bereit seien, die Juden anzugreifen.

Sie griffen uns aber nicht an, sie zogen ab, Scheich Munis wurde geräumt. Als das geschah, hatte mich Joschua bereits an eine Brücke der Chederah-Chaussee versetzt, die ich tagsüber zusammen mit vier Hilfspolizisten zu bewachen hatte. Man fürchtete einen Anschlag auf die Brücke. Die Bewohner von Scheich Munis zogen an uns vorbei. Sie sprachen fast alle hebräisch, sie hatten zuletzt noch den jüdischen Hilfspolizisten auf der Brücke billige Lebensmittel verkauft, wir kannten sie und sie uns. Mit Frauen, Kindern, auf Eselskarren verladenem Gepäck zogen sie an uns vorbei, wir senkten die Köpfe wie sie. Sie zogen ins Schomron hinaus, in die weite Ebene, dreißig und mehr Jahre Elend in Flüchtlingslagern warteten auf sie. Man hatte ihnen gesagt, sie würden im Gefolge siegreicher arabischer Armeen wieder heimkehren. Niemals kehrten sie heim, in der Geschichte des Vorderen Orients waren sie eingeplant als Schachfiguren und politische Reizobjekte.

Am Morgen des vierzehnten Mai 1948 um acht Uhr standen fünfzig Highländer vor dem Palast des britischen Oberkommissars in Jerusalem. Der Oberkommissar, in der Uniform eines Generals, schritt die Front der Elite jenes ›Riz‹-Bataillons ab, das geschworen hatte, an den Juden Rache zu nehmen. Ihm folgten der Regierungssekretär und eine kleine

Gruppe von hohen Regierungsbeamten, die bis zu diesem Augenblick in Jerusalem geblieben waren. Es war eine kurze, etwas nervöse, wie in Eile veranstaltete Zeremonie. Der Oberkommissar bestieg mit seiner Begleitung den schwarzen Rolls Royce, auf dessen Tür die englische Krone aufgemalt war, und fuhr hinaus zu dem kleinen Flughafen Kalandia bei Jerusalem. Um diese Zeit kreisten drei Spitfires über Jerusalem, die auf das Flugzeug des Oberkommissars warteten, um es auf seinem Flug zu der von Engländern besetzten deutschen Kolonie in Haifa zu begleiten.

Der schwarze Rolls Royce hielt auf dem kleinen Flugplatz. Ohne Zeremonie stieg der Oberkommissar, der einen Tag zuvor seine Abschiedsrede gehalten hatte, ins Flugzeug, seine Begleitung bestieg zwei andere Flugzeuge. Die kleine Staffel erhob sich, schloß sich den drei Spitfires an, die im Himmel Jerusalems auf sie gewartet hatten, und zog schließlich, zunächst einigemal wie zum Abschied über Jerusalem kreisend, dann nach dem Norden ab.

In demselben Augenblick, eine Minute nach neun, näherte sich ein Highländer-Sergeant dem hohen Mastbaum vor dem Palast des Oberkommissars. Die britische Flagge wurde langsam heruntergeholt, nachdem sie dreißig Jahre lang an dieser Stelle geweht hatte.

Um vier Uhr nachmittags desselben Tages trat die provisorische jüdische Regierung zu ihrer ersten Sitzung zusammen. Ihre Erklärung sowie Ansprachen des Ministerpräsidenten und einiger führender Persönlichkeiten der bürgerlichen Parteien wurden um zehn Uhr abends im Radio übertragen.

Um genau Mitternacht gab der transjordanische König einen symbolischen Revolverschuß in Richtung auf die palästinensische Grenze ab und verabschiedete sich damit von seinen Truppen, die in diesem Augenblick die Grenze überschritten. Es war eine Zeremonie, die mehr orientalischer Phantasie entsprach als der Wirklichkeit. Denn die transjordanische Invasion hatte schon vorher stattgefunden, noch in der Zeit der britischen Mandatsherrschaft. Latrun und das Kastell waren besetzt, jüdische Siedlungen, die den Weg vom Jordan nach Jerusalem störten, liquidiert und eingeäschert. Und der Rest war schon halb getan: die Eroberung des von Arabern umzingelten Judenviertels der Jerusalemer Altstadt.

Gleichzeitig mit dem Revolverschuß des transjordanischen Königs verließen die Truppen der einzigen Invasion, die noch nicht stattgefunden hatte, ihre Basis und überschritten die palästinensische Grenze: Zehntausend Soldaten der ägyptischen Armee, die auf der von General Allenby im Ersten Weltkrieg gebauten eingleisigen Eisenbahnstrecke Ismailiah-Gazah an der Küste entlang nach dem Norden fuhren und am Morgen in Gazah ausstiegen. Die Strecke von Gazah nach Tel Aviv ist nur einen Kilometer kürzer als die Strecke von der ägyptischen Grenzstation El Arisch nach Gazah. Somit hatten die Ägypter in einer Nacht die Hälfte ihres Weges zurückgelegt, ohne israelischen Streitkräften zu begegnen. Es war ein Manöver, das auf die Weltpresse Eindruck machte, aber wenig bedeutete. Denn über diesen Scheinsieg der ersten Nacht kamen sie nie hinaus und gelangten nie bis Tel Aviv. Im Grunde waren die ägyptische und die transjordanische Invasion am Morgen des fünfzehnten Mai am äußersten Punkt ihrer Möglichkeiten angelangt.

Die Invasion Syriens, Iraks und des christlichen Libanon hatten wenig zu tun mit dem vierzehnten Mai, dem Erlöschen des britischen Mandats. Seit Monaten befanden sich irakische Truppen im Schomron, in der Mitte des Landes, und im Norden, in Galiläa, waren im April syrische und libanesische Truppen eingedrungen. Somit gab es an neuen militärischen

Tatsachen in Palästina am Morgen des fünfzehnten Mai nur diese beiden: Die zehntausend ägyptischen Soldaten in Gazah und die ägyptischen Flugzeuge über Tel Aviv, das in der Luftlinie nicht mehr als fünfundsechzig Kilometer von Gazah entfernt liegt. Man konnte also von Gazah nach Tel Aviv fliegen, ohne unterwegs tanken zu müssen.

General Cunningham, der letzte Oberkommissar, hatte in seiner Abschiedsrede erklärt, »wie bisher« weiter für den Frieden in Palästina tätig sein zu wollen. Von nun an erschienen jeden Tag seine Spitfires über Tel Aviv. Der englische Farbenring auf den Tragflächen war von ungeschickten Leuten übermalt worden, die die Hoheitszeichen Ägyptens, den Halbmond mit drei Sternen, in Eile angebracht hatten.

Sie schossen aus Maschinengewehren auf die Straßenpassanten und warfen Bomben auf die Häuser, ohne auf Widerstand zu stoßen oder behindert zu werden. Dann bekamen sie bessere Informationen und erschienen in Nachlat Jizchak über den Maschinenfabriken, in denen die Sten-Guns hergestellt wurden. Sie operierten ungestört im israelischen Luftraum, bis ihnen eines Tages die ersten israelischen Kampfflugzeuge entgegenflogen, die aus Amerika kamen und mit jüdischen Dollars bezahlt waren.

Die Hagannah wurde aufgelöst, die Israel-Armee gegründet. Siebzehn- bis fünfundzwanzigjährige Jungen und Mädchen wurden aufgerufen, sich zum Militärdienst zu melden. Von meinem Jahrgang war nicht die Rede und sollte niemals mehr die Rede sein. Ich war neunundreißig Jahre alt und ein ›alter Herr‹. Mit der Gründung des Israel-Staates wurde ich brotlos. Sicherheitsprobleme in Ramat Gan gab es nicht mehr. In den leerstehenden Häusern von Scheich Munis wurden vorübergehend arme jüdische Einwanderer einquartiert. Sowieso waren die Sicherheitsprobleme in diesem Gebiet immer künstlich aufgebauscht worden, um gewissen Leuten den Anschein der Existenzberechtigung zu geben. Von diesem Schwindel habe ich jahrelang gelebt.

Jetzt meldete ich mich als Freiwilliger zur Israel-Armee, es fiel mir nichts anderes ein, um weiter leben zu können. Ich habe ja nichts anderes gelernt. Alle Zeugen dieses heroischen Schrittes zur Familienunterstützung für verheiratete Soldaten staunten, bewunderten die Schwingungen meines jüdischen Herzens, das zur Teilnahme am vaterländischen Krieg drängte. Bei der Durchsicht meiner Unterlagen fiel den Beamten im Rekrutierungsbüro auf, daß ich in der englischen Luftwaffe gedient hatte, deshalb schickten sie mich ins Hauptquartier der jüdischen Luftwaffe, die ein leerstehendes Hotel in Jaffa requiriert hatte. Ich sollte mit meinen Kenntnissen und Erfahrungen helfen, eine jüdische Luftwaffe aufzubauen. Ich hatte aber keine Kenntnisse und Erfahrungen und brachte ein halbes Jahr lang das Büro eines jüdischen Flugoffiziers durcheinander, der mich am Ende als völlig ungeeignet für Büroarbeit hinauswarf.

In dieser kurzen Periode meines Dienstes in der Israel-Armee geschah eines Tages etwas Schreckliches.

Natürlich müssen auch im Hauptquartier mit Schreibarbeiten beschäftigte Soldaten an der militärischen Grundausbildung teilnehmen. Ich sollte also jetzt zum fünftenmal lernen, wie man strammsteht und zackig mit dem Gewehr spielt. In der Hagannah hatte man mich zuletzt mit diesem Unfug verschont, in der Überzeugung, ich sei ja nun nach soviel Erfahrungen perfekt in meinem soldatischen Können. In Wirklichkeit hatte ich diese ganzen sogenannten ›Ordnungs-Übungen‹ vergessen, und ich weigerte mich nun als

Mann des Hauptquartiers, diesen Kohl noch einmal über mich ergehen zu lassen. Es erschien deshalb der zuständige Instrukteur mit einigen jungen Soldaten in meinem Büro und wollte wissen, warum dieser alte Herr an den Übungen nicht teilnehme.

Ich erklärte es ihm: Ich sei ein alter Hase, ein erfahrener Hagannah-Mann, ehemaliger Hilfspolizist und Air Force-Soldat; es bestünde keine Notwendigkeit, mir zu zeigen, wie man steht, geht, sich wendet, mit dem Gewehr spielt. Er staunte, er fand das gut, daß so ein alter Hagannah-Mann als Freiwilliger zur Israel-Armee gekommen war. »Es wird dir ja sicher nichts ausmachen, uns einmal vorzuführen, was du kannst.« Ich mußte mich aufbauen. Er fing an, mir Befehle zu geben. Das Zimmer war voll mit jungen Soldaten, die mich neugierig beobachteten und für die das Wort ›Hagannah‹ bereits Legende zu werden anfing.

Und ich blamierte mich gründlich. Ich machte alles falsch. Ich hatte das Reglement vergessen. Als ich mich mit dem Gewehr in der Hand vorschriftsmäßig fallen lassen sollte, erreichte die Blamage ihren Höhepunkt: Ich wußte nicht mehr, in welcher Reihenfolge bei diesem Vorhaben linke und rechte Arme und Beine zu gebrauchen sind und plumpste einfach hin. »Daraus könnt ihr sehen«, sagte der Instrukteur zu den anwesenden jungen Soldaten, »daß man diese Dinge ständig üben muß und sich nicht darauf verlassen kann, man habe es einmal gelernt.« Er befreite mich zwar von der Teilnahme an neuen Übungen, aus Achtung vor der Hagannah und vor meinem Alter, wie er sagte, er war ein netter Kerl; aber ich merkte plötzlich, daß ich das, was ich dachte, geworden zu sein, nämlich ein Soldat, gar nicht war.

Ich bekam eine Bescheinigung über ›ehrenvolle Entlassung‹ aus der Israel-Armee, mein Jahrgang sei nicht gefragt und werde nicht benötigt. Mit einem selbstgefertigten Knüppel in der Hand bewachte ich bis zum Ende meiner Palästinazeit private Einrichtungen, Bauplätze, Materiallager, eine Mühle, nie wieder hielt ich ein Gewehr in der Hand. Aber die zu philosophischen Übungen anregenden schönen Nächte führten mich zu einem traurigen Denkergebnis.

Ich war vor fünfzehn Jahren in dieses Land gekommen und war heute so arm und fremd wie damals, nur fehlten mir Elan und Naivität, um von vorne anzufangen. Es war im Februar 1949, nach Unterzeichnung des Waffenstillstandes zwischen Israel und Ägypten, die Juden hatten sich nicht ins Meer werfen lassen und ihre Grenzen erfolgreich verteidigt.

Ich beneidete die jungen Offiziere der Israel-Armee, die in ihren amerikanischen Seidenuniformen in den Straßen der Städte herumspazierten, traf David in Jaffa, der sich wunderte, daß ich nicht Offizier wie er geworden war. Der Israel-Staat hatte sich rasch etabliert, neben dem Heer der Soldaten gab es das Heer der inzwischen etwas erfahrener gewordenen Fachleute. Es wurde überall gebaut, man fühlte den bevorstehenden Aufschwung. Nur ich stand draußen, ich war weder Soldat noch Handwerker geworden, nicht einmal ein Hebräer, der Büros in Ordnung halten konnte. Auch den selbstgefertigten Knüppel nahm man mir aus der Hand, mit Hilfe eines neuen Gesetzes, das besagte, alle Wachtplätze im Land seien für invalide Exsoldaten zu reservieren. Ich hatte kein Gesicht, war die Karrikatur eines Exsoldaten. Katznelsons Tod, der Krieg hatten meine ›bürgerliche Existenz‹ beendet. Auch Zierfische waren kein Geschäft mehr, die meisten Aquaristen züchteten selbst, was sie brauchten. Sie hatten es von mir gelernt, sie stellten Waschzuber in den Schatten der Bäume, und die Fischlein überfluteten das ganze subtropische Land. Es war nicht ganz unrichtig, wenn mir Zionisten vorwarfen, ich hätte mich nicht assimilieren wollen, ich sei von vornherein mit Unlust an die Aufgabe herangegangen, in diesem Land Fuß zu fassen.

Meine Mutter war tot, Frimsche war in England, vielleicht hätte eine dieser beiden Personen das Schlimmste, nämlich die Auswanderung, verhindern und mich zurückhalten können. Aber sie waren nicht da, und es zog mich nichts mehr an in diesem Land, die ganze Kette der Väter bis zu meinem gegenwärtigen und noch lebenden Vater zog mich weniger als Jo und Fürnberg. Zudem hatte ich den Fehler gemacht, vor einiger Zeit, mein allgemeines Unbehagen zu artikulieren, in meinem letzten Buchmanuskript. Wie in der Ehe beschleunigte das Artikulieren des Unbehagens die Annäherung der Katastrophe. Seitdem mein Buch in Jerusalem gelesen worden war, steigerte sich meine allgemeine Erbitterung, es war, als ob ich ständig daran arbeitete, Bestätigungen für die Richtigkeit meiner Kritik zu sammeln.

Das Ende näherte sich, ich mußte dieses Land verlassen. Aber wie sollte ich das bewerkstelligen? Wie kommt man aus einem hermetisch abgeriegelten Kriegsgebiet heraus? Ich war arm, vollkommen hilflos, Beziehungen hatte ich nicht, und es war auch gefährlich, über solche Pläne mit fremden Menschen zu reden. Hatte ich überhaupt noch die Kraft zu solchen großen Veränderungen? Jo, Fürnberg, Hase waren rechtzeitig gegangen. Ich war müde, die Schwierigkeiten schienen mir unüberwindlich.

Da erhielt Lisa eines Tages aus Berlin ein ärztliches Attest über den bedrohlichen Gesundheitszustand ihrer Mutter und vom englischen Konsul in Haifa die Erlaubnis, den amerikanischen Sektor von Berlin zu besuchen, wo die Mutter lebte. Freunde liehen ihr Geld, sie nahm beide Kinder, Jochanan und Elijahu, und ging eines späten Abends in Lud auf das

Rollfeld hinaus, an jeder Hand ein Kind. Sie verschwanden im Dunkeln, ein großes silbernes Passagierflugzeug erhob sich in die Luft und entglitt in großer Höhe in Richtung Europa.

Ich blieb allein zurück, hatte versprochen, nachzukommen. Der englische Konsul hatte mich nicht mitfahren lassen. »Du fährst zum Besuch deiner kranken Schwiegermutter, wenn deine Frau wieder zurück ist«, hatte er gesagt. »Und wenn die Schwiegermutter bis dahin stirbt?« Er zuckte mit den Schultern. »Sorry, ich kann euch nicht zusammen fortschicken, ihr kommt sonst nicht wieder.« Er hatte Angst vor den Israel-Behörden, die ihm in diesem Punkt streng auf die Finger sahen.

Eines Tages traf ich in Tel Aviv auf der Straße Felsenbach, meinen ehemaligen Hebräisch-Lehrer, an den mich seinerzeit Katznelson verwiesen hatte, als ich Tel Aviv und damit Abramowitsch verließ. Felsenbach wohnte in der Nähe Ramat Gans in Bne B'rak. Er sah glänzend aus und jung, erzählte mir, daß er dieses furchtbare Bne B'rak verlassen habe und nach Tel Aviv übersiedelt sei, die Partei habe ihm geholfen, eine Wohnung zu bekommen, was normalerweise ohne Geld sehr schwer sei. »Die Partei? Welche Partei?« fragte ich. »Na, die Mapai«, sagte er und lachte. »Ich bin jetzt bei der Histadrut angestellt, bin Gewerkschaftsfunktionär und betreue die Gewerkschaft der Lehrer. Und du? Du machst kein sehr frohes Gesicht.«

Wir sprachen deutsch. Es war ein sehr vernünftiger Mensch, man konnte mit ihm reden. Ich erzählte ihm, wie meine Lage war: Frau und Kinder in Berlin, ich hier ohne Arbeit und ohne die Möglichkeit, ihnen zu folgen, während in Berlin ein Buch von mir erschienen sei und ich dort als Schriftsteller leben könne.

Er wurde ernst, begann nachzudenken. Wir gingen zusammen die Straße hinunter. »Hör mal«, sagte er plötzlich,

»ich hab eine Idee. Du hast doch mal im ›Dawar‹ eine größere Erzählung veröffentlicht. Geh einfach zu ihnen hin und sage ihnen, du willst ihnen Artikel aus Europa schicken, Fahrgeld brauchst du nicht, du bezahlst alles selbst, sie sollen dir nur die Ausreise besorgen und bescheinigen, daß du ihr Auslandskorrespondent bist. Sie kennen dich doch. Sie werden sich freuen, jemanden in Europa zu haben, der ihnen interessante Berichte schickt. Zum Beispiel über die Lage der Juden im Nachkriegseuropa. Na? Wie findest du die Idee?«

Verrückter Einfall, dachte ich. Soll ich denn wieder mit diesen Leuten zu tun haben? Geht es denn nicht anders? »Sie werden kein Vertrauen zu mir haben«, sagte ich düster. »Ich hatte damals Ärger mit ihnen.«

»Das ist ja alles längst vergessen. Übrigens kann ich noch etwas für dich tun. Ich rede mit dem Kulturminister. Ich kenne ihn sehr gut. Er war damals unter Katznelson Redakteur beim ›Dawar‹. Soll er mit den ›Dawar‹-Leuten reden, damit sie dir den Auftrag geben. Du bist doch in der Partei, nicht wahr?«

»Nein«, sagte ich leise und war jetzt völlig niedergeschlagen.

»Na, das machen wir, es kostet nur fünfzig Piaster. Wenn du das Geld nicht hast, bezahl ich es für dich. Fünfzig Piaster kostet die Eintrittsmarke, dann bist du in der Partei, und man wird dir weiterhelfen. Natürlich darfst du niemandem erzählen, daß du nicht zurückkommen willst.«

Ich war niedergeschlagen, glaubte nicht an die Sache. Vierzehn Tage später sah alles anders aus. Ich verstehe es bis heute nicht, was Felsenbach veranlaßte, das alles für mich zu tun, obwohl er genau wußte, daß ich das schlimmste Verbrechen zu begehen im Begriffe stand, das es damals für zionistische Vorstellungen gab: das Land für immer zu verlassen, auszuwandern. Er hatte den schriftlichen Auftrag des ›Dawar‹ für mich, das jämmerliche Zettelchen mit der Mapai-Eintrittsmarke, das auf meinen Namen ausgestellt war, und eine Karte für ins Ausland reisende Israel-Bürger, die vom Außenministerium besiegelt war. Aufgrund dieser Karte besorgte mir ein Tel Aviver Reisebüro einen Israel-Paß mit Ausreisevisum. Ich konnte die große Reise antreten. Das nötige Geld für die Reise hatte ich mir bei Freunden und Verwandten zusammengeschnorrt. Dr. Schiller, der Besitzer des großen Lampengeschäftes, hatte eine größere Summe spendiert, um meine Rückkehr zu unterstützen, weil sie von allgemeinem Interesse sei, wie er sagte. »Aber bitte, empfehlen Sie mich nicht in Kollegenkreisen.«

Michael und Bert begleiteten mich nach Lud. »Ich fürchte, du hast recht gehabt«, sagte Michael am Schluß. »Es gibt keinen Linksruck.« Sie hatten ihn erwartet.

Und Bert blitzte wie immer lustig mit den Augen und sagte: »Wir werden kämpfen.«

Dann saß ich in der großen britischen Passagiermaschine, die sich in den Himmel erhob. Auf den silbernen Tragflächen lag der schimmernde Vollmond. Ich sah hinaus. Ich verzichtete auf Wärme und Palmen, auf Kakteenfrüchte und Granatäpfel, auf Pomeranzen und Pampelmusen, auf blaues Mittelmeer und historische Felsenlandschaft, auf mein geliebtes Jerusalem und die wenigen Freunde, auf meinen Vater, der traurig zurückblieb, und auf das Grab meiner Mutter, das unauffindbar geworden war. Ich war entartet, endgültig. Entartung trieb mich aus dem Land der Väter, aber ich war froh zu entkommen, ich hörte Stimmen, Brüder riefen mich.

Einmal Berlin-Tel Aviv und zurück oder Der gute Wille und die Wirklichkeit

Ich traf Carl-Jacob Danziger in West-Berlin, wohin er aus einem Dorf am Rande von Ost-Berlin gekommen war. Als Pensionär genießt er die Freiheiten, welche die DDR ihren älteren Bürgern gewährt; an 30 Tagen im Jahr darf er in den Westen fahren. »Ich hab' Sie mir älter vorgestellt«, sagte er zur Begrüßung und fragte: »Sind Sie verheiratet? Nein? Das ist ja wunderbar!«

Ich kam gerade von einem Besuch in Israel zurück, hatte auf dem Hin- und Rückflug Danzigers Buch »Kein Talent für Israel« gelesen und war gespannt, einen deutschen Juden, einen richtigen »Jecke« zu treffen, der im Jahre 1934 vor den Nazis nach Palästina geflohen und im Jahre 1950 aus Israel nach Deutschland zurückgekehrt war, um in der soeben gegründeten DDR am Aufbau des Sozialismus mitzuarbeiten.

Ich wollte mit Carl-Jacob Danziger in ein italienisches Lokal in der Knesebeckstraße gehen, aber er bestand darauf, mit mir im jüdischen Restaurant im Gemeindehaus in der Fasanenstraße zu essen. »Wissen Sie, es ist nicht, weil es da koscher ist, aber bei uns gibt es die ganzen jüdischen Spezialitäten nicht...« Danziger bestellte *Kischke*, ich entschied mich für *Gefillte Fisch*. Und während ein Berliner Polizist mit geschulterter Maschinenpistole vor dem Eingang zum jüdischen Gemeindehaus über unsere Sicherheit wachte, erzählte mir Danziger, warum er kein Talent für Israel entwikkelt hatte.

»Das ist ein autobiographisches Buch, ein Roman, in dem ich versuche, mit 16 Jahren Leben in Israel bzw. Palästina fertig zu werden und meine Erfahrungen festzuhalten. Ich war ja damals mit messianischen Hoffnungen nach Palästina gekommen, ich hatte gedacht, hier entsteht eine neue Gesellschaft der Juden, vorbildlich für die ganze Welt, und ich mußte dann erkennen, daß ich mich geirrt hatte, daß diese Gesellschaft ganz normal war, wie alle anderen Gesellschaften der Welt und gar nicht vorbildlich … Vielleicht lag der Fehler bei mir, ich hatte zu viel erwartet …«

Danziger ging mit seiner Frau, einer katholischen Rheinländerin, zuerst in einen Kibbutz; dies war, sagt er, »die idealistische Zeit, mit viel Gesang, viel Hoffnung, Träumen von Kollektivität, Sozialismus und Gerechtigkeit«. Dann zog Danziger in eine Vorstadt von Tel Aviv und nahm verschiedene Jobs an, um sich und seine Familie über Wasser zu halten. Er arbeitete auf einer Farm und als Nachtwächter, züchtete Zierfische und verkaufte Kataloge auf der Levante-Messe.

So wie ihm ging es damals vielen Einwanderern. Danziger beschreibt u. a. seinen Onkel Krähenstein aus Elberfeld, der sich im Ersten Weltkrieg für Deutschland geschlagen hatte und das Eiserne Kreuz Erster und Zweiter Klasse besaß; er war »ganz mit preußischen Idealen durchtränkt«, hielt sich »bis zuletzt für einen deutschen Patrioten« und stand »ahnungslos vor dem Spuk der dreißiger Jahre«, der ihn nach Palästina verjagt hatte. Am liebsten dozierte er über deutsche Ritterlichkeit und deutschen Edelsinn. Seinen Lebensunterhalt verdiente er, indem er Türschilder malte und Gerümpelplätze aufräumte.

Zu dieser Zeit versuchte Arnold Zweig, der ebenfalls nach Palästina emigriert war, in Tel Aviv einen Vortrag auf deutsch zu halten. Er wurde mit Tomaten und Eiern beworfen. Die jüdischen Intellektuellen, deren einziges Handwerkszeug die deutsche Sprache war, hatten es besonders schwer.

»Ich war oft arbeitslos und habe dann geschrieben, Manuskripte von Buchumfang. Ich hatte schon in Berlin geschrieben, vor '34, war Mitarbeiter der Vossischen Zeitung und des Berliner Tageblatts, also bei Ullstein und Mosse, hatte dort Erzählungen, literarische Arbeiten veröffentlicht. Mein Traum, der mich nie verlassen hat, war eigentlich immer, ein Schriftsteller zu werden, ein mehr oder weniger guter ...«

Danziger schrieb auf deutsch. Auf Vermittlung einer älteren Emigrantin sandte er ein Buch über das Leben im Kibbutz an die »Jüdische Rundschau« in Berlin, die noch bis zum Jahre 1939 von den Nazis geduldet wurde; sie druckte das Manuskript in Fortsetzungen. Ein anderes Buch über »Die jüdische Wacht«, die illegale Haganna-Organisation, wurde ins Hebräische übersetzt und erschien, ebenfalls in Fortsetzungen, im »Davar«, der Zeitung der jüdischen Arbeiterbewegung in Palästina. Mit beiden Arbeiten setzte sich Danziger in Widerspruch zu den vorherrschenden Ansichten.

»Ich wurde ziemlich stark angegriffen, sogar tätlich, und es wurde mir gesagt, daß ich ein »negatives Auge« hätte. Aber ich kritisierte nicht aus Bosheit, ich sah die Dinge so, wie sie waren, und nicht so, wie sie gesehen werden sollten ...«

Danziger schrieb auch ein Buch über das Leben der jüdischen Arbeiter von Tel Aviv. Er schrieb es »mehr mit dem Herzen als dem Verstand«, ein Gewerkschaftsfunktionär nannte es »ein erstaunliches Buch, das erste seiner Art im idealistischen Sumpf der hebräischen Gegenwartsliteratur«; trotzdem – oder gerade deswegen – ist es nie erschienen. »Die Leute«, schreibt Danziger in »Kein Talent für Israel«, »klammerten sich an bestimmte Vorstellungen ..., sie wollten begeistert sein und fürchteten die Entgeisterung durch allzu genaue Bekanntschaft mit der Realität.« Mit der Zeit gewöhnte sich Danziger daran, umsonst zu arbeiten...

»Ich habe geschrieben zur Selbstklärung, später dann, vor meiner Rückkehr nach Deutschland, habe ich fünf oder sechs Manuskripte in den Sumpf des Wadi Muzrara geworfen, in der Hoffnung, die Anopheles-Fliege würde sich davon gut ernähren können...«

Im Jahre 1950, zwei Jahre nach der Gründung des Staates Israel, verläßt Danziger das Land, in dem, wie er später sagt, »der Krieg an mir spurlos vorübergegangen ist«. Er geht in die DDR.

»Ich hoffte damals, wieder als deutscher Schriftsteller in Deutsch schreiben und veröffentlichen zu können, meine hebräischen Sprachkenntnisse reichten nicht aus, um ein israelischer Schriftsteller zu werden. Hinzu kam aber noch etwas anderes: Es hatte sich bei mir eine Position herausgebildet, die man romantisch-vorsozialistisch nennen könnte. Es zog mich der Gedanke an die Weimarer Republik zurück, an all die schönen Dinge, die ich in Erinnerung hatte, die Befreiung der linken Intelligenz, die ›Weltbühne‹, Tucholsky, Ossietzky...

Wir waren eine ganze Gruppe von Rückkehrern, die von Tel Aviv nach Berlin gingen. Damals spielte Stalin für uns eine große Rolle. Ich muß zugeben, daß wir seine Schriften als geistreich empfanden, ich besonders, und da gab es einige Sätze, die uns zu einem Leitfaden wurden. Einer dieser Sätze war: ›Die Hitler kommen und gehen, das deutsche Volk aber bleibt.‹ Diese Vorstellung wurde so stark in uns, daß ich mir dachte: Es ist nicht das deutsche Volk, das diesen Krieg geführt hat und diese Schreckenstaten begangen hat. Ich erinnerte mich an gute alte deutsche Freunde, die zu mir gestanden und es bedauert hatten, daß ich weggehen mußte, zu denen wollte ich zurück, denen wollte ich den Rücken stärken...«

Danziger wurde in der DDR ein vielbeschäftigter Schriftsteller. Neben zahllosen Reportagen für verschiedene Zeitschriften verfaßte er in weniger als zehn Jahren acht Bücher über den sozialistischen Alltag. Er gab sich alle Mühe, ein guter Kommunist und ein nützliches Mitglied der klassenlosen Gesellschaft zu werden. Aber, obwohl fest entschlossen, etwas Positives zu leisten, seinen Teil zum Aufbau des Sozialismus beizutragen, tat er etwas anderes, als von ihm erwartet wurde. Er sah wieder die Wirklichkeit so, wie sie war: selbstgerechte Funktionäre, die das Leben nach ihren Vorstellungen zurechtrückten; eine arrogante Bürokratie, die sich nie irrt und für ihre Fehler den Klassenfeind verantwortlich macht; eine allmächtige Partei, die das Monopol auf die Wahrheit hat und keine Kritik verträgt.

Danziger schreibt, unter anderem, ein Buch über die Arbeit und die Arbeiter in einem großen Industriewerk der DDR, in dem er sich monatelang zu Recherchen aufgehalten hat. Die Sprache, welche die Arbeiter in diesem Buch sprechen, ist authentisch, ebenso wie die Darstellung ihrer Probleme. Aber so dürfen Arbeiter im Sozialismus nicht reden, und welche Probleme sie haben dürfen, das entscheiden die Verlagsleiter, laut Danziger »meistens vom ZK eingesetzte Lederhändler oder gescheiterte Verwaltungsstatistiker...« Er muß das Buch in zwei Jahren sechsmal umschreiben, dabei wandert es von einem Verlag zum anderen.

In die Partei wird Danziger nicht aufgenommen, weil er in seinem Aufnahmeantrag verschwiegen hat, daß er in Israel eine Zeitlang der sozialdemokratischen Partei angehört hat. Er wird zurückgestoßen, er fragt sich: »Warum war ich nur in dieses Land zurückgekehrt, zu diesen fürchterlichen Menschen«, schreibt aber weiter, versucht als »amtlich anerkannter Schriftsteller« trotz aller Enttäuschungen »die Erscheinungen im Sinne der Parteithesen optimistisch zu verschönern«.

Aber es nutzt nichts. Anfang der 60er Jahre bricht der

Konflikt zwischen dem jüdischen Heimkehrer und der Staatspartei offen aus. Das »Neue Deutschland« bringt wochenlang Leserbriefe gegen ihn, es melden sich Funktionäre zu Wort, denen seine Bücher schon immer nicht gepaßt haben, seine negative Sicht der Dinge wird ihm vorgehalten, seine mangelnde Linientreue... Carl-Jacob Danziger verstummt.

»Das war ja die Zeit, in der man die Schriftsteller dafür verantwortlich zu machen suchte, daß es mit dem Bewußtsein, mit dem vielgerühmten Bewußtsein, nicht so ganz stimmte in der Praxis. Die anderen Schriftsteller, denen es ähnlich erging, hatten genug innere Widerstandsfähigkeit, um weiter zu arbeiten, sie haben sich durchgesetzt und sind zum Teil recht erfolgreiche und bekannte Leute geworden. Bei mir aber wirkte sich das jüdische Element aus, ich konnte nicht mehr schreiben, ich konnte keinen normalen deutschen Satz mehr formen, ich war bis in die Tiefen hinein erschüttert und völlig benommen von der Aussichtslosigkeit, für dieses Volk eine gute Feder zu führen. Lieber gar nichts tun, als sich in solche Ärgernisse zu begeben, wie ich sie erlebt hatte...«

Unter dem Eindruck des Einmarsches in die CSSR schreibt Danziger dann den Roman »Die Partei hat immer recht«, das Gegen- oder Parallel-Stück zu »Kein Talent für Israel«; das DDR-Buch erscheint im Jahre 1976 in der Bundesrepublik und wird vor allem als eine Abrechnung mit der SED verstanden.

Aber es war mehr als nur das. Wenn schon Abrechnung, dann auch mit dem, so Danziger, »mühsam gebändigten politischen Kretinismus der Deutschen, die jeder Führer zum Hufescharren und Dampfblasen« bringen könne, wenn er ihnen nur die Aufgabe abnimmt, »selbst zu denken«, was für die Deutschen-Ost genauso gelte wie für die Deutschen-West. In »Die Partei hat immer recht« beschreibt Danziger, warum er kein Talent für die DDR und den dort praktizierten Sozialismus entwickeln konnte. Es ist der alte Konflikt, in den ein Intellektueller gerät, wenn er bei einer großen Sache mitmachen, aber trotzdem »die eigenen Gedanken, die eigene Kritik und die eigene Heiterkeit« nicht aufgeben will.

Es gibt erstaunliche Ähnlichkeiten zwischen Danzigers DDR- und seinem Palästina-Buch. Nicht nur, daß beide autobiographische Romane sind, spannend wie die Reportagen von Mark Twain, bitter-witzig wie Satiren von Tucholsky. Das erstaunlichste ist, daß Danziger in so verschiedenen Gesellschaften wie der israelischen in ihren Pioniertagen und der real entwickelten sozialistischen in der DDR dieselben Erfahrungen machte und dieselben Konflikte durchstehen mußte.

Aus beiden Büchern spricht die Enttäuschung eines Menschen, der seine Sensibilität keinem Prinzip, seine Moral keiner Doktrin opfern wollte. Beide Bücher sind die Zeugnisse eines Suchenden, der von sich selbst sagt, sein ganzes Leben sei »von der Suche nach der Wahrheit verwirrt« gewesen. »Ich vertrage keine Lügen und keine Geschichtsfälschungen, und wenn tausendmal behauptet wird, daß sie einem guten Zweck zuliebe in die Welt gesetzt werden. Es gibt auf die Dauer keinen ›guten Zweck‹ für Lügen ...«

»Kein Talent für Israel« schließt mit den Worten: »Dann saß ich in einer großen britischen Passagiermaschine, die sich in den Himmel erhob ... Ich war entartet, endgültig. Entartung trieb mich aus dem Land der Väter, aber ich war froh zu entkommen, ich hörte Stimmen, Brüder riefen mich.«

In »Die Partei hat immer recht« stehen diese Sätze: »Ich träume viel von jenem Land, in dem ich einen wichtigen Abschnitt meines Lebens verbrachte, es hieß damals ›Palästina‹ und war britisches Mandatsgebiet . . . Es ist, als ob eine große, freundliche, aus fernen Welten kommende Stimme zu mir spricht.«

Warum kommen Stimmen immer von da, wo man gerade nicht ist?

Moritz Ölbaum